SPECIALS

L'auteur

Scott Westerfeld est né au Texas. Compositeur de musique électronique pour la scène, concepteur multimédia et critique littéraire, il vit entre New York et Sydney.

Il est l'auteur de cinq romans de SF pour adultes, dont *L'I.A. et son double*, déjà paru en France, et le space opera en deux parties paru aux éditions Pocket : *Les Légions immortelles* et *Le Secret de l'Empire*.

Scott Westerfeld écrit également pour les jeunes adultes : les séries *Uglies* et *Midnighters*, ainsi que les romans *Code Cool*, *V-Virus* et *A-Apocalypse*.

La série *Uglies*
1. *Uglies*
2. *Pretties*
3. *Specials*
4. *Extras*
5. *Secrets*

La série *Léviathan*
1. *Léviathan*
2. *Béhémoth*
3. *Goliath*

Afterworlds

Retrouvez l'auteur sur son site :
www.scottwesterfeld.com

SPECIALS
SCOTT WESTERFELD

Traduit de l'anglais (États-Unis)
par Guillaume Fournier

POCKET JEUNESSE
PKJ·

À tous les fans qui m'ont écrit à propos de cette série : merci de m'avoir indiqué ce qui était bon, ce qui l'était moins, et quels passages vous ont fait jeter le livre à travers la pièce (ils se reconnaîtront).

Titre original :
Specials

Publié pour la première fois en 2006 par Simon Pulse,
département de Simon & Schuster
Children's Publishing Division, New York

Loi n° 49956 du 16 juillet 1949 sur les publications
destinées à la jeunesse : septembre 2012

ISBN : 978-2-266-21700-2

Première partie

ÊTRE SPECIAL

*En cueillant ses pétales, vous ne saisissez pas
la beauté de la fleur.*
Rabindranath TAGORE, *Stray Birds*

INVITATION SURPRISE

Les six planches magnétiques filaient à travers les arbres avec la grâce et la vivacité de cartes à jouer lancées en l'air. Les planchistes riaient, genoux ployés, bras écartés, baissant la tête pour esquiver les branches alourdies par la neige. Une pluie cristalline scintillait dans leur sillage, minuscules stalactites de glace arrachées aux aiguilles de pin qui s'embrasaient sous la lune.

Tally percevait tout avec une clarté glaciale : le vent froid et mordant sur ses mains nues, les fluctuations de gravité qui lui plaquaient les semelles contre la planche. Elle respirait la forêt ; des essences de pin lui coulaient sur la langue et dans la gorge, tel un sirop.

L'air froid semblait rendre perceptibles tous les sons : les pans de son uniforme de dortoir claquaient comme un drapeau dans le vent, ses semelles agrippantes grinçaient à chaque virage sur la surface de la planche. Fausto lui injectait de la techno par son antenne dermique, mais le monde extérieur n'entendait que le silence. Par-dessus le rythme syncopé, Tally pouvait capter le moindre tressaillement de ses nouveaux muscles gainés de monofilaments.

Elle plissa les paupières à cause du froid, les yeux mouillés, mais ses larmes ne firent qu'amplifier sa vision. Les stalactites de glace défilaient en rubans scintillants, l'éclat de la lune baignait le monde de reflets argentés, tel un vieux film en noir et blanc qui aurait pris vie en grésillant.

C'était l'avantage d'appartenir aux Scarificateurs : *tout* paraissait glacial désormais. Et Tally avait l'impression que le monde lui entrait dans la peau.

Shay vint se ranger bord à bord avec Tally et lui effleura brièvement les doigts. Tally essaya de lui retourner un sourire, mais son estomac se noua devant le visage de son amie. Les cinq Scarificateurs opéraient incognito ce soir : leurs iris noirs dissimulés par des lentilles de contact banalisées, leurs mâchoires cruelles adoucies par des masques en plastique intelligent. Ils s'étaient déguisés en Uglies pour infiltrer une fête au parc Cléopâtre. Tally n'était pas préparée mentalement à une telle opération. Elle avait beau n'être Special que depuis deux mois, quand elle regardait Shay, elle s'attendait à voir la beauté merveilleuse et terrible de sa meilleure amie, et non l'affreux déguisement de ce soir.

Tally fit obliquer sa planche pour éviter une branche alourdie par la glace, rompant le contact. Elle se concentra sur la forêt scintillante, sur les basculements nécessaires pour permettre à sa planche de zigzaguer entre les arbres. Le vent froid l'aida à se focaliser sur son environnement plutôt que sur cette sensation de manque qu'elle éprouvait – et qui venait du fait que Zane n'était pas avec eux.

— Fête des Uglies droit devant. (L'annonce de Shay trancha sur la musique, captée par une puce dans sa mâchoire et relayée par son antenne dermique.) Tu es sûre d'être prête pour ça, Tally-wa ?

Tally prit une profonde inspiration, buvant le froid qui lui éclaircissait les idées. Ses nerfs la chatouillaient encore, mais ce serait minable de faire machine arrière maintenant.

— Ne t'inquiète pas, chef. Ça va être glacial.

— Ça devrait. C'est une fête, après tout, dit Shay. Amusons-nous en braves petits Uglies.

Certains des Scarificateurs gloussèrent, jetant un coup d'œil à la dérobée sur leurs traits grossiers. Tally prit conscience de l'épaisseur de son propre masque : des bosses et des excroissances de plastique qui lui déformaient le visage, le couvraient de boutons, et voilaient la trame splendide de ses tatouages tourbillonnants. Ses dents tranchantes comme des rasoirs étaient recouvertes de capuchons dentaires irréguliers, et elle avait même vaporisé de la fausse peau sur ses mains tatouées.

Un coup d'œil dans le miroir avait montré à Tally de quoi elle avait l'air : moche. Le visage de travers, le nez busqué, avec de bonnes joues de bébé et une expression d'impatience – impatience liée à la hâte que ce soit son anniversaire, de s'offrir enfin l'Opération des têtes vides et de se transporter de l'autre côté du fleuve. De la même façon que n'importe quelle gamine de quinze ans.

C'était la première mission de Tally depuis qu'elle avait viré Special. Elle aurait dû être prête à tout désormais – ces opérations l'avaient truffée de muscles flambant neufs et de réflexes de serpent. Sans oublier les deux mois qu'elle venait de passer dans le camp des

Scarificateurs, à vivre dans la nature pratiquement sans dormir et sans aucune provision.

Mais un seul regard dans le miroir avait suffi à ébranler sa confiance.

Pour ne rien arranger, ils étaient arrivés en ville par les banlieues de Crumblyville, en survolant des rues interminables bordées de pavillons plongés dans le noir, tous identiques. L'ennui qui se dégageait de l'endroit où elle avait grandi lui infusait une sensation poisseuse à l'intérieur des bras, à laquelle s'ajoutait le contact de son uniforme recyclable de dortoir contre sa nouvelle peau ultrasensible. Les arbres manucurés de la ceinture de verdure semblaient se refermer autour de Tally, comme si la ville essayait de la replonger dans la normalité. Elle aimait cette assurance d'être Special, de se retrouver à la marge, glaciale, *supérieure* aux autres, et elle avait hâte de retourner dans la nature et d'arracher ce masque grotesque.

Tally serra les poings et prêta l'oreille aux transmissions de son réseau dermique. La musique de Fausto et les petits bruits des autres autour d'elle la submergèrent – le son léger de leur respiration, du vent contre leur visage. Elle pouvait presque entendre leur pouls, comme si l'excitation croissante des Scarificateurs résonnait jusque dans ses os.

— Séparons-nous, ordonna Shay quand les lumières de la fête apparurent. N'ayons pas l'air de débarquer en bande.

Les Scarificateurs se déployèrent. Tally resta avec Fausto et Shay, tandis que Tachs et Ho partaient vers le sommet du parc Cléopâtre. Fausto diminua le volume et la musique s'estompa, cédant la place au froissement du vent et au grondement lointain de la fête.

Tally inspira de façon nerveuse. Les odeurs de la foule – tant la sueur d'Uglies que les bouteilles d'alcool renversées – lui emplirent les narines. La sono de la fête n'utilisait pas d'antennes dermiques ; elle déversait vulgairement sa musique à plein volume, dispersant mille échos à travers les arbres. Les Uglies adoraient faire du bruit.

Selon son entraînement, Tally aurait pu fermer les yeux et ne se fier qu'aux sons pour progresser à travers la forêt, telle une chauve-souris se guidant sur ses propres cris. Mais, ce soir, elle avait besoin de sa vision spéciale. Les espions de Shay à Uglyville avaient entendu dire que des étrangers comptaient s'inviter à la fête – des Nouveaux-Fumants, venus distribuer des nanos et semer la pagaille.

Voilà pourquoi les Scarificateurs étaient là : il s'agissait d'une circonstance spéciale.

Ils s'arrêtèrent tous les trois à la limite de l'éclairage stroboscopique des globes magnétiques, et sautèrent sur un tapis d'aiguilles de pin couvertes de givre. Shay renvoya leurs planches les attendre dans les hautes branches, puis fixa un regard amusé sur Tally.

— Je te sens tendue.

Tally haussa les épaules, mal à l'aise dans son vilain uniforme de dortoir. Shay avait le don de flairer vos sentiments.

— Peut-être bien, chef.

Ici, aux abords des réjouissances, un fragment de souvenir tenace lui rappela ce qu'elle avait toujours éprouvé en parvenant au cœur d'une fête. Même lorsqu'elle était une jolie tête vide, Tally détestait ce trac qui la prenait en sentant les gens se presser autour d'elle, la chaleur de tous ces corps, le poids de ces regards sur elle. Son masque l'encombrait, telle une barrière entre elle et le monde. Gênant, pour une Special. Ses joues s'empourprèrent brièvement sous le plastique.

Shay lui pressa la main.

— Ne t'en fais pas, Tally-wa.

— Ce ne sont que des Uglies, lui glissa Fausto. Et nous sommes avec toi.

La main sur son épaule, il la poussa gentiment en avant.

Tally acquiesça, percevant, grâce à son antenne dermique, le souffle calme de ceux qui l'entouraient. Comme Shay le lui avait promis : les Scarificateurs étaient liés les uns aux autres, ils formaient une bande inséparable. Elle ne serait plus jamais seule, même si elle ressentait un vide. Même quand l'absence de Zane faisait naître en elle des bouffées de panique.

Elle s'enfonça à travers les fourrés et suivit Shay dans la lumière.

Les souvenirs de Tally étaient parfaitement clairs désormais, non pas flous et confus comme lorsqu'elle était une tête vide. Elle se rappelait très bien l'importance de la fête du printemps pour les Uglies. L'arrivée du printemps signifiait des journées plus longues pour jouer des tours et faire de la planche, ainsi que de nombreuses fêtes à l'extérieur.

Mais quand Fausto et elle suivirent Shay dans la foule, Tally ne ressentit pas l'énergie qu'elle se souvenait d'avoir éprouvée l'année dernière. La fête semblait si insipide, mollassonne et aléatoire. Les Uglies se contentaient de piétiner sur place, timides et empotés, au point que ceux qui dansaient vraiment donnaient l'impression de se forcer. Ils paraissaient ternes, artificiels : on aurait dit des projections sur un mur vidéo, avant l'arrivée des invités en chair et en os.

Pourtant, l'adage de Shay se vérifiait : les petits moches n'étaient pas aussi stupides que les têtes vides. La foule s'ouvrit devant elle. Malgré leurs visages grossiers et boutonneux, les Uglies avaient l'œil vif, nerveux, traversé de lueurs d'intelligence. Ils étaient suffisamment malins pour sentir que les trois Scarificateurs étaient différents d'eux. Personne ne fixa longuement Tally ou ne devina ce qui se cachait sous le masque de plastique, mais les danseurs s'écartaient au plus léger contact, en frissonnant d'une épaule à l'autre, comme s'ils percevaient dans l'air une sensation de danger.

Les rides de perplexité de leur visage étaient faciles à déchiffrer. Tally y lisait de la jalousie, de la haine et de l'attirance. Maintenant qu'elle était Special, ces expressions s'étalaient de manière claire, comme un sentier forestier qu'elle aurait contemplé d'en haut.

Elle sourit malgré elle, enfin sereine et prête à se mettre en chasse. Repérer les invités surprises ne poserait pas de difficulté.

Tally examina la foule, cherchant des personnes qui se détacheraient du lot : un peu trop sûres d'elles, trop musclées, le teint hâlé par la vie au grand air. Elle savait à quoi ressemblaient les Fumants.

L'été dernier, alors qu'elle était encore Ugly, Shay s'était enfuie dans la nature pour échapper à l'Opération des têtes vides. Tally l'avait suivie pour la ramener, et en fin de compte, toutes deux avaient trouvé refuge à l'ancienne Fumée pendant de longues semaines. Survivre comme un animal avait été une vraie torture, mais ce souvenir allait lui servir, ce soir. Les Fumants dégageaient une sorte d'arrogance ; ils se croyaient meilleurs que les gens de la ville.

Tally ne mit que quelques secondes à repérer Ho et Tachs à l'autre bout du terrain : un couple de chats évoluant à travers un troupeau de canards.

— Tu ne crois pas que nous sommes un peu trop visibles, chef ? chuchota-t-elle en laissant le réseau transmettre ses paroles.

— Comment ça, visibles ?

— Ils paraissent tous si abrutis. Ça nous donne l'air vraiment… spécial.

— Nous *sommes* spéciaux, dit Shay en jetant un coup d'œil à Tally, le visage traversé d'un large sourire.

— Je pensais que nous étions ici incognito.

— Ça ne nous empêche pas de nous amuser !

Soudain, Shay fendit la foule comme une flèche.

Fausto tendit le bras et toucha Tally à l'épaule.

— Regarde et apprends.

Il était Special depuis plus longtemps qu'elle. Les Scarificateurs représentaient une toute nouvelle branche des Special Circumstances, mais l'opération de Tally avait demandé plus de temps que celle des autres. Elle avait accompli beaucoup d'actes douteux par le passé, et les médecins avaient dû fournir un gros travail avant de la débarrasser de la culpabilité et de la honte consécutives. Les bribes résiduelles d'émotions risquaient de vous embrouiller les idées, ce qui n'avait rien de particulièrement spécial. Le pouvoir provenait d'une clarté glaciale, du fait de se connaître avec exactitude, ainsi que de la scarification.

Donc Tally resta auprès de Fausto, à regarder et apprendre.

Shay agrippa un garçon au hasard, l'arrachant à la fille avec laquelle il parlait. L'autre renversa à moitié son verre et fit d'abord mine de se dégager tout en protestant, quand il croisa le regard de Shay.

Shay n'était pas aussi enlaidie que ses compagnons, remarqua Tally. Les reflets violets de son regard demeuraient visibles sous son déguisement. Ses yeux scintillaient comme ceux d'un prédateur sous l'éclairage stroboscopique tandis qu'elle attirait le garçon vers elle, se frottant contre lui, les muscles parcourus par un frissonnement, pareil à l'ondulation d'une corde.

Dès lors, le garçon ne la quitta plus des yeux, même pour tendre sa bière à l'autre fille qui les contemplait, bouche bée. Il plaça les deux mains sur les épaules de Shay et commença à bouger en suivant ses mouvements.

Tous les yeux étaient braqués sur eux.

— Je ne me souviens pas que ça faisait partie du plan, observa Tally à voix basse.

Fausto rit.

— Les Specials n'ont pas besoin de plan. Ou pas besoin de le suivre, en tout cas.

Il se tenait derrière elle, les bras autour de sa taille. Elle sentait son souffle sur sa nuque, et un picotement la traversa.

Tally se dégagea. Les Scarificateurs se touchaient sans arrêt, mais elle n'en avait pas encore pris l'habitude.

Cela lui faisait ressentir davantage encore l'absence de Zane.

Grâce à son antenne dermique, Tally entendait Shay chuchoter à l'oreille du garçon. La chef des Scarificateurs haletait, bien qu'elle soit capable de courir un kilomètre en deux minutes sans la moindre suée. Un crissement de poils de barbe parvint à leurs oreilles quand elle frotta sa joue contre celle du garçon, et Fausto gloussa en voyant Tally tressaillir.

— Relax, Tally-wa, dit-il en lui massant les épaules. Elle sait ce qu'elle fait.

Ce dernier point était évident : la danse de Shay aspirait tout le monde autour d'elle. Jusqu'à présent, la fête était une bulle de nervosité en suspension dans l'air ; Shay l'avait fait éclater, libérant quelque chose de glacial à l'intérieur. Des couples commencèrent à se former, à s'étreindre, bougeant plus vite. Celui qui s'occupait de la musique avait dû s'en apercevoir – le volume augmenta, les basses aussi, tandis que les globes magnétiques pulsaient, passant de la noirceur à une brillance aveuglante. La foule se mit à sauter sur place en cadence.

Tally sentit son pouls s'accélérer. Elle n'en revenait pas de voir avec quelle facilité Shay avait déclenché cela. L'atmosphère changeait, la fête se transformait du tout au tout, et uniquement grâce à Shay. Ce n'était plus l'un de ces tours stupides qu'elles jouaient du temps de leur laideur – comme traverser le fleuve en douce ou voler des gilets de sustentation –, c'était de la *magie*.

La magie des Specials.

Qu'importe si elle portait un visage moche ! Comme Shay le disait toujours à l'entraînement, les têtes vides n'avaient rien compris : la question n'était pas de savoir de quoi on avait l'air, mais quelle *attitude* on offrait, quelle vision de soi on avait. La force physique et les réflexes n'en étaient qu'un élément ; Shay se *savait* spéciale, et cela suffisait pour qu'elle le soit. Ceux qui l'entouraient ne constituaient qu'un fond d'écran, un brouhaha de conversations indistinctes, jusqu'à ce que Shay les éclaire au moyen de son projecteur personnel.

— Amène-toi, murmura Fausto en entraînant Tally à l'écart. (Ils se reculèrent à la limite de la fête, glissant comme des ombres sous les regards braqués sur Shay et son cavalier.) Va par là. Et ouvre l'œil.

Tally acquiesça, entendant chuchoter les autres Scarificateurs qui se dispersaient à travers la fête. Soudain, tout cela prenait un sens…

Auparavant la fête était trop morte, trop terne pour dissimuler les Specials ou leur gibier. Mais à présent tout le monde avait les bras levés, oscillant d'avant en arrière au rythme de la musique. Des gobelets en plastique volaient dans les airs, emportés dans un tourbillon de mouvements. Si les Fumants prévoyaient de s'inviter discrètement, ils avaient là l'occasion idéale.

Se déplacer devenait difficile. Tally dut se frayer un chemin à travers un groupe de jeunes filles – de gamines, en fait – qui dansaient les yeux fermés. Les paillettes qu'elles s'étaient vaporisées sur le visage scintillaient sous l'éclairage syncopé des globes magnétiques, et elles laissèrent passer Tally sans un frisson ; son aura de Special était noyée dans l'énergie toute neuve de la fête, grâce à la magie de Shay.

Les vilains petits corps qui se cognaient contre elle rappelèrent à Tally à quel point elle avait changé. Elle avait de nouveaux os en céramique aéronautique, légers comme des bambous et durs comme le diamant. Ses muscles étaient des cordes monomoléculaires autoré-générantes. Les Uglies rebondissaient sur elle, mous et sans consistance, pareils à des poupées de chiffons qui avaient pris vie – bruyants mais sans danger.

Un bip résonna dans sa tête quand Fausto augmenta la portée de leurs antennes dermiques, et des fragments de sons lui parvinrent aux oreilles : les cris d'une fille qui dansait à côté de Tachs, le bourdonnement sourd des haut-parleurs près desquels se tenait Ho et, par-dessus cela, les mots doux que murmurait Shay à l'oreille du garçon aléatoire. On aurait dit cinq personnes fondues en une seule, comme si la conscience de Tally englobait l'ensemble de la fête, aspirait toute son énergie dans une confusion de bruits et de lumière.

Elle prit une profonde inspiration et se dirigea vers l'orée de la clairière, cherchant les ténèbres hors de portée des globes magnétiques. Elle verrait mieux d'ici, pourrait plus facilement garder les idées claires.

Pour se déplacer, Tally trouva plus commode de danser, d'accompagner les mouvements de la foule plutôt que de passer en force. Elle se laissa ballotter de droite à gauche, comme lorsqu'elle laissait les courants aériens guider sa planche, en s'imaginant qu'elle était un rapace.

Fermant les yeux, Tally but la fête par ses autres sens. N'était-ce pas *cela*, être Special : danser en accord avec les autres, tout en sachant qu'on était la seule personne réelle...

Soudain, Tally sentit les poils se dresser sur sa nuque et ses narines s'ouvrir en grand. Sous les odeurs de sueur et de bière renversée, elle en captait une, particulière, qui lui remit en mémoire sa période Ugly, quand elle s'était enfuie et retrouvée seule en pleine nature, pour la première fois.

Une odeur de fumée – la puanteur tenace d'un feu de camp.

Elle ouvrit les yeux. Les Uglies de la ville ne faisaient pas brûler d'arbres, pas même des torches : ils n'en avaient pas le droit. Les seules lumières de la fête provenaient des globes magnétiques et de la lune en train de se lever.

L'odeur ne pouvait provenir que du Dehors.

Tally se mit à décrire des cercles de plus en plus larges, balayant la foule du regard, cherchant à localiser la source de l'odeur.

Personne ne se détachait du lot. Elle ne voyait qu'une bande d'Uglies engagés dans une danse stupide, les bras ballants, faisant voler la bière dans tous les sens. Aucun n'était gracieux, ni fort, ni sûr de lui…

Puis Tally aperçut la fille.

Elle dansait avec lenteur, collée à un garçon, en lui murmurant quelque chose à l'oreille. Les doigts du garçon tressautaient nerveusement dans le dos de la fille, à contretemps de la musique – on aurait dit deux gamins mal à l'aise qui jouaient la scène du premier rendez-vous. La fille avait noué sa veste autour de sa taille, comme si elle ne sentait pas le froid. Et, à l'intérieur de son bras, plusieurs carrés de peau pâle indiquaient les endroits où elle s'était collé des timbres anti-UV.

Cette fille devait passer beaucoup de temps en plein air.

En s'approchant, Tally perçut de nouveau l'odeur de feu de bois. Ses yeux parfaits saisirent le grain grossier de la chemise de la fille, tissée en fibres naturelles, cousue à gros points et dégageant une odeur étrange… le détergent. Cet habit n'était pas destiné à être porté puis jeté dans un recycleur; il fallait le *laver*, le frotter avec du savon puis le frapper contre des pierres dans un ruisseau d'eau froide. Tally nota la coupe irrégulière de la fille – on lui avait taillé les cheveux, à la main, avec des ciseaux en métal.

— Chef, murmura-t-elle.

Shay lui répondit d'une voix ensommeillée :

— Déjà, Tally-wa ? Je *m'amuse*, là.

— Je crois que je tiens une Fumante.

— Tu en es sûre ?

— Affirmatif. Elle empeste la lessive.

— Je la vois, dit Fausto par-dessus la musique. La chemise brune ? Qui danse avec ce type ?

— Ouais. Et elle a le teint *hâlé*.

On entendit un soupir agacé, quelques excuses marmonnées tandis que Shay se détachait de son Ugly.

— Tu n'en tiens pas d'autres ?

Tally balaya la foule du regard, décrivant un grand cercle autour de la fille alors qu'elle essayait de capter d'autres relents de fumée.

— Pas pour l'instant.

— Je ne vois personne d'autre avec un air suspect, confirma Fausto.

Tally l'aperçut à proximité, qui haussait la tête au-dessus de la foule. De l'autre côté de la fête, Ho et Tachs convergeaient vers la fille.

— Que fait-elle ? demanda Shay.

— Elle danse, et… (Tally s'interrompit, en voyant la main de la fille se glisser dans la poche du garçon.) Elle vient de lui refiler quelque chose.

Shay siffla doucement entre ses dents. Quelques semaines auparavant, les Fumants n'apportaient que leur propagande à Uglyville, mais depuis peu ils avaient commencé à y introduire quelque chose de beaucoup plus dangereux : des pilules bourrées de nanos.

Ces nanos rongeaient les lésions qui maintenaient le vide dans la tête des Pretties. Ils excitaient leurs émotions violentes et leurs bas instincts. Et contrairement à une drogue, dont les effets finissent toujours par s'estomper, ce changement était permanent. Les nanos étaient des machines voraces, microscopiques, qui croissaient et se multipliaient de jour en jour. Si vous n'aviez pas de chance, ils pouvaient littéralement vous ronger la cervelle. Il suffisait d'une pilule pour vous faire perdre la tête.

Tally en avait déjà été témoin.

— Cueillez-la, ordonna Shay.

Un flot d'adrénaline se déversa en elle, et la clarté masqua la musique et les mouvements de la foule. Elle avait repéré la fille en premier, c'était donc son job, son *privilège* de s'emparer d'elle.

Elle fit pivoter la bague à son majeur gauche, sentit l'aiguille sortir en position. Une simple égratignure et la Fumante tituberait avant de s'écrouler, comme si elle avait trop bu. Elle se réveillerait dans les locaux des Special Circumstances, prête à passer sous le scalpel.

Tally eut des frissons à l'idée que cette fille deviendrait très bientôt une tête vide : belle, heureuse… et parfaitement abrutie.

Mais cela valait toujours mieux que ce qui était arrivé au pauvre Zane.

Tally plaça ses doigts en coupe autour de l'aiguille, de crainte de piquer accidentellement un Ugly dans la foule. Quelques pas de plus, puis elle allongea l'autre bras pour tirer le garçon en arrière.

— Je peux m'incruster ? demanda-t-elle.

L'autre écarquilla les yeux, un grand sourire aux lèvres.

— Quoi, tu veux danser avec elle ?

— C'est O.K., dit la Fumante. Elle en veut peut-être, elle aussi.

Elle dénoua la veste autour de sa taille et la jeta sur ses épaules. Ses mains s'enfoncèrent dans les manches, puis dans les poches, et Tally entendit un froissement de sac en plastique.

— Bonne défonce, ricana le garçon en reculant d'un pas.

Son expression fit venir le rouge aux joues de Tally. Il *riait* d'elle, amusé, comme si elle était quelqu'un de banal dont on pouvait se moquer – comme si elle n'avait rien de spécial. Le plastique intelligent qui l'enlaidissait commençait à la démanger.

Cet imbécile se figurait que Tally était là pour son divertissement. Il avait besoin d'une bonne leçon.

Tally opta pour un nouveau plan.

Elle écrasa un bouton sur son bracelet anticrash. Le signal atteignit le plastique recouvrant son visage et ses mains à la vitesse du son, et les molécules intelligentes se détachèrent les unes des autres ; son vilain masque explosa dans un nuage de poussière pour dévoiler la beauté cruelle par-dessous. Elle plissa les paupières, fort, faisant sauter ses lentilles de contact afin d'exposer au froid hivernal ses yeux de louve noirs comme le jais. Elle sentit ses capuchons dentaires se détacher et les cracha aux pieds du garçon, retrouvant son sourire hérissé de crocs.

La transformation complète avait demandé moins d'une seconde, à peine le temps pour le garçon d'effacer son rictus.

Tally sourit.

— Dégage, mocheté. Quant à toi (elle se tourna vers la Fumante), ôte tes mains de tes poches.

La fille encaissa, écartant les bras de part et d'autre de son corps.

Tally sentit tous les regards converger sur ses traits cruels, perçut la stupéfaction de la foule devant la trame scintillante de ses tatouages animés de pulsations. Elle lâcha la phrase d'arrestation traditionnelle :

— Je ne veux pas te faire de mal, mais je le ferai si tu m'y obliges.

— Ce ne sera pas nécessaire, dit la fille d'une voix calme.

Puis elle effectua un petit geste avec les mains, les deux pouces vers le haut.

— N'y pense même p… commença Tally,

C'est alors qu'elle remarqua les bosses cousues sous les vêtements de la fille – des sangles comme celles d'un gilet de sustentation, qui semblaient maintenant bouger d'elles-mêmes, se boucler autour de ses épaules et de ses cuisses.

— La Fumée vit, cracha la fille.

Tally tendit le bras…

… et la fille s'envola d'un coup, tout droit, comme

si elle se trouvait au bout d'un élastique tendu à bloc. Tally referma la main dans le vide. Elle leva la tête, bouche bée. La fille continuait à prendre de la hauteur. D'une manière ou d'une autre, elle avait réussi à régler la batterie de son gilet de façon à se propulser dans les airs à partir d'un point fixe.

Mais n'allait-elle pas forcément redescendre ?

Tally repéra un mouvement dans le ciel nocturne. À l'orée de la forêt, deux planches magnétiques fondaient sur la fête, l'une pilotée par un Fumant vêtu de cuir, l'autre inoccupée. Alors que la fille parvenait au sommet de son ascension, son complice tendit le bras et, sans ralentir, l'attrapa au vol pour la déposer sur la planche vide.

Un frisson parcourut Tally quand elle reconnut le blouson du Fumant, en cuir cousu à la main. À la lueur d'un globe magnétique, sa vision spéciale lui montra même la marque d'une cicatrice en travers d'un sourcil.

« David », pensa-t-elle.

— Tally ! Par ici !

Cet ordre de Shay arracha Tally à sa contemplation et attira son regard vers d'autres planches qui surgissaient au-dessus de la foule au ras des têtes. Elle sentit son bracelet anticrash enregistrer une traction de sa planche et ploya les genoux, se préparant à bondir.

La foule s'écartait, choquée par la beauté cruelle de Tally et l'envol soudain de la fille – mais le garçon qui avait dansé avec la Fumante essaya de la retenir.

— C'est une Special ! Aidez-les à s'enfuir !

Ses gestes étaient lents, maladroits, et Tally lui griffa la paume d'un brusque revers de bague. Le garçon retira sa main, la fixa brièvement avec une expression stupide, puis s'écroula.

Le temps qu'il touche le sol, Tally bondit. Posant les deux mains sur la surface agrippante de sa planche, elle se hissa dessus d'une soudaine détente et distribua son poids de manière à la faire pivoter.

Shay était déjà en l'air.

— Empare-toi de lui, Ho! ordonna-t-elle en désignant le garçon inanimé, tandis que son propre masque disparaissait dans un nuage de poussière. Les autres, avec moi!

Tally filait déjà dans la nuit, cinglée par un vent glacial, un cri de guerre aux lèvres, suivie par des centaines de visages abasourdis qui la regardaient depuis le sol imbibé de bière.

David était l'un des chefs des Fumants – les Scarificateurs n'auraient pu espérer meilleur gibier. Tally avait du mal à croire qu'il ait pris le risque de venir en ville, mais elle allait tout mettre en œuvre pour qu'il ne s'en échappe pas.

Elle zigzagua entre les globes lumineux, survolant la forêt. Ses yeux s'adaptèrent rapidement à l'obscurité et elle repéra les deux Fumants à moins d'une centaine de mètres devant elle. Ils volaient au ras des arbres, penchés en avant comme des surfeurs dans un tube.

Ils avaient un peu d'avance, mais la planche de Tally était spéciale, elle aussi – ce que la ville fabriquait de mieux. Elle la poussa à fond, effleurant la cime des arbres courbés par le vent, soulevant derrière elle de brusques panaches de givre.

Tally n'avait pas oublié que la mère de David en personne avait inventé les nanos, ces machines qui avaient mis le cerveau de Zane dans l'état où il se trouvait. Ni que David avait entraîné Shay dans la nature des mois auparavant, en la séduisant, elle, puis Tally, ne reculant devant rien pour ruiner leur amitié.

Les Specials n'oubliaient pas leurs ennemis. Jamais.

— Je te tiens, dit-elle.

LES CHASSEURS
ET LA PROIE

— Déployez-vous, ordonna Shay. Il faut les empêcher de regagner le fleuve.

Tally plissa les yeux face au vent, faisant courir
sa langue sur ses dents pointues. Sa planche de
Scarificatrice était équipée de rotors de sustentation à
l'avant et à l'arrière, qui lui permettaient de voler au-
delà des limites de la ville. Mais les planches à l'ancienne des Fumants tomberaient comme des pierres
dès qu'elles sortiraient du réseau magnétique. Voilà
ce qu'on gagnait à vivre au-Dehors : coups de soleil,
piqûres d'insectes et technologie pourrie. Tôt ou tard,
les deux fugitifs seraient obligés de foncer vers le fleuve
et ses dépôts de minerai.

— Chef ? Tu veux que j'appelle au camp pour
demander des renforts ? s'enquit Fausto.

— Trop loin pour qu'ils arrivent à temps.

— Et le docteur Cable ?

— Oublie-la, répondit Shay. Cette affaire concerne
les Scarificateurs. Pas question de laisser d'autres
Specials en récolter tout le crédit.

— Surtout cette fois, chef, intervint Tally. C'est David, là-bas.

Il y eut un long silence, puis le rire de Shay retentit sur les ondes, tranchant comme une lame ; un doigt glacé courut le long de la colonne vertébrale de Tally.

— Ton ex-petit ami, hein ?

Tally serra les dents. Les péripéties honteuses de sa période Ugly lui pesaient sur l'estomac ; le vieux sentiment de culpabilité ne s'était jamais tout à fait estompé.

— Le tien aussi, chef, si je me souviens bien.

Shay rit de nouveau.

— Eh bien, nous allons pouvoir régler nos comptes toutes les deux. Pas d'appel, Fausto, quoi qu'il arrive. Ce gars-là est à nous.

Tally afficha une expression déterminée, mais son estomac demeurait noué. À La Fumée, Shay et David étaient ensemble. Mais quand Tally était arrivée et que David l'avait finalement préférée, la jalousie et l'envie qui constituaient le lot des Uglies avait tout bousillé, comme d'habitude. Suite à cette trahison, et après la destruction de La Fumée – même à l'époque où Shay et Tally étaient toutes les deux des têtes vides –, la colère de Shay n'avait jamais complètement disparu.

Maintenant qu'elles étaient Specials, ces vieux souvenirs n'auraient pas dû avoir la moindre importance. Mais la vue de David avait troublé la clarté glaciale de Tally, et lui laissait penser que la rancœur de Shay couvait encore.

Le fait de le capturer mettrait peut-être un terme définitif à leur différend. Tally prit une longue inspiration et se pencha un peu plus pour donner de la vitesse à sa planche.

Ils se rapprochaient des limites de la ville. Sous eux, la ceinture de verdure céda la place à une banlieue composée de pavillons bien rangés dans lesquels des grands Pretties élevaient leurs gamins. Les deux Fumants descendirent au niveau de la rue, virant sèchement aux carrefours, genoux fléchis et bras écartés.

Tally aborda le premier virage serré, avec un large sourire tandis que son corps se courbait et se tordait. Voilà comment les Fumants parvenaient le plus souvent à s'échapper ; les Specials ordinaires, dans leurs pauvres aérocars, ne pouvaient foncer qu'en ligne droite. Mais les Scarificateurs étaient des Specials *spéciaux* : aussi mobiles que les Fumants, et tout aussi cinglés.

— Colle-leur au train, Tally-wa, dit Shay.

Les autres avaient toujours plusieurs secondes de retard.

— Pas de problème, chef.

Tally filait le long des rues étroites, à un mètre du béton. Une chance que les grands Pretties ne sortent jamais aussi tard – si quelqu'un avait traversé devant eux, le moindre heurt contre une planche magnétique l'aurait réduit en purée.

L'étroitesse des lieux ne fit pas ralentir Tally. Elle n'avait pas oublié à quel point David était fort à ce petit jeu, comme s'il était né sur une planche. Et sa complice avait probablement eu tout le temps de s'entraîner dans les ruelles des Ruines rouillées, la ville fantôme d'où les Fumants lançaient leurs incursions.

Mais Tally était Special désormais. Les réflexes de David n'étaient rien comparés aux siens, et tout l'entraînement du Fumant ne pourrait compenser cette donnée qu'il n'était qu'un aléatoire : le pur produit d'un caprice de la nature. Alors que Tally avait été *faite* pour cela – *refaite*, en tout cas –, conçue pour traquer les ennemis de la ville et les traduire devant la justice. Et sauver ainsi la nature de l'anéantissement.

Elle accéléra en pleine courbe, accrochant le coin d'une maison plongée dans le noir dont elle écrasa le tuyau d'écoulement de la gouttière. David était si proche qu'elle entendait crisser ses chaussures antidérapantes sur sa planche.

Encore quelques secondes et elle pourrait lui sauter dessus et l'agripper, rouler avec lui jusqu'à ce que ses bracelets anticrash les arrêtent avec une violence à se démettre les épaules. Bien sûr, à une telle vitesse, même son corps spécial sentirait le choc, et un humain ordinaire risquait de se briser tous les os…

Serrant les poings, Tally laissa sa planche perdre du terrain. Elle devrait attendre qu'ils survolent une zone dégagée. Elle ne tenait pas à tuer David, au fond ; elle voulait simplement le voir maté, transformé en tête vide, Pretty et stupide, afin qu'il sorte de sa vie une bonne fois pour toutes.

Au virage suivant, il jeta un bref coup d'œil derrière lui, et Tally lut sur son visage qu'il l'avait reconnue. Sa beauté cruelle avait dû lui causer un sacré choc.

— Ouais, chéri, c'est moi, murmura-t-elle.

— Plus doucement, Tally-wa, conseilla Shay. Attends la lisière de la ville. Contente-toi de rester au contact.

— O.K., chef.

Tally se laissa distancer encore un peu, heureuse que David sache désormais qui lui donnait la chasse.

À cette allure, ils eurent tôt fait d'atteindre la ceinture industrielle. Tous prirent de la hauteur afin d'éviter les camions de livraison automatisés qui passaient en grondant dans la nuit. Les trois autres Scarificateurs se déployèrent derrière Tally, coupant la moindre possibilité aux Fumants de revenir sur leurs pas.

Un simple coup d'œil aux étoiles et un rapide calcul mental indiquèrent à Tally que les deux fugitifs continuaient à s'éloigner du fleuve, filant droit vers une capture certaine à la sortie de la ville.

— C'est bizarre, chef, dit-elle. Pourquoi n'essaie-t-il pas de gagner le fleuve ?

— Il s'est peut-être perdu. Ce n'est qu'un aléatoire, Tally-wa. Pas le garçon courageux dont tu te souviens.

Tally entendit un petit rire sur les ondes, et ses joues s'enflammèrent. Pourquoi continuaient-elles à se comporter comme si David signifiait encore quelque chose pour elle, Tally ? Ce n'était qu'un Ugly, un aléatoire. Cela dit, s'introduire en ville ainsi qu'il l'avait fait *était* un acte de courage… même si c'était sacrément stupide.

— Peut-être qu'ils se dirigent vers les Sentiers, suggéra Fausto.

Les Sentiers étaient un immense parc naturel de l'autre côté de Crumblyville, le genre d'endroit où les grands Pretties aimaient se promener quand ils voulaient se donner l'illusion de faire une excursion en pleine nature. L'endroit paraissait sauvage, mais on pouvait toujours s'y faire récupérer par aérocar lorsque l'on commençait à se fatiguer.

Peut-être croyaient-ils pouvoir s'échapper à pied. David ne se rendait-il pas compte que les Scarificateurs avaient le pouvoir de voler hors des limites de la ville ? Qu'ils étaient capables de voir dans le noir ?

— J'y vais ? demanda Tally.

Ici, parvenue jusqu'à la zone industrielle, elle pouvait ceinturer David et le jeter à bas de sa planche sans risque de le tuer.

— Relax, Tally, répondit sèchement Shay. C'est un ordre. Où qu'ils aillent, la grille prendra fin.

Tally serra les poings, mais ne discuta pas.

Shay était Special depuis plus longtemps qu'aucun d'entre eux. Son esprit était si glacial qu'elle s'était pratiquement transformée toute seule – sur le plan mental, au moins –, crevant sa bulle de tête vide rien qu'en appliquant une lame contre sa peau nue. C'était elle qui avait passé un pacte avec le docteur Cable, et négocié l'arrangement qui autorisait les Scarificateurs à détruire La Nouvelle-Fumée par les moyens de leur choix.

Donc, Shay était le chef. D'ailleurs, obéir, ce n'était pas si mal ; c'était plus glacial que réfléchir, au risque de s'embrouiller les idées.

Les lotissements de Crumblyville apparurent. Ils survolèrent des jardins en friche attendant que d'anciens Pretties viennent y planter des fleurs printanières. David et sa complice descendirent au ras du sol afin de permettre à leurs planches d'extraire de la grille le maximum de sustentation.

En voyant leurs doigts se frôler au moment de sauter une haie basse, Tally se demanda s'ils étaient ensemble, tous les deux. David s'était probablement trouvé une petite Fumante à qui briser le cœur.

C'était sa grande spécialité : recruter des Uglies pour les convaincre de s'enfuir, séduire la crème des gamins de la ville par des promesses de rébellion. Et il avait toujours ses favorites : d'abord Shay, ensuite Tally…

Tally secoua la tête pour s'éclaircir les idées, en se

rappelant que la vie sentimentale des Fumants n'avait aucun intérêt pour une Special.

Elle se pencha pour accélérer. La vaste étendue noire des Sentiers se trouvait juste devant. Cette poursuite tirait à sa fin.

Les deux fugitifs plongèrent dans l'obscurité, disparaissant parmi les bois. Tally prit de l'altitude pour survoler les frondaisons, cherchant des signes de leur passage à la lueur crue de la lune. Plus loin, au-delà des Sentiers, s'étendaient les terres sauvages, la noirceur absolue du Dehors.

Un frisson agita la cime des arbres – les deux planches des Fumants filaient comme le vent à travers la forêt.

— Ils continuent tout droit, annonça-t-elle.

— Nous sommes juste derrière toi, Tally-wa, répondit Shay. Tu descends nous rejoindre ?

— D'accord, chef.

Tally se couvrit le visage avec les deux mains et se laissa tomber. Une cascade d'aiguilles de pin l'arrosa de la tête aux pieds, des branches la cinglèrent au passage. Elle se mit à slalomer entre les troncs, les genoux fléchis, les yeux grands ouverts.

Les trois autres Scarificateurs, déployés sur une centaine de mètres, avaient rattrapé leur retard. Leurs visages cruels prenaient un aspect démoniaque sous la clarté lunaire.

Devant, à la frontière entre les Sentiers et la véritable nature sauvage, les deux Fumants perdaient de l'altitude ; les aimants magnétiques de leurs planches étaient à court de métal. Leur descente s'acheva en une glissade qui retentit dans la forêt, suivie d'un bruit de course.

— Fin de la partie, déclara Shay.

Les rotors de sustentation de la planche de Tally se mirent en route sous ses pieds. Leur grondement sourd à travers les bois ressemblait à un grognement de bête en hibernation. Les Scarificateurs ralentirent et descendirent à quelques mètres d'altitude, examinant les environs à la recherche de mouvements.

Tally sentit un frisson de plaisir lui parcourir l'échine. La chasse se changeait en une partie de cache-cache.

Mais pas exactement une partie *honnête*. Elle fit un geste avec le doigt, et les puces implantées dans ses mains et à l'intérieur de son cerveau répondirent en dressant un filtre infrarouge devant ses yeux. Le monde se transforma soudain – le sol enneigé virait au bleu foncé, tandis que les arbres émettaient un halo vert pâle –, chaque objet étant illuminé par sa propre chaleur. Quelques mammifères se détachèrent, rouges et palpitants, le museau en l'air comme s'ils flairaient l'imminence d'un danger. Non loin de là, Fausto scintillait sur sa planche, tandis que les mains de Tally semblaient parcourues de flammes orange.

Mais dans l'obscurité violette qui s'étendait devant elle, Tally n'aperçut aucune silhouette de taille humaine.

Elle fronça les sourcils, passant alternativement de l'infrarouge à la vision normale.

— Où sont-ils passés ?

— Ils doivent avoir des combinaisons furtives, murmura Fausto. Sinon, nous les aurions déjà vus.

— …Ou du moins sentis, dit Shay. Ton petit ami n'est peut-être pas si bête en fin de compte, Tally-wa.

— Que fait-on ? demanda Tachs.

— On continue à pied et on ouvre les oreilles.

Tally abaissa sa planche jusqu'au sol, soulevant des

brindilles et des feuilles mortes sous les rotors. Quand les pales s'immobilisèrent, elle mit pied à terre et sentit le froid de l'hiver s'insinuer à travers ses semelles anti-dérapantes.

Tout en remuant les orteils, elle prêta l'oreille aux bruits de la forêt, tandis que le bourdonnement des autres planches s'éteignait peu à peu. À mesure que le silence s'épaississait, elle commença à percevoir un son léger – le vent qui agitait les aiguilles de pin dans leur minuscule fourreau de givre. Quelques oiseaux trou-blaient l'air, et des écureuils affamés, tirés de leur long sommeil hivernal, se mettaient en quête de noisettes enterrées. Le souffle des autres Scarificateurs lui par-venait par le réseau fantomatique de son antenne der-mique, coupé du reste du monde.

Mais aucun bruit n'évoquait un déplacement humain à travers les sous-bois.

Tally sourit. Au moins David rendait-il le jeu intéres-sant, en demeurant parfaitement immobile. Pourtant, malgré les combinaisons furtives qui camouflaient leur chaleur corporelle, les Fumants seraient bien obligés de bouger tôt ou tard.

Par ailleurs, elle *sentait* sa présence. Il était tout près.

Tally coupa son antenne dermique pour ne plus entendre le bruit de ses compagnons. Il ne restait plus qu'elle, dans son monde en infrarouge. S'agenouillant, elle ferma les yeux et pressa sa paume nue sur le sol gelé. Ses mains de Special étaient équipées de puces capables de déceler les vibrations les plus infimes. Tally écouta de tout son être, attentive au moindre son.

Il y avait quelque chose dans l'air… une sorte de ronflement à la limite de l'audible. C'était l'une de ces présences fantomatiques qu'elle entendait maintenant, comme le bourdonnement de son propre système nerveux ou le grésillement d'une lampe fluorescente. Les Specials percevaient tant de bruits inaudibles pour les Uglies et les têtes vides – des sons aussi étranges et inattendus que les crevasses et les sillons de la peau humaine examinée au microscope.

De quoi s'agissait-il exactement ? Le son enflait et diminuait au gré de la brise, pareil à celui des lignes à haute tension qui partaient des panneaux solaires de la ville. Peut-être était-ce une sorte de piège, un câble tendu entre deux troncs ; ou bien une lame effilée comme un rasoir, orientée de manière à vibrer dans le vent ?

Tally garda les yeux fermés, se concentra davantage, et fronça les sourcils.

D'autres sons s'étaient joints au premier ; ils provenaient de toutes les directions désormais. Trois, quatre, cinq notes aiguës se mirent à résonner, avec le volume du froissement d'ailes d'un colibri à une centaine de mètres.

Tally ouvrit les yeux et, le temps de s'adapter de nouveau à l'obscurité, elle les vit soudain : cinq silhouettes déployées dans la forêt. Leurs combinaisons furtives se fondaient presque à la perfection dans le décor.

Puis elle remarqua leur position – jambes écartées, un bras ramené en arrière, l'autre tendu – et comprit à quoi correspondait le bruit…

Des cordes d'arcs, bandés et prêts à tirer.

— Embuscade ! s'écria Tally avant de réaliser qu'elle avait coupé son antenne dermique.

Les premières flèches partirent alors qu'elle la rallumait.

COMBAT DE NUIT

Les flèches fendirent l'air.

Tally roula au sol et s'aplatit sur un tapis de givre et d'aiguilles de pin. Quelque chose la frôla, d'assez près pour lui ébouriffer les cheveux.

À une vingtaine de mètres, l'une des flèches atteignit sa cible et un grésillement électrique retentit à ses oreilles, telle une surcharge du réseau. Tachs grogna. Puis une autre flèche toucha Fausto, et Tally l'entendit pousser un hoquet de douleur avant que sa ligne ne devienne muette. Elle se rua à couvert derrière l'arbre le plus proche, tandis que deux corps s'abattaient sourdement sur le sol.

— Shay ? siffla-t-elle.

— Ils m'ont ratée, répondit celle-ci. Je les avais vus venir.

— Moi aussi. Ils ont bien des combinaisons furtives.

Tally se redressa contre le tronc, cherchant à repérer les silhouettes parmi les arbres.

— Et l'infrarouge, aussi, ajouta Shay.

Sa voix demeurait calme.

Baissant les yeux sur ses mains, qui flamboyaient

avec rage en vision infrarouge, Tally respira profondément.

— Donc, ils nous voient parfaitement mais nous ne pouvons pas les voir ?

— J'ai l'impression d'avoir sous-estimé ton petit ami, Tally-wa.

— Si tu voulais bien te rappeler que c'était aussi le tien, tu…

Quelque chose remua entre les arbres devant elle, et tandis que ses paroles se fondaient, Tally entendit le snap de la corde d'un arc. Elle se jeta sur le côté et une flèche frappa l'arbre avec un grésillement de matraque électrique, enveloppant le tronc d'une toile de lumière scintillante.

Elle s'éloigna en roulant sur elle-même jusqu'à deux branches basses emmêlées l'une à l'autre, et se glissa entre les deux :

— Et maintenant, chef, quel est le plan ?

— Le plan consiste à leur donner une raclée, Tally-wa, la réprimanda Shay d'une voix douce. Nous sommes des Specials. Ils ont remporté le premier round, mais ce ne sont que des aléatoires.

Une autre corde claqua et Shay poussa un grognement. Des bruits de cavalcade dans les fourrés se firent entendre.

D'autres vrombissements résonnèrent, et Tally se plaqua au sol, mais les flèches s'envolèrent loin, vers l'endroit où Shay avait battu en retraite. Des ombres fluctuantes scintillèrent à travers la forêt, avec des grésillements de décharges électriques.

— Encore raté, gloussa Shay.

Tally avala sa salive, tâchant d'écouter malgré les battements assourdissants de son cœur, non sans maudire la désinvolture des Scarificateurs qui n'avaient apporté ni combinaisons furtives ni armes de jet, *rien* dont Tally puisse se servir dans ces circonstances. Elle ne pouvait compter que sur son canif et ses ongles, outre ses réflexes et ses muscles de Special.

Le plus embarrassant, c'est qu'elle avait perdu tout sens de l'orientation. Se trouvait-elle bien à l'abri *derrière* ces arbres ? L'un des agresseurs n'était-il pas en train d'encocher calmement une nouvelle flèche pour l'abattre ?

Tally leva les yeux pour tenter de se repérer aux étoiles, mais l'entremêlement des branches divisait le ciel en motifs indéchiffrables. Elle attendit, s'appliquant à respirer lentement, profondément. S'ils ne lui avaient pas encore tiré dessus, c'est qu'elle était sans doute hors de vue.

Mais devait-elle courir ? Ou demeurer sur place ?

Coincée entre ses deux arbres, Tally se sentait toute nue. Jamais les Fumants n'avaient combattu de cette manière ; d'ordinaire, ils prenaient la fuite et se cachaient dès que les Specials montraient le bout du nez. Son entraînement de Scarificatrice portait uniquement sur la traque et la capture ; personne ne lui avait parlé d'assaillants invisibles.

Elle aperçut la silhouette jaune vif de Shay qui s'enfonçait dans les Sentiers, s'éloignant toujours plus, au point qu'elle se retrouvait seule.

— Chef ? murmura-t-elle. On ferait peut-être mieux d'appeler les collègues.

— Oublie ça, Tally. Tu tiens vraiment à me ridiculiser devant le docteur Cable ? Reste où tu es, pendant que je les contourne. On va leur réserver une petite surprise de notre cru.

— O.K. Mais comment ? Je veux dire, ils sont invisibles et nous ne sommes même pas…

— Un peu de patience, Tally-wa. Et fais moins de bruit, veux-tu ?

Poussant un soupir, Tally s'obligea à fermer les yeux et se concentra sur le ralentissement de son pouls. Non sans rester à l'affût du moindre son indiquant que les cordes des arcs étaient mises en action.

Elle entendit une vibration légère derrière elle, non loin – un arc bandé, flèche encochée et prête à partir. Une deuxième note se joignit à la première, puis une troisième… Était-ce *elle* que l'on visait ? Elle compta jusqu'à dix, attendant le claquement des cordes.

Mais ce bruit ne vint pas.

Elle était probablement bien cachée. Sauf qu'elle avait dénombré cinq Fumants en tout. Si trois d'entre eux tenaient leur arc prêt, que faisaient les deux autres ?

Puis elle capta, plus ténu encore que le souffle calme et régulier de Shay, un bruit de pas sur les aiguilles de pin. Mais la personne évoluait trop prudemment, trop silencieusement pour être un aléatoire de la ville. Seul quelqu'un qui avait grandi dans la nature pouvait avoir une démarche aussi habile.

David.

Tally se releva d'un mouvement souple, le dos plaqué au tronc, et ouvrit les yeux.

Le bruit se rapprochait sur sa droite. Elle pivota lentement, pour garder l'arbre entre elle et l'ennemi.

Risquant un rapide coup d'œil vers le ciel, Tally se demanda si les branches seraient assez épaisses pour masquer sa chaleur corporelle aux infrarouges. Mais elle ne voyait pas comment elle parviendrait à grimper sans que David l'entende.

Il était proche… Peut-être pourrait-elle bondir et le piquer avant que les autres Fumants aient le temps de lâcher leurs flèches. Après tout, ce n'étaient que des Uglies, des petits malins d'aléatoires qui n'avaient plus l'avantage de la surprise.

Tally imprima une torsion à sa bague, découvrant une aiguille rechargée.

— Shay, où est-il ? chuchota-t-elle.

— À douze mètres de toi. (Les paroles lui parvinrent dans un souffle.) À genou, en train de regarder par terre.

Même sans élan, Tally pouvait couvrir douze mètres en quelques secondes… Ferait-elle une cible trop difficile pour les autres Fumants ?

— Mauvaise nouvelle, murmura Shay. Il a trouvé la planche de Tachs.

Tally se mordit la lèvre inférieure, réalisant quel était le but de cette embuscade : les Fumants voulaient mettre la main sur une planche des Special Circumstances.

— Tiens-toi prête, dit Shay. Je te rejoins.

Au loin, sa silhouette scintillante se découpa entre deux arbres, bien évidente mais trop rapide et trop distante pour être atteinte par un projectile de la lenteur d'une flèche.

Tally ferma les yeux de nouveau, pour mieux écouter. Elle entendit d'autres bruits de pas, plus lourds et plus maladroits que ceux de David – le cinquième Fumant à la recherche d'une autre planche.

Il était temps d'agir. Elle ouvrit les yeux…

Un vrombissement épouvantable retentit à travers la forêt : les rotors de sustentation d'une planche au démarrage, recrachant une purée de brindilles et d'aiguilles de pin.

— Arrête-le ! siffla Shay.

Tally s'élançait déjà, droit vers le bruit, réalisant avec un pincement au cœur que le bruit des rotors était suffisamment fort pour couvrir le claquement des cordes d'arcs. La planche décolla devant elle, surmontée d'une silhouette jaune vif affalée entre les bras d'une forme noire.

— Il emmène Tachs ! cria-t-elle.

Encore deux pas, et elle pourrait bondir…

— *Tally, baisse-toi !*

Elle plongea. L'empennage d'une flèche lui frôla l'épaule alors qu'elle effectuait un roulé-boulé ; la charge électrique de la pointe lui dressa les cheveux sur la tête. Une deuxième flèche la rata de peu alors qu'elle se relevait.

La planche était déjà à trois mètres du sol et continuait à grimper, vibrant sous le poids de ses deux passagers. Tally bondit, sous le vent furieux des rotors de sustentation. Au tout dernier moment, elle se figura, les doigts pris dans les pales – tranchés dans un giclement de sang et d'os – et le courage lui manqua. Elle agrippa la planche, s'accrochant à grand-peine, et son poids ajouté à celui des deux autres commença à les faire redescendre lentement.

Dans sa vision périphérique, Tally aperçut une flèche

qui filait vers elle. Elle se tortilla pour l'éviter. Le coup la manqua, mais ses doigts avaient glissé ; elle lâcha une main, puis l'autre…

Tandis qu'elle retombait au sol, le grondement d'une deuxième planche magnétique fit trembler l'air. Ils en volaient une deuxième.

Le cri de Shay couvrit le vacarme :

— Fais-moi la courte échelle !

Tally se réceptionna en position accroupie au milieu d'un tourbillon d'aiguilles de pin. La silhouette jaune vif de Shay fonçait droit sur elle. Elle entrelaça les doigts et plaça ses mains en coupe à hauteur de sa poitrine, prête à propulser Shay vers la planche qui reprenait de l'altitude.

Un nouveau projectile jaillit dans la nuit en direction de Tally. Si elle se baissait, Shay se ferait cueillir en plein bond ; elle serra les dents, se préparant à recevoir un grand coup de matraque électrique.

Mais le souffle des rotors, telle une main invisible, modifia la trajectoire de la flèche, et le projectile atterrit à ses pieds dans une gerbe d'éclairs. Il y eut de l'électricité dans l'air humide et de minuscules doigts invisibles coururent sur la peau de Tally. Heureusement, ses pieds étaient isolés par les semelles antidérapantes.

Puis le poids de Shay pesa dans ses mains, et Tally en grognant poussa vers le haut de toutes ses forces.

Shay s'envola dans les airs avec un hurlement.

Tally voulut faire un bond de côté, imaginant que d'autres flèches volaient vers elle, mais elle sentit ses pieds glisser sur celle qui grésillait encore, tournoya sur elle-même et s'écroula sur le dos.

Une autre flèche fila, ratant son visage de quelques centimètres…

Elle leva les yeux : Shay avait atterri sur la planche, qui tanguait follement. Les rotors émirent un crissement de protestation sous cette triple charge. Shay leva une main armée d'une aiguille, mais la silhouette sombre de David poussa Tachs vers elle, l'obligeant à le rattraper. Elle vacilla au bord de la planche, dans l'effort d'éviter qu'ils ne tombent tous les deux.

Puis David se détendit, et frappa Shay à l'épaule avec une flèche électrique qu'il tenait à la main. Un autre filet d'étincelles illumina le ciel nocturne.

Bondissant sur ses pieds, Tally courut en direction de la bagarre. Les Fumants ne se battaient pas loyalement !

Au-dessus d'elle, une silhouette jaune scintillante dégringola de la planche, tête la première… Tally s'élança, tendit les mains : le poids mort lui atterrit dans les bras – ses os spéciaux étaient durs comme un sac de battes de base-ball – et l'envoya rouler au sol.

— Shay ? murmura-t-elle.

Mais c'était Tachs.

Tally leva la tête. La planche magnétique se trouvait à plus de dix mètres de hauteur désormais, hors d'atteinte. La forme inerte de Shay pesait contre la noirceur furtive de David, en une étreinte maladroite.

— Shay ! hurla Tally en voyant la planche qui grimpait toujours.

Puis elle entendit claquer la corde d'un arc et elle se jeta au sol encore une fois.

La flèche la manqua. Des silhouettes furtives couraient dans tous les sens, d'autres planches s'animaient en bourdonnant autour d'elle tandis que les Fumants décollaient l'un après l'autre.

Tally activa son bracelet anticrash mais ne sentit aucune traction en réponse. Ils avaient dérobé les quatre planches des Specials – elle se retrouvait abandonnée au sol, dans la situation d'une randonneuse aléatoire égarée en forêt.

Elle secoua la tête avec incrédulité. Où donc les Fumants s'étaient-ils procuré des combinaisons furtives? Depuis quand tiraient-ils sur les gens? Comment une opération aussi simple avait-elle pu tourner aussi mal?

Elle connecta son antenne dermique au réseau de la ville, sur le point d'appeler le docteur Cable. Elle hésita un moment, en se rappelant les ordres de Shay. Pas d'appel, quoi qu'il arrive – elle ne pouvait pas désobéir.

Les quatre planches étaient en l'air désormais. La chaleur de leurs rotors de sustentation dégageait une lueur orangée. Elle apercevait Shay inconsciente dans les bras de David, ainsi qu'un autre Special qu'ils emportaient sur une planche différente.

Tally jura. Tachs gisait toujours à ses pieds, ils avaient donc eu Fausto également. Elle *devait* appeler des renforts, mais cela signifierait enfreindre les ordres…

Elle reçut un appel sur le réseau.

— Tally? fit une voix distante. Que se passe-t-il là-bas?

— Ho! Où es-tu?

— Calé sur vos localisateurs. Je suis à deux minutes. (Il rit.) Tu ne croiras jamais ce que ce garçon m'a raconté, à la fête, celui avec lequel dansait ta Fumante!

— On s'en fiche! Ramène-toi en vitesse!

Tally scruta le ciel, observant avec impuissance les planches des Scarificateurs s'éloigner dans la nuit. Dans une minute, les Fumants auraient disparu pour de bon.

Il était trop tard pour faire venir d'autres Specials jusqu'ici, trop tard pour tenter quoi que ce soit…

La rage et la frustration envahirent Tally, au point de la submerger presque. David ne l'emporterait *pas* sur elle, pas cette fois-ci ! Elle ne pouvait se permettre de perdre la tête.

Elle savait ce qui lui restait à faire.

Formant une griffe avec sa main droite, Tally plongea ses ongles dans la chair de son avant-bras gauche. Les nerfs délicats qui couraient dans sa peau hurlèrent, tandis qu'un torrent de douleur se déversait en elle, surchargeant son cerveau.

Puis vint l'instant spécial où une clarté glaciale remplaça la panique et la confusion. Elle aspira l'air froid à grandes goulées…

Bien sûr ! David et la fille avaient abandonné leurs planches ; celles-ci ne devaient pas être loin.

Tally se détourna et repartit au pas de course vers la ville, pour chercher dans le noir l'odeur à demi oubliée de David.

— Que s'est-il passé ? demanda Ho. Pourquoi n'y a-t-il que toi en ligne ?

— On est tombés dans un piège. *Silence.*

Juste après, le nez de Tally perçut quelque chose : l'odeur de David flottait sur un objet poli et brossé par ses mains, sur lequel il avait sué pendant la poursuite. Les Fumants n'avaient guère eu le temps de camoufler leurs vieilles planches. Tally n'était pas tout à fait sans ressources.

Sur un claquement de doigts, la planche de David jaillit des aiguilles de pin qui la recouvraient sommairement. Tally bondit dessus et la planche vacilla, instable, comme l'extrémité d'un plongeoir : elle ne ressentit pas la puissance que procuraient les rotors de sustentation. Mais Tally avait appris à faire de la planche sur un modèle de ce genre, de nombreux mois auparavant, et cela lui suffirait dans l'immédiat.

— Ho, j'arrive à ta rencontre !

La planche longea la ville et gagna de la vitesse à mesure que ses aimants trouvaient prise sur la grille magnétique.

Tally grimpa à travers les arbres, scrutant l'horizon. Elle repéra les Fumants dans le lointain, trahis par les corps scintillants de leurs deux prisonniers qui brillaient comme des braises dans la nuit.

Par un coup d'œil aux étoiles, elle se livra à un bref calcul d'angles et de directions…

Les Fumants se dirigeaient vers le fleuve, où ils retrouveraient l'usage de la sustentation magnétique. Avec deux passagers par planche, ils avaient besoin de toute la portance possible.

— Ho, dirige-toi vers la limite ouest des Sentiers. *Fissa !*

— Pourquoi ?

— Pour gagner du temps !

Elle ne devait pas perdre les fugitifs de vue. Les Fumants étaient peut-être invisibles, mais leurs prisonniers flamboyaient en mode infrarouge.

— O.K., j'arrive, dit Ho. Raconte-moi ce qui se passe.

Tally ne répondit pas. Elle zigzaguait entre les cimes des arbres comme dans une course de slalom. Ho n'aimerait pas ce qu'elle allait faire, mais elle n'avait pas le choix. C'était *Shay*, là-bas, que David emmenait. L'occasion unique pour Tally de racheter ses anciennes erreurs.

De prouver qu'elle était vraiment spéciale.

Ho l'attendait à l'endroit où la forêt des Sentiers commençait à s'éclaircir.

— Hé, Tally, dit-il en la voyant foncer sur lui. Qu'est-ce que tu fabriques sur cette poubelle ?

— C'est une longue histoire.

Elle s'arrêta près de lui en dérapage.

— Ouais, eh bien, pourrais-tu, *s'il te plaît*, me dire…

Il poussa un cri étranglé quand Tally le bouscula violemment, le précipitant dans les ténèbres en contrebas.

— Désolé, Ho-la, s'excusa-t-elle alors qu'elle sautait sur sa planche avant de prendre la direction du fleuve. (Les rotors de sustentation s'enclenchèrent quand elle franchit les limites de la ville.) J'ai besoin de t'emprunter ta planche. Pas le temps de t'expliquer.

Un grognement lui parvint quand les bracelets de Ho stoppèrent sa chute.

— Tally ! Qu'est-ce qui te…

— Ils tiennent Shay. Et Fausto, également. Tachs est toujours dans les Sentiers, inconscient. Va t'assurer qu'il n'a rien.

— *Quoi ?*

La voix de Ho faiblit tandis que Tally filait en rase campagne, laissant derrière elle les relais du réseau de la ville. Elle balaya l'horizon et repéra deux scintillements lointains aux infrarouges, comme des yeux qui brillaient dans le noir – Fausto et Shay.

La chasse n'était pas terminée.

— Ils nous ont pris par ruse. Tu m'écoutes, oui ou non? (Elle grinça des dents.) Et Shay a dit: surtout, aucun appel au docteur Cable. Pas question de demander de l'aide sur ce coup-là.

Shay ne tiendrait pas à ce que les Special Circumstances apprennent que les Scarificateurs – les Specials très spéciaux du docteur Cable – s'étaient fait ridiculiser.

D'ailleurs, une escadrille hurlante d'aérocars servirait juste à prévenir les Fumants qu'ils étaient poursuivis. Alors que, seule, Tally parviendrait peut-être à leur tomber dessus par surprise.

Elle se pencha en avant, arrachant la moindre bribe de vitesse à sa planche d'emprunt. Les protestations de Ho s'estompèrent derrière elle.

Elle était sûre de les rattraper. Cinq Fumants et deux prisonniers sur quatre planches ne pouvaient pas aller bien vite. Tally devait simplement se rappeler que c'étaient des aléatoires, et qu'elle était Special.

Elle avait encore une chance de sauver Shay, de capturer David et de tout arranger.

SAUVETAGE

Tally volait vite et bas, effleurant presque la surface du fleuve, pour scruter les sous-bois plongés dans la pénombre de part et d'autre.

Où étaient-ils donc passés?

Les Fumants ne devaient pas se trouver bien loin devant – pas avec deux minutes d'avance seulement. Mais comme elle, ils volaient en rase-mottes, mettant à profit les dépôts de minerai dans le lit du fleuve pour obtenir quelque poussée supplémentaire, sans quitter le couvert des arbres. Même les infrarouges ne pouvaient percevoir le dégagement de chaleur corporelle de Shay et de Fausto à travers la forêt. Cela posait un problème.

Et s'ils avaient quitté le fleuve, et s'étaient cachés sous les arbres pour la regarder passer? Sur leurs planches volées, les Fumants avaient la possibilité de partir dans la direction de leur choix.

Tally avait besoin de quelques secondes en altitude, pour évaluer la situation d'en haut. Mais les Fumants aussi avaient la vision infrarouge. Si elle voulait observer sans se faire voir, elle allait devoir abaisser sa température corporelle.

Elle contempla les eaux sombres qui roulaient sous ses pieds et frissonna.

Cela n'allait pas être amusant.

Tally s'arrêta en tête-à-queue, soulevant avec le bout de sa planche une écume glacée qui lui chatouilla si fort le visage et les bras qu'elle frissonna jusqu'aux os. Le fleuve coulait impétueusement, plein à ras bord de neige fondue descendue des montagnes, plus froid qu'un seau à champagne à l'époque où elle était une tête vide.

— Merveilleux, fit Tally en fronçant les sourcils, avant de risquer un pas dans le vide.

Les orteils pointés, elle souleva à peine quelques éclaboussures mais l'eau glacée accéléra follement son cœur. En quelques secondes elle se mit à claquer des dents, et ses muscles se bandèrent de façon inquiétante. Elle tira la planche de Ho sous l'eau avec elle, et les rotors de sustentation crachèrent des filaments de vapeur en refroidissant.

Tally entama un interminable décompte, jusqu'à dix, et voua au malheur et à la destruction David, les Fumants et celui – quel qu'il soit – qui avait inventé l'eau glacée. Le froid s'insinua en elle, faisant crisser chacun de ses nerfs et la pénétrant jusqu'aux os.

Et puis, le moment spécial la cueillit de plein fouet. De même que lorsqu'elle se tailladait le bras : la souffrance montait, montait, jusqu'à devenir presque insupportable… pour s'inverser soudain. Et, cachée au cœur de la douleur, l'étrange clarté lui vint, comme si le monde se réorganisait de lui-même en un ensemble parfaitement ordonné.

Ainsi que le docteur Cable le lui avait promis si longtemps auparavant, c'était plus qu'intense. Tous les sens de Tally étaient en feu, mais son esprit paraissait détaché : elle analysait ses sensations sans se laisser submerger.

Elle était non-aléatoire, supérieure à la normale… quasi surhumaine. Et elle avait été conçue pour sauver le monde.

Tally s'arrêta de compter et relâcha lentement, calmement son souffle ; petit à petit, elle cessa de grelotter. L'eau froide avait perdu son emprise sur elle.

Elle se hissa de nouveau sur la planche, en l'agrippant de ses phalanges pâles. Il lui fallut s'y reprendre à trois fois avant de parvenir à claquer des doigts assez fort. Enfin, la planche s'éleva dans le ciel obscur pour grimper aussi haut que la sustentation magnétique, froide et silencieuse, voulut bien l'emporter. Quand Tally dépassa les arbres, le vent la doucha telle une cascade glacée, mais elle l'ignora. Ses yeux balayèrent le monde merveilleusement précis en contrebas.

Ils étaient là – à environ un kilomètre en avant –, un scintillement de planches contre les eaux sombres, une lueur de brillance humaine aux infrarouges. Les Fumants n'allaient pas très vite ; en fait, ils semblaient presque rester sur place. Peut-être soufflaient-ils un moment, ignorant qu'ils étaient poursuivis. On aurait dit que cet instant de focalisation glaciale les avait figés sur place.

Elle laissa redescendre sa planche hors de vue avant que sa chaleur corporelle ne perce le froid de ses habits trempés. Son uniforme collait à elle comme une couverture mouillée. Arrachant sa veste, Tally la laissa tomber dans le fleuve.

Sa planche revint à la vie avec un rugissement et

bondit en avant, rotors à fond, soulevant une vague d'un mètre dans son sillage.

Tally était peut-être trempée, gelée jusqu'aux os et seule contre cinq, mais son bain lui avait éclairci les idées. Elle sentait ses sens spéciaux disséquer la forêt environnante, tous ses instincts en éveil, tandis que son esprit calculait d'après les étoiles le temps qu'elle mettrait à rattraper les fugitifs.

Elle fit jouer ses mains engourdies, sachant qu'elle n'aurait pas besoin d'autre arme, même si les Fumants lui réservaient de nouvelles surprises en chemin.

Elle était prête à la bagarre.

Soixante secondes plus tard, elle la vit : une planche solitaire au détour du fleuve. Celui qui se tenait dessus l'attendait calmement, silhouette noire serrant la forme brillante d'un Special entre ses bras.

Tally s'immobilisa en décrivant un arc serré pour scruter la forêt. Les sous-bois violacés grouillaient d'ombres mouvantes agitées par le vent, mais nulle silhouette humaine.

Elle contempla la forme sombre qui lui barrait la route. La combinaison furtive lui cachait le visage, mais Tally n'avait pas oublié la façon qu'avait David de se tenir sur une planche : le pied arrière tourné à quarante-cinq degrés, tel un danseur qui attend le lancement de la musique. Et elle *sentait* que c'était lui.

La silhouette brillante qui gisait entre ses bras devait sûrement être Shay, toujours inconsciente.

— Tu m'as vue te suivre ? demanda-t-elle.

Il secoua la tête.

— Non, mais je savais que tu le ferais.

— C'est quoi, ça ? Une autre embuscade ?

— Il faut que nous parlions.

— Pendant que tes amis prennent le large?

Tally fit jouer ses mains, mais sans faire mine d'avancer ou d'attaquer. Cela produisait une drôle d'impression d'entendre de nouveau la voix de David. Celle-ci semblait claire par-dessus le flot impétueux, quoique empreinte d'une certaine nervosité.

Tally réalisa qu'il avait peur d'elle.

Évidemment qu'il avait peur; cela surprenait tout de même...

— Tu te souviens de moi? demanda-t-il.

— À ton avis, David? lâcha Tally. Je me souviens même de toi à l'époque où j'étais une tête vide. Tu as toujours fait forte impression.

— Parfait, dit-il comme si elle venait de lui adresser un compliment. Dans ce cas, tu dois te rappeler notre dernière rencontre. Tu avais découvert que la ville t'avait trafiqué le cerveau. Tu t'étais forcée à penser de nouveau par toi-même, et pas comme une Pretty. Et tu t'étais sauvée. Tu t'en souviens?

— Je me rappelle mon petit ami étendu sur des couvertures, la cervelle à moitié grillée, dit-elle. Grâce à ces pilules qu'avait concoctées ta mère.

À la mention de Zane, un frisson parcourut la forme sombre de David.

— C'était un accident.

— Un *accident*? Quoi, tu m'avais fait parvenir ces pilules *accidentellement*?

Il s'agita sur sa planche.

— Non. Mais nous t'avions mise en garde contre les risques. Tu as oublié?

— Je me souviens de tout aujourd'hui, David ! Je *vois* enfin les choses.

Elle avait l'esprit clair, dégagé des émotions sauvages des Uglies et de l'insouciance des Pretties, et percevait pleinement ce qu'étaient les Fumants : non pas des révolutionnaires, juste des maniaques égocentriques qui jouaient avec la vie d'autrui, ne laissant que des personnes brisées dans leur sillage.

— Tally, plaida-t-il doucement.

Elle se contenta de rire.

Ses tatouages tournoyaient furieusement, autant sous l'effet de l'eau glacée que de la colère. Son esprit atteignit une focalisation parfaite ; à chaque pulsation de son cœur, la silhouette de David lui apparaissait avec plus de clarté.

— Vous volez des *enfants*, David, des gamins de la ville qui ne connaissent rien des dangers de la vie en pleine nature. Et vous jouez avec eux.

Il secoua la tête.

— Je n'ai jamais… Je n'ai jamais eu l'intention de jouer avec toi, Tally. Je suis désolé.

Elle fit mine de répondre, mais aperçut le signal de David juste à temps. Rien qu'un frémissement du doigt. Son esprit était si affûté que le plus infime mouvement se détachait comme un feu d'artifice dans la nuit.

Tally étendit sa perception dans toutes les directions, fouillant les ténèbres environnantes. Les Fumants avaient choisi un endroit où des rochers à demi submergés ajoutaient au rugissement de l'eau ; pourtant, Tally *sentit* venir l'attaque.

Un instant plus tard, sa vision périphérique vit arriver les flèches : une de chaque côté, tels deux doigts cherchant à écraser une mouche. Le temps s'écoula au ralenti. À moins d'une seconde de l'impact, comment se laisser entraîner par la gravité, même si elle parvenait à fléchir les genoux assez vite? Mais Tally n'avait pas besoin de la gravité…

Ses mains jaillirent de part et d'autre, coudes ployés, et ses doigts se refermèrent autour de la hampe des flèches. Ces dernières glissèrent un peu dans ses paumes – la friction la brûla comme si elle avait mouché deux chandelles – puis s'immobilisèrent.

La charge électrique des pointes grésilla brièvement, si proche que Tally en perçut la chaleur sur ses deux joues, puis elle s'éteignit dans un crépitement.

Elle n'avait pas quitté David des yeux, et même à travers la combinaison furtive elle le vit en rester bouche bée.

Elle eut un rire sec.

La voix de David trembla.

— Qu'ont-ils fait de toi, Tally?

— Ils m'ont ouvert les yeux, répondit-elle.

Il secoua tristement la tête, et repoussa Shay dans le fleuve.

Elle bascula en avant comme un sac et plongea tête la première dans l'eau, d'un coup. David fit volter sa planche et fila en soulevant une gerbe d'écume. Les deux archers surgirent des arbres et le suivirent, dans le rugissement de leurs planches.

— *Shay!* s'écria Tally.

Mais le corps inerte coulait déjà, entraîné par le poids de ses bracelets anticrash et de ses vêtements trempés. La coloration infrarouge de Shay se modifia sous l'eau :

ses mains passèrent du jaune vif à l'orange. Tally jeta ses flèches et plongea dans le fleuve glacé.

Quelques brasses l'amenèrent à côté de la forme pâle scintillante. Empoignant Shay par les cheveux, elle lui souleva la tête hors de l'eau. Ses tatouages faciaux bougeaient à peine sur son visage livide, puis Shay se mit à frissonner et se vida brusquement les poumons en toussant.

— Shay-la !

Tally se tortilla dans l'eau, pour mieux soutenir son amie.

Shay agita faiblement les bras, puis cracha à nouveau. Mais ses tatouages revenaient peu à peu à la vie, tournoyant de plus en plus vite à mesure que son pouls se renforçait. Son visage s'éclaira aux infrarouges tandis que le sang affluait pour le réchauffer.

Tally changea de prise, luttant pour lui maintenir la tête hors de l'eau, avant d'activer son bracelet anti-crash. Sa planche d'emprunt répondit par une traction magnétique : elle arrivait.

Ouvrant les yeux, Shay battit des paupières.

— C'est toi, Tally-wa ?

— Oui, c'est moi.

— Arrête de me tirer les cheveux.

Shay toussa encore.

— Oh, désolée.

Tally dégagea ses doigts des mèches mouillées. Quand elle sentit sa planche la pousser doucement dans le dos, elle passa un bras par-dessus, gardant l'autre autour de Shay. Un long frisson les parcourut toutes les deux.

— L'eau est froide… dit Shay.

Ses lèvres étaient presque bleues en vision infrarouge.

— Sans blague. Au moins, ça t'a réveillée. (Elle parvint à hisser Shay sur la planche, et à la redresser ; Shay se tint assise là, à grelotter dans la brise, tandis que Tally restait dans la rivière et la fixait d'un œil vitreux.) Shay-la ? Tu sais où on est ?

— Puisque tu m'as réveillée, je suppose que j'étais… endormie ? (Shay secoua la tête, fermant les yeux pour se concentrer.) Mince. Ça veut dire qu'ils m'ont eue avec une de leurs foutues flèches.

— Pas une flèche, non ; David avait une matraque électrique.

Shay cracha dans le fleuve.

— Il a triché. En me balançant Tachs dans les bras. (Elle fronça les sourcils, et rouvrit les yeux.) Il va bien, au fait ?

— Oui. Je l'ai attrapé au vol. Ensuite, David a essayé de t'emmener, mais je t'ai tirée de ses griffes.

Shay lui sourit faiblement.

— Joli travail, Tally-wa.

Tally eut un pauvre sourire.

— Et Fausto ?

Tally soupira en se hissant à son tour sur la planche, dont les rotors se mirent en marche pour supporter son poids.

— Ils l'ont eu aussi. (Jetant un coup d'œil le long du fleuve, elle ne vit que des ténèbres.) Ils doivent être loin, maintenant.

Shay passa un bras humide et tremblant autour des épaules de Tally.

— Ne t'en fais pas. On le récupérera. (Elle baissa les

yeux, confuse.) Comment me suis-je retrouvée dans le fleuve ?

— Ils t'avaient emmenée là afin de servir d'appât. Ils voulaient me capturer, moi aussi. Mais j'étais trop rapide pour eux, alors David t'a balancée dans l'eau pour faire diversion. À moins qu'il n'ait seulement voulu gagner du temps en sorte de permettre aux autres Fumants de s'enfuir avec Fausto.

— Hum. C'est un peu insultant, dit Shay.

— Quoi donc ?

— Qu'ils se soient servis de *moi* comme appât au lieu de Fausto.

Tally sourit et serra son amie entre ses bras.

— Peut-être savaient-ils à coup sûr que je m'arrête-rais pour toi.

Shay toussa.

— Oui, eh bien, quand je mettrai la main sur eux, je leur ferai regretter de ne pas m'avoir balancée du haut d'une falaise. (Elle inspira un grand coup, les poumons enfin vidés.) C'est drôle, quand même. Ça ne ressemble pas aux Fumants de jeter un otage inconscient dans l'eau glaciale. Tu vois ce que je veux dire ?

Tally acquiesça.

— Ils sont peut-être aux abois.

— Peut-être. (Shay frissonna de nouveau.) C'est comme si leur vie dans la nature les transformait en Rouillés. On peut *tuer* quelqu'un avec des arcs et des flèches, après tout. Je crois que je les préférais avant.

— Moi aussi, soupira Tally.

La vigueur d'esprit née de sa colère était en train de s'estomper, la laissant triste et démoralisée. Malgré tous ses efforts, elle avait perdu Fausto, et David également.

— Merci de m'avoir sauvée en tout cas, Tally-wa.

— Ce n'est rien, chef. (Tally accepta la main de son amie.) Alors… Nous sommes quittes, maintenant ?

Shay s'esclaffa, un bras autour de ses épaules, et son sourire s'élargit pour révéler ses dents taillées en pointes.

— Toi et moi n'aurons jamais à nous soucier d'être quittes, Tally-wa.

Tally éprouva une sensation de chaleur, comme chaque fois que Shay lui souriait.

— Ah non ?

Shay hocha la tête.

— Nous sommes bien trop occupées à être spéciales.

Elles retrouvèrent Ho sur les lieux de l'embuscade. Il avait réussi à ranimer Tachs et appelé le reste des Scarificateurs. Ceux-ci se trouvaient à une vingtaine de minutes, avec des planches supplémentaires. Ils brû-laient de se venger.

— Pour ça, nous irons leur rendre la monnaie de leur pièce bien assez tôt, ne vous en faites pas, dit Shay sans même mentionner la seule difficulté d'un tel plan : nul ne connaissait l'emplacement de La Nouvelle-Fumée.

En fait, personne ne pouvait jurer qu'elle exis-tait. Depuis la destruction de La Fumée originale, les Fumants se déplaçaient sans cesse d'un endroit à un autre. Et maintenant qu'ils possédaient quatre planches magnétiques spéciales flambant neuves, ils seraient encore plus difficiles à localiser.

Tandis que Shay et Tally tordaient leurs vête-ments mouillés, Ho et Tachs fouillèrent les ténèbres des Sentiers à la recherche d'indices. Ils retrouvèrent bientôt la planche abandonnée par la Fumante.

— Vérifie son niveau de charge, ordonna Shay à Tachs. Au moins, ça nous donnera une indication de la distance qu'elle a parcourue en venant ici.

— Bonne idée, chef, approuva Tally. Pas de chargement solaire pendant la nuit, après tout.

— Ouais, je me sens particulièrement brillante, ce soir, dit Shay. Sauf que la distance ne nous apprendra pas grand-chose. Il nous faut davantage.

— On *a* davantage, chef, intervint Ho. Comme j'essayais de le dire à Tally avant qu'elle me vire de ma planche, j'ai discuté avec cet Ugly, à la fête. Celui à qui la fille donnait ses nanos, tu sais ? Avant de le remettre aux gardiens, j'ai réussi à lui ficher un peu la frousse.

Tally voulait bien le croire. Les tatouages de Ho comprenaient un masque démoniaque en surimpression de ses propres traits, dont les lignes rougeoyantes passaient par une succession de grimaces au rythme de son pouls.

Shay émit un reniflement de mépris.

— Ce minus savait où trouver La Fumée ?

— Penses-tu ! En revanche, il savait où il était supposé apporter les nanos.

— Laisse-moi deviner, Ho-la, dit Shay. New Pretty Town ?

— Oui, évidemment. (Il brandit le sachet en plastique.) Sauf qu'ils n'étaient pas destinés à n'importe qui, chef. Il était censé les remettre aux Crims.

Tally et Shay échangèrent un regard. La quasi-totalité des Scarificateurs avaient appartenu aux Crims du temps où ils étaient Pretties. Les membres de cette bande recherchaient les sensations fortes : ils se comportaient

61

en Uglies afin de surmonter les lésions, et d'empêcher la vacuité de New Pretty Town de leur ravager le cerveau.

Shay haussa les épaules.

— Les Crims marchent très fort ces derniers temps. Ils se comptent par centaines, aujourd'hui. (Elle sourit.) Depuis que Tally et moi les avons rendus célèbres.

Ho acquiesça.

— Eh, j'en faisais partie moi aussi ! Sauf que le gamin a mentionné un nom, une personne à laquelle il devait remettre les nanos en main propre.

— Quelqu'un que nous connaissons ? demanda Tally.

— Ouais… Zane. Il a dit que les nanos étaient pour Zane.

LA PROMESSE

— Pourquoi ne m'as-tu pas *dit* que Zane était sorti?

— Parce que je n'en savais rien. Ça ne fait que deux semaines.

Tally lâcha un long soupir entre ses dents.

— Qu'y a-t-il? dit Shay. Tu ne me crois pas?

Tally se détourna vers le feu, ignorant que répondre. Ne pas se fier aux autres Scarificateurs n'avait rien de très glacial – cela menait aux doutes et à la confusion. Mais pour la première fois depuis qu'elle était devenue Special, elle ne se sentait pas à sa place. Ses doigts allaient et venaient le long des cicatrices qui lui zébraient les avant-bras, et les bruits de la forêt environnante la rendaient nerveuse.

Zane était sorti de l'hôpital, mais il ne se trouvait pas avec elle au camp des Scarificateurs, dans la nature, où il aurait dû être. Et cela semblait *mal*…

Autour d'eux, les autres Scarificateurs prenaient du bon temps. Ils avaient dressé un grand brasier avec des arbres abattus – une idée de Shay pour remonter le moral à tout le monde après l'embuscade de la nuit dernière. Les seize membres du groupe – moins Fausto – étaient réunis autour des flammes, se mettant au défi de sauter par-dessus pieds nus, pendant qu'ils se vantaient de ce que subiraient les Fumants une fois entre leurs mains.

Pourtant, d'une certaine manière, Tally n'avait pas l'impression d'être avec eux.

D'habitude, elle adorait les feux de joie, la façon dont ils faisaient sauter les ombres comme des êtres vivants, le vice qu'il y avait à brûler des arbres. C'était tout l'intérêt d'être Special : vous étiez là pour garantir que les autres observent les règles, pas pour les respecter vous-même.

Mais l'odeur du brasier de ce soir lui ramenait en mémoire sa vie de Fumante. Certains Scarificateurs avaient récemment abandonné la scarification au profit de la cautérisation, en se marquant les avant-bras avec des brandons rougis. Cela vous rendait tout aussi glacial. Mais pour Tally, l'odeur rappelait trop celle des animaux qu'on faisait cuire à La Fumée. Elle s'en tenait donc aux couteaux.

D'un coup de pied, elle envoya une branche dans les flammes.

— Bien sûr que je te crois, Shay. Mais ces deux derniers mois, je m'étais imaginé que Zane rejoindrait les Special Circumstances dès qu'il irait mieux. L'imaginer à New Pretty Town, avec une expression béate de mangeur de cookies sur le visage…

Elle secoua la tête.

— Si je pouvais le faire venir ici, Tally-wa, je le ferais.

— Ça veut dire que tu en toucheras deux mots au docteur Cable ?

Shay écarta les mains.

— Tally, tu connais les règles : pour intégrer les

Special Circumstances, il faut *prouver* qu'on est spécial. Il faut imaginer un moyen de ne plus être une tête vide.

— Mais Zane était déjà spécial à l'époque où il dirigeait les Crims. Cable ne peut pas comprendre ça?

— Sauf qu'il n'a vraiment changé qu'après avoir pris la pilule de Maddy. (Shay se rapprocha pour saisir Tally par les épaules; ses yeux rougeoyaient à la lueur des flammes.) Toi et moi avons changé de nous-mêmes, sans aucune aide.

— Zane et moi avons commencé à changer au moment où nous nous sommes embrassés, corrigea Tally en se dégageant. S'il n'avait pas eu la cervelle grillée, il serait des nôtres à l'heure qu'il est.

— Pourquoi t'inquiéter, dans ce cas? dit Shay d'un haussement d'épaules. S'il l'a fait une fois, il peut le refaire.

Tally se retourna pour fixer Shay, incapable de formuler leur question secrète. Zane était-il encore le garçon intense qui avait fondé les Crims? Ou bien les dommages qu'il avait subis au cerveau le condamnaient-ils à demeurer une tête vide pour le restant de ses jours?

Toute cette affaire était injuste. Totalement aléatoire.

Quand les Fumants introduisirent les premiers nanos à New Pretty Town, ils avaient déposé deux pilules à l'intention de Tally, avec une lettre de mise en garde contre les risques qu'elles pouvaient représenter, l'avertissant également qu'elle avait donné son « consentement éclairé ». Tout d'abord, elle eut peur de les prendre, mais Zane était toujours intense, toujours en train de chercher un moyen d'échapper à la belle mentalité. Il avait proposé d'avaler les pilules non testées.

Les nanos étaient supposés libérer les Pretties, transformer les têtes vides en… En *quoi* exactement, eh bien, personne ne s'était jamais donné la peine de se le demander. Que faire avec une bande de jeunes gens trop gâtés, à la beauté surhumaine, aux appétits sans limites ? Les lâcher dans le monde fragile, afin qu'ils le détruisent comme les Rouillés avaient failli le faire trois siècles auparavant ?

De toute manière, le remède ne marcha pas comme prévu. Zane et Tally s'étaient partagé les pilules, et Zane avait tiré la mauvaise ; les nanos avaient bien effacé les lésions qui faisaient de lui une tête vide mais ne s'étaient pas arrêtés là, et continuèrent à lui ronger la cervelle…

Tally frémit en songeant à la chance qu'elle avait eue. La seule fonction de sa pilule consistait à éliminer les nanos de l'autre ; seule, elle n'avait entraîné aucun effet – Tally avait simplement *cru* être guérie. Après quoi, elle avait trouvé par elle-même le moyen de ne plus être une tête vide – sans nanos, sans opération, sans même se scarifier, contrairement à la bande de Shay.

Voilà pourquoi elle se trouvait dans les Special Circumstances.

— J'avais autant de chance que lui de prendre cette pilule, dit Tally d'une voix douce. Ce n'est pas juste.

— Bien sûr, que ce n'est pas juste. Mais ça ne veut pas dire que c'est ta *faute*, Tally. (Un Scarificateur pieds nus bondit en riant par-dessus les braises, faisant voler des étincelles.) Tu as eu de la chance. C'est ce qui arrive à ceux qui sont spéciaux. Pourquoi te sentir coupable ?

— Je n'ai jamais dit que je me sentais coupable.

(Tally brisa une branche entre ses mains.) Je veux juste faire quelque chose pour lui. Alors laisse-moi venir avec toi ce soir, d'accord ?

— Je ne suis pas sûre que tu sois en état, Tally-wa.

— Je vais bien. Tant qu'on ne me demande pas de me coller un masque en plastique sur la figure.

Shay s'esclaffa, tendant le bras pour suivre les lignes mouvantes des tatouages faciaux de Tally, de son ongle rose.

— Je ne m'en fais pas pour ton visage – plutôt pour ton cerveau. Revoir deux ex-petits amis le même soir, ça risquerait de l'embrouiller.

Tally se détourna.

— Zane *n'est pas* un ex-petit ami. C'est peut-être une tête vide pour l'instant, mais il trouvera le moyen d'en sortir.

— Regarde-toi, dit Shay. Tu trembles. Ce n'est pas très glacial.

Tally contempla ses mains. Serra les poings pour les contrôler.

D'un coup de pied, elle envoya une grosse bûche dans le feu, éparpillant des étincelles. Le regard perdu dans les flammes, elle présenta ses paumes à la chaleur. Elle avait beau s'asseoir tout près du feu, on aurait dit que le froid du fleuve qui s'était insinué en elle ne voulait plus la quitter.

Elle avait simplement besoin de revoir Zane, et cette drôle de sensation qu'elle avait dans les os finirait par partir.

— Est-ce que tu frissonnes ainsi parce que tu as revu David ?

— David? renifla Tally. Qu'est-ce qui te fait croire ça?

— Ne sois pas gênée, Tally-wa. Personne ne peut rester glacial en permanence. Tu as peut-être simplement besoin d'une entaille.

Shay sortit son couteau.

Tally en avait envie, mais elle se contenta de renifler et de cracher dans le feu. Elle ne se laisserait pas mettre en position de faiblesse.

— J'ai affronté David sans problème... mieux que toi, si je me souviens bien.

Shay rit et lui décocha un coup de poing dans l'épaule, pour plaisanter, sauf que cela fit *mal*.

— *Aïe*, chef, protesta Tally.

Apparemment, Shay ne digérait pas d'avoir été battue en combat singulier par un aléatoire, la nuit précédente.

Shay contempla son poing.

— Désolée. Je ne voulais pas te faire mal, je te promets.

— Pas grave. Alors, on est quittes, maintenant? Je peux venir voir Zane avec toi?

Shay grogna.

— Pas tant qu'il est encore une tête vide, Tally-wa. Je préfère t'épargner ça. Pourquoi ne pas aider à la recherche de Fausto, plutôt?

— Tu ne crois pas sérieusement qu'ils vont le retrouver, quand même?

Shay haussa les épaules, puis coupa la connexion de son antenne dermique avec les autres Scarificateurs.

— Il faut bien leur donner une occupation, dit-elle doucement.

Plus tard, les autres monteraient sur leurs planches et

iraient battre la campagne. Les Fumants ne pouvaient pas retirer son antenne dermique à Fausto sans le tuer, de sorte que son signal resterait lisible à un kilomètre de distance au moins. Mais quelques kilomètres ne signifiaient rien dans la nature, et Tally le savait. À l'époque de La Fumée, elle avait voyagé pendant des jours en planche sans croiser la moindre trace d'humanité. Elle avait vu des villes entières enfouies dans le sable et dans la jungle. Si les Fumants avaient envie de disparaître, ils avaient toute la place du monde pour le faire.

Tally renifla avec dédain.

— Ça ne veut pas dire que je doive perdre mon temps, moi aussi.

— Combien de fois va-t-il falloir te l'expliquer, Tally-wa ? Tu es Special désormais. Tu ne devrais pas t'en faire comme ça pour une tête vide. Tu es une Scarificatrice, et Zane, non – c'est aussi bête que ça.

— Si c'est aussi bête, pourquoi est-ce que je me sens aussi mal ?

Shay poussa un gémissement.

— Parce que tu as toujours aimé tout *compliquer*.

Tally soupira et allongea un coup de pied dans le feu, soulevant une gerbe d'étincelles. Elle se souvenait de nombreuses occasions où elle avait été heureuse – comme tête vide, et même en tant que Fumante. Mais sa satisfaction ne durait jamais bien longtemps. Elle avait sans cesse besoin de changer, de repousser les limites, d'empoisonner la vie de tout le monde dans son entourage.

— Ce n'est pas toujours ma faute, dit-elle doucement. Les choses se compliquent d'elles-mêmes, parfois.

— Eh bien, fais-moi confiance là-dessus, Tally. Revoir Zane maintenant rendrait la situation *très* compliquée. Laisse-lui juste un peu de temps. N'es-tu pas heureuse avec nous ?

Tally hocha lentement la tête – elle *était* heureuse. Ses perceptions spéciales rendaient le monde glacial, et chaque instant passé dans ce nouveau corps valait mieux qu'une année entière comme Pretty. Mais maintenant que Zane était rétabli, son absence gâchait tout. Tally se sentait inachevée, irréelle.

— Si, Shay-la. Mais te rappelles-tu quand Zane et moi nous sommes enfuis de la ville, la dernière fois ? En te laissant derrière ? Eh bien, je ne veux plus jamais refaire une chose pareille.

Shay secoua la tête.

— Il faut parfois laisser les gens s'éloigner, Tally-wa.

— Tu crois que j'aurais dû te laisser partir la nuit dernière, Shay ? Me contenter de te regarder couler ?

Shay grommela.

— Super exemple, Tally. Écoute, je fais ça pour ton bien. Crois-moi, tu n'as pas besoin de cette complication.

— Alors, rendons les choses simples, Shay-la.

Tally glissa le bout de son pouce entre ses dents effilées comme un rasoir, et mordit. Le goût métallique du sang se répandit douloureusement sur sa langue, et son esprit s'éclaircit quelque peu.

— Une fois que Zane sera Special, j'arrêterai. Je ne compliquerai plus jamais les choses. (Elle tendit la main.) Je te le promets, sang pour sang.

Shay fixa la petite goutte de sang.

— Tu le jures ?

— Oui. Je serai une brave petite Scarificatrice et je ferai tout ce que toi ou le docteur Cable me demanderez. Donnez-moi seulement Zane.

Shay médita un moment, puis passa son propre pouce sur la lame de son couteau et regarda le sang perler.

— La seule chose que j'ai toujours voulue, c'est que nous soyons dans le même camp toutes les deux.

— Moi aussi. Je veux simplement que Zane soit là avec nous.

— Si ça peut te faire plaisir. (Shay sourit et, prenant la main de Tally, appliqua son pouce contre le sien… fort.) Sang pour sang.

Tandis que la douleur se répandait en elle, Tally sentit son esprit se glacer pour la première fois de la journée. Elle lisait son avenir désormais, comme un chemin net et clair sans plus de détours ni de confusion. Elle avait tout fait pour ne plus être Ugly, puis pour ne plus être Pretty, mais c'était fini désormais – dorénavant, elle se consacrerait à être Special.

— Merci, Shay-la, dit-elle d'une voix douce. Je tiendrai ma promesse.

Shay la relâcha, puis essuya sa lame sur sa cuisse.

— Je saurai te la rappeler.

Tally sentit sa gorge se serrer. Elle lécha son pouce douloureux.

— Alors je peux t'accompagner, ce soir, chef? S'il te plaît?

— Je suppose que tu n'as plus le choix, maintenant, admit Shay avec un sourire triste. Mais tu ne vas pas aimer ce que tu verras.

NEW PRETTY TOWN

Après le départ des autres, Shay et Tally éteignirent le feu, sautèrent sur leurs planches et s'envolèrent à destination de la ville.

Comme tous les soirs, le ciel de New Pretty Town était illuminé d'explosions colorées. Des ballons à air chaud flottaient à l'attache au-dessus des tours de fête, et des torches à gaz éclairaient les jardins de plaisir, pareils à des serpents lumineux qui grimpaient sur l'île. Les plus hauts bâtiments jetaient des ombres fantastiques dans la lumière vacillante des feux d'artifice, remodelant la silhouette de la ville à chaque détonation.

À leur arrivée au-dessus de New Pretty Town, elles furent accueillies par les acclamations éparses des têtes vides ivres. Un bref instant, ces cris joyeux donnèrent à Tally la sensation d'être redevenue une Ugly bloquée de l'autre côté du fleuve, impatiente d'avoir seize ans. C'était la première fois qu'elle revenait à New Pretty Town depuis qu'elle était Special.

— Tu ne regrettes jamais l'époque où nous étions Pretties, Shay-la? dit-elle. (Elles n'avaient passé que deux mois ensemble dans ce paradis des Pretties avant que les choses ne deviennent compliquées.) C'était plutôt marrant, non?

— C'était foireux, rétorqua Shay. Je préfère avoir un cerveau.

Tally soupira. Elle ne pouvait qu'acquiescer – mais avoir un cerveau faisait si *mal*, par moments. Elle suçota son pouce, à l'endroit où une marque rouge lui rappelait sa promesse.

Remontant la pente de l'île à travers un jardin de plaisir, les deux amies restèrent dans l'ombre, se dirigeant vers le centre de la ville. Elles survolèrent quelques couples enlacés, mais aucun ne leva la tête pour les voir passer.

— Je t'avais dit que nous n'avions pas besoin d'allumer nos combinaisons furtives, Tally-wa, gloussa Shay par le biais de son antenne dermique. Pour les têtes vides, nous sommes déjà invisibles.

Tally, sans répondre, se contenta de regarder les nouveaux Pretties qui défilaient en bas. Ils semblaient si insouciants, si inconscients de tous les dangers dont il fallait les protéger. Ils menaient peut-être une existence de plaisir, mais celle-ci lui semblait parfaitement vaine à présent. Elle ne pouvait pas laisser Zane vivre comme cela.

Soudain, des rires et des cris leur parvinrent à travers les arbres, en approche rapide… à vitesse de planche. Allumant sa combinaison furtive, Tally obliqua vers les aiguilles épaisses du pin le plus proche. Une rangée de planchistes arriva en slalomant au-dessus du jardin, avec des rires de démons hystériques. Elle s'accroupit plus bas, sentit sa combinaison adopter une configuration de camouflage et se demanda comment autant d'Uglies avaient réussi à se glisser ensemble dans New Pretty Town. Ce n'était pas un mauvais tour…

Cette bande méritait peut-être qu'on la suive.

Puis elle distingua leurs visages : beaux, les yeux immenses, d'une symétrie parfaite et sans le moindre défaut. C'étaient des Pretties.

Ils passèrent sans la voir, avec des hurlements sauvages, filant en direction du fleuve. Leurs hurlements s'estompèrent, pour ne laisser qu'une odeur de parfum et de champagne.

— Chef, est-ce que tu as vu…

— Oui, Tally-wa, j'ai vu.

Shay demeura silencieuse un moment.

Tally avala sa salive. Les têtes vides ne faisaient pas de planche magnétique. On avait besoin de tous ses réflexes pour tenir dessus ; pas question d'avoir les idées confuses et de se laisser distraire trop facilement. Quand des nouveaux Pretties étaient en mal de sensations, ils sautaient du haut d'un immeuble en portant des gilets de sustentation, ou grimpaient dans des ballons à air chaud, ce qui ne réclamait aucun talent.

Sauf que ces Pretties ne se contentaient pas de faire de la planche ; ils y mettaient du talent. Les choses avaient décidément changé à New Pretty Town.

Tally se souvint du dernier rapport des Special Circumstances indiquant que les fugitifs étaient de plus en plus nombreux chaque semaine, qu'il y avait une véritable épidémie de disparitions d'Uglies dans la nature. Qu'arriverait-il si des *Pretties* se mettaient en tête de les imiter ?

Shay émergea de sa cachette. Sa combinaison passa du vert moucheté au noir mat.

— Les Fumants ont peut-être introduit plus de pilules que nous le pensions, admit-elle. Peut-être en distribuent-ils directement ici, à New Pretty Town. Après tout, avec des combinaisons furtives, ils peuvent se rendre n'importe où.

Tally parcourut des yeux les arbres environnants. Grâce à une combinaison bien réglée, ainsi que l'embuscade l'avait prouvé, on pouvait échapper aux sens d'un Special.

— Ça me fait penser, chef : comment les Fumants ont-ils mis la main sur ces combinaisons ? Ils ne les ont pas *fabriquées*, quand même ?

— Impossible. Et ils ne les ont pas volées non plus. Le docteur Cable dit que toutes les villes tiennent un décompte de leur équipement militaire. Aucune n'a signalé la moindre fuite de matériel sur l'ensemble du continent.

— Lui as-tu parlé de la nuit dernière ?

— Des combinaisons furtives, oui. Je n'ai rien dit de la perte de Fausto ou de nos planches.

Tally réfléchit, en décrivant une courbe paresseuse au-dessus d'une torche vacillante.

— Donc… tu crois que les Fumants auraient pu dénicher d'anciennes caches de technologie rouillée ?

— Les Rouillés ne savaient pas faire de combinaisons furtives. Ils n'étaient bons qu'à tuer.

La voix de Shay mourut, et elle demeura silencieuse un moment pendant qu'un groupe de Fêtards passait entre les arbres en contrebas, battant du tambour alors qu'ils se dirigeaient vers une fête au bord du fleuve. Tally les observa, en se demandant s'ils n'étaient pas un peu excités pour des Fêtards ordinaires. *Tout le monde* était-il en train de devenir intense ? L'effet des nanos déteignait peut-être même sur les Pretties qui n'avaient pas pris de pilule – tout comme le fait de se trouver auprès de Zane l'avait toujours rendue plus intense.

Après le passage du groupe, Shay reprit :

— Le docteur C. pense que les Fumants ont de nouveaux amis. Des amis de la ville.

— Mais les Special Circumstances sont les seules à posséder des combinaisons furtives. Pourquoi l'un d'entre nous irait-il… ?

— Je n'ai pas dit de *cette* ville, Tally-wa.

— Oh, murmura Tally.

Les villes évitaient le plus souvent de se mêler des affaires de leurs voisines. Ce genre de conflit était trop dangereux, il pouvait facilement déboucher sur une guerre comme les Rouillés s'en livraient sans arrêt, opposant des continents entiers dans des luttes meurtrières. Rien que l'idée d'affronter les Special Circumstances d'une autre ville lui fit courir un frisson de nervosité le long de l'échine…

Elles se posèrent sur le toit de la résidence Pulcher, entre les panneaux solaires et les bouches d'aération. Quelques Pretties traînaient là-haut mais, entièrement absorbés par le ballet des ballons à air chaud et les feux d'artifice, ils ne les remarquèrent même pas.

Cela leur faisait une drôle d'impression de se retrouver là, sur ce toit. Tally avait vécu à la résidence Pulcher l'hiver dernier, en compagnie de Zane. Désormais tout lui apparaissait sous un jour nouveau. L'odeur n'était plus la même. Ces senteurs humaines qui s'échappaient des bouches d'aération, si différentes de l'air frais que l'on respirait dans la nature, la rendaient nerveuse.

— Regarde ça, Tally-wa, dit Shay en lui envoyant une vision en surimpression par le biais de son antenne dermique.

Tally ouvrit le document et l'immeuble sous ses pieds lui apparut en transparence, pour révéler une grille de lignes bleutées ponctuée de billes brillantes.

Elle cligna des paupières plusieurs fois afin de démêler le sens de cette image.

— Est-ce un genre de vision infrarouge ?

Shay rit.

— Non, Tally-wa. C'est une image fournie par l'interface de la ville. (Elle indiqua un rassemblement de points lumineux deux étages plus bas.) Tiens, c'est Zane-la avec quelques amis. Il a gardé son ancienne chambre, tu vois ?

En se focalisant sur chaque point lumineux, Tally vit apparaître un nom juste à côté. Elle se souvint des bagues d'interface que portaient les Uglies et les Pretties, et se rappela comment la ville s'en servait pour les suivre à la trace. Comme tous les fauteurs de troubles, cependant, Zane avait probablement été équipé d'un bracelet, ce qui était ni plus ni moins qu'une bague impossible à ôter.

Les autres points lumineux dans la chambre de Zane correspondaient pour la plupart à des noms que Tally ne connaissait pas. Tous ses anciens amis Crims avaient participé à la grande évasion de l'hiver dernier. Comme Tally, ils avaient trouvé le moyen de ne plus être des têtes vides, si bien qu'ils étaient tous Specials désormais

– à l'exception des Fumants qui couraient encore dans la nature.

Le nom de Peris flottait à côté de celui de Zane. Peris avait été le meilleur ami de Tally tout au long de leur enfance, mais durant l'évasion, il avait pris peur à la dernière minute et décidé de rester une tête vide. Voilà un Pretty qui ne serait jamais Special, Tally en était sûre.

Mais au moins Zane comptait-il un visage familier dans son entourage.

Elle fronça les sourcils.

— Ce doit être bizarre pour Zane. Tout le monde le connaît après nos exploits de l'hiver dernier, mais lui ne doit même pas se le rappeler…

Elle laissa sa voix mourir dans un murmure, chassant ces affreuses pensées.

— Il a gardé une certaine classe, en tout cas, observa Shay. Il y a au moins une douzaine de fêtes dans New Pretty Town ce soir, mais aucune n'est suffisamment intense pour Zane et sa bande.

— Sauf qu'ils se contentent de rester assis dans sa chambre.

Aucun des points lumineux ne semblait bouger. Quoi qu'ils fabriquent, cela ne semblait guère intense.

— Ouais, acquiesça Shay. Ça ne va pas être évident de lui parler en privé.

Elle avait prévu de suivre Zane un moment, avant de l'entraîner dans un coin sombre, entre deux fêtes.

— Pourquoi ne font-ils *rien du tout* ?

Shay toucha l'épaule de Tally.

— Relax, Tally-wa. Si on l'a laissé revenir à New Pretty Town, c'est que Zane est en état de faire la fête.

Quel serait l'intérêt, sinon ? Peut-être qu'il est encore un peu tôt, et que sortir maintenant serait foireux.

— J'espère.

Shay fit un geste et le calque de vision s'estompa légèrement, laissant réapparaître le monde réel. Elle enfila ses gants d'escalade.

— Allez, viens, Tally-wa. Il faut nous rendre compte par nous-mêmes.

— Ne peut-on pas les écouter par l'interface de la ville ?

— Pas si on veut éviter que le docteur Cable soit au courant. Je préférerais régler ça entre Scarificateurs.

Tally sourit.

— O.K., Shay-la. Alors dis-moi – d'une Scarificatrice à l'autre –, quel est le plan, ce soir ?

— Je croyais que tu voulais voir Zane, s'étonna Shay avant de hausser les épaules. De toute façon, les Specials n'ont pas besoin de plan.

Grimper lui était facile désormais.

Tally n'avait plus peur du vide – cela ne la rendait même plus glaciale. Elle éprouva simplement une légère appréhension en se penchant par-dessus le rebord du toit – pas de quoi succomber à la panique ou à la nervosité –, plutôt un bref rappel à la prudence de la part de son cerveau.

Elle fit basculer ses deux jambes par-dessus le rebord, laissant glisser ses pieds le long du mur de la résidence Pulcher. Le bout de sa chaussure antidérapante trouva à se loger dans une fente entre deux plaques de céramique, et Tally marqua une pause, le temps que sa combinaison furtive prenne la couleur et la texture du bâtiment.

Lorsque la combinaison en eut fini avec ses ajustements, Tally lâcha le rebord du toit. Elle tomba le long du mur, les mains et les pieds frottant contre la céramique, captant au passage d'autres fentes, des rebords de fenêtre, des fissures mal rebouchées ; aucune de ces prises n'était assez solide pour la retenir, mais chacune d'elles la ralentissait brièvement, lui permettant de contrôler sa chute. Elle frôlait la catastrophe à chaque instant, tel un insecte courant sur l'eau, trop rapide pour couler.

Quand elle atteignit la fenêtre de Zane, Tally tombait déjà très vite mais ses doigts jaillirent et saisirent le rebord sans difficulté. Elle se balança dans le vide, ses gants antidérapants collés au béton, tandis que son élan se perdait peu à peu dans ses larges mouvements de balancier.

En relevant la tête, Tally aperçut Shay perchée un mètre au-dessus d'elle, en équilibre sur un minuscule rebord de fenêtre qui ne devait pas dépasser du mur de plus d'un centimètre. Ses mains gantées étaient plaquées derrière elle, et Tally voyait mal par quel miracle elles parvenaient à supporter son poids.

— Comment fais-tu ça ? chuchota-t-elle.

Shay gloussa.

— Je ne vais pas te raconter tous mes petits secrets, Tally-wa. Mais c'est quand même un peu glissant, comme position. Dépêche-toi d'écouter.

Se retenant par une main, Tally mordit le bout des doigts de son autre gant, l'arracha, puis colla son index au coin de la fenêtre. La puce intégrée dans sa main enregistra les vibrations, jusqu'à transformer le carreau en un énorme micro. Elle ferma les yeux, espionnant les bruits à l'intérieur de la pièce comme si elle avait collé son oreille à un verre contre une mince cloison. Elle entendit le bip de Shay qui se connectait à son antenne dermique.

Zane était en train de parler. Tally fut traversée d'un frisson à l'écoute de sa voix – si familière, et pourtant curieusement déformée, soit par son matériel d'écoute, soit par l'effet d'une séparation de plusieurs mois ; elle distinguait clairement ce qu'il disait, mais n'en comprenait pas un mot.

— Tous les rapports sociaux, figés et couverts de rouille, avec leur cortège de conceptions antiques et vénérables, se dissolvent, disait-il. Ceux qui les remplacent vieillissent avant d'avoir pu s'ossifier.

— Qu'est-ce que c'est que ce charabia ? siffla Shay, en modifiant sa prise.

— Je n'en sais rien. On dirait un discours rouillé. Un truc tiré d'un vieux bouquin.

— Ne me dis pas que Zane est en train de… faire la *lecture* aux Crims ?

Tally leva vers Shay un regard perplexe. C'est vrai qu'une lecture en groupe ne faisait pas très Crim. Pour tout dire, cela faisait carrément aléatoire. Et pourtant Zane continuait sur le même ton monocorde, parlant de quelque chose qui s'en allait en fumée.

— Jette un coup d'œil, Tally-wa.

Tally acquiesça, puis se hissa jusqu'à ce que ses yeux dépassent le rebord de la fenêtre.

Zane était assis dans un fauteuil moelleux, un vieux livre en papier à la main, agitant l'autre main comme un chef d'orchestre pendant qu'il déclamait. Sauf que là où l'interface de la ville situait les autres Crims, on ne voyait personne.

— Oh, Shay, murmura-t-elle. Tu vas adorer ça.

— Je vais surtout te dégringoler sur la tête, Tally-wa, dans moins de dix secondes. Qu'y a-t-il ?

— Il est tout seul. Les autres Crims sont… (Elle plissa les yeux, scrutant la pénombre au-delà du cercle de lumière où lisait Zane. Et elle les vit, disposés à travers la pièce comme un auditoire attentif.) Des bagues. Rien que des bagues d'interface, autour de Zane.

En dépit de sa position instable, Shay émit un long hennissement.

— Il est peut-être plus intense que nous le pensions.

Tally hocha la tête, souriant en elle-même.

— Je frappe au carreau ?

— S'il te plaît.

— Je risque de lui faire peur.

— Tant mieux, Tally-wa. Ça le rendra d'autant plus intense. Maintenant *dépêche*-toi, je commence à glisser.

Tally se hissa plus haut et posa un genou sur la corniche étroite devant la fenêtre. Elle prit une inspiration, puis frappa deux coups, essayant de sourire sans dévoiler ses dents tranchantes comme des rasoirs.

Zane leva la tête, surpris, avant d'écarquiller les yeux. Sur un geste de lui, la fenêtre coulissa.

Il afficha à son tour un large sourire.

— Tally-wa, dit-il. Tu as changé.

ZANE-LA

Zane était toujours aussi beau.

Il avait les pommettes saillantes, l'œil vif et perçant, comme s'il avait encore recours aux brûle-calories pour se maintenir alerte. Il avait les lèvres aussi pleines que n'importe quelle tête vide, et en fixant Tally, il leur imprima une moue de concentration enfantine. Ses cheveux n'avaient pas changé ; elle se souvint qu'il les teignait à l'encre de calligraphie, pour leur donner un noir bleuté bien au-delà des critères de sélection du Beau Comité.

Son visage en revanche avait quelque chose de différent. Tally se creusa la cervelle, cherchant vainement à identifier ce que c'était.

— Tu es venue avec Shay-la ? dit-il tandis que des semelles agrippantes crissaient sur l'appui de la fenêtre dans le dos de Tally. C'est chouette.

Tally acquiesça avec réserve, comprenant au ton de sa voix qu'il aurait préféré qu'elle vienne seule. Bien sûr ! Ils avaient tant de choses à se dire, tellement de choses qu'elle-même n'avait pas envie d'évoquer devant Shay !

Tally eut soudain l'impression de ne pas avoir vu Zane depuis des années. Chaque différence qu'elle sentait dans son corps – les os ultralégers, les tatouages faciaux, les scarifications le long de ses bras – lui rappelait combien elle avait changé durant leur séparation. À quel point ils étaient dissemblables désormais.

Shay sourit devant les bagues d'interface.

— J'ai l'impression que tes amis s'ennuient à mourir avec ton vieux bouquin.

— J'ai plus d'amis que tu ne le crois, Shay-la.

Il jeta un regard significatif aux quatre murs de sa chambre.

Secouant la tête, Shay sortit un petit appareil noir de sa ceinture. L'ouïe ultrafine de Tally perçut un bourdonnement presque inaudible, comme un grésillement de feuilles humides jetées sur un feu.

— Relax, Zane-la. La ville ne peut pas nous entendre.

Il ouvrit de grands yeux.

— Vous avez le droit de faire ça ?

— Tu n'es pas au courant ? sourit Shay. On est Specials.

— Oh. Eh bien, si c'est juste entre nous trois… (Il jeta son livre sur la chaise vide à côté de lui, où il fit tinter la bague de Peris.) Les autres sont partis en expédition, ce soir. Je les couvre, au cas où les gardiens nous espionneraient.

Shay s'esclaffa.

— Tu t'imagines que les gardiens vont prendre les Crims pour un *groupe de lecture* ?

Il haussa les épaules.

— Ce ne sont même pas de vrais gardiens, pour ce que j'en sais, seulement des logiciels. Tant qu'ils entendent quelqu'un parler, ils sont contents.

Tally s'assit sur le lit défait de Zane, lentement, parcourue par un frisson. Zane ne s'exprimait pas du tout comme une tête vide. Et s'il couvrait ses amis pendant que ces derniers s'adonnaient à quelque activité criminelle, c'est qu'il était toujours intense, toujours le genre de Pretty imprévisible susceptible de rejoindre un jour les rangs des Specials...

Elle sentit son odeur familière qui émanait du lit, en se demandant ce que révélaient ses tatouages – ils étaient sans doute en train de tournoyer follement sur son visage.

Mais Zane ne portait pas de bague d'interface, ni de bracelet. Comment faisaient donc les gardiens pour le localiser ?

— Ton nouveau visage vaut bien un mega-Helen, Tally-wa, dit Zane en suivant du regard la trame de ses tatouages au visage et sur les bras. De quoi lancer un milliard de vaisseaux. Mais des vaisseaux pirates, probablement.

Cette pauvre plaisanterie la fit sourire, et elle s'efforça de trouver une repartie. Elle attendait ce moment depuis deux mois, et voilà qu'elle restait assise là, comme une idiote.

Mais ce n'était pas juste le trac qui lui clouait la langue. Plus elle observait Zane, plus elle lui trouvait un air étrange ; et sa voix semblait provenir d'une pièce voisine.

— J'espérais bien que tu viendrais, ajouta-t-il avec douceur.

— Elle a insisté, dit Shay, aussi clairement que si elle murmurait au creux de son oreille.

Tally réalisa alors pourquoi Zane lui semblait si lointain. Sans antenne dermique, ses mots ne lui parvenaient pas directement comme ceux des autres Scarificateurs. Il ne faisait plus partie de sa bande. Il n'était pas Special.

Shay s'assit à côté de Tally sur le lit.

— Mais si vous voulez bien, vous jouerez les têtes vides une autre fois, tous les deux. (Elle sortit le petit sachet de pilules que Ho avait confisqué au Ugly la veille au soir.) Nous sommes venues à propos de ça.

Zane se leva à moitié de son fauteuil et tendit la main, mais Shay se contenta de rire.

— Pas si vite, Zane-la. Tu as une fâcheuse tendance à prendre les mauvaises pilules.

— Inutile de me le rappeler, dit-il d'un ton las.

Un autre frisson parcourut Tally. Zane se rassit dans son fauteuil d'un mouvement lent, délibéré, presque comme un Crumbly.

Tally se souvint que les nanos de Maddy avaient attaqué ses centres nerveux, en abîmant la partie de son cerveau dédiée aux réflexes et aux mouvements. Peut-être n'était-ce que cela, des séquelles mineures laissées par les minuscules machines. Rien qui vaille la peine de se retourner les sangs.

Mais en scrutant plus attentivement son visage, elle vit qu'il manquait quelque chose, là aussi. Il n'avait pas de tatouages faciaux, et son regard ne lui produisait pas autant d'effet que les prunelles noir de charbon des autres Scarificateurs. Il avait l'air endormi par rapport aux autres Specials, comme s'il faisait partie des meubles, tel un simple Pretty anonyme.

Il s'agissait pourtant de *Zane*, pas de n'importe quelle tête vide…

Tally baissa les yeux vers le sol, regrettant de ne pas pouvoir estomper la netteté parfaite de sa vision. Elle aurait préféré ne pas voir tous ces détails troublants.

— D'où sortent ces pilules ? demanda-t-il.

Sa voix semblait toujours si lointaine.

— D'une Fumante, répondit Shay.

Il jeta un coup d'œil à Tally.

— Quelqu'un que je connais ?

Elle secoua la tête, sans relever les yeux. La fille n'était pas une ex-Crim ni une membre de l'ancienne Fumée. Tally s'était brièvement demandé si elle ne provenait pas d'une autre ville. Elle faisait peut-être partie de ces nouveaux alliés mystérieux que comptaient les Fumants…

— Mais elle connaissait ton nom, Zane-la, dit Shay. Ces pilules t'étaient spécifiquement destinées. Tu attendais une livraison ?

Il prit une longue inspiration.

— C'est à elle que vous devriez poser la question.

— Elle nous a échappé, admit Tally.

Shay grinça des dents ; Zane rit.

— Quoi, les Special Circumstances auraient donc besoin de mon aide ?

— Nous n'appartenons pas à… commença Tally, dont la voix mourut.

Elle *appartenait* aux Special Circumstances, Zane le voyait bien. Mais soudain elle aurait voulu pouvoir lui expliquer que les Scarificateurs étaient différents, qu'ils n'avaient rien à voir avec les Specials ordinaires qui l'avaient harcelé quand il était Ugly. Que les

Scarificateurs obéissaient à leurs propres règles ; qu'ils avaient trouvé ce que Zane avait toujours souhaité – vivre dans la nature, loin des exigences de la ville, l'esprit glacial, totalement libéré des imperfections de la mocheté…

Libéré de la banalité qui exsudait désormais de toute la personne de Zane.

Elle referma la bouche, tandis que Shay lui posait la main sur l'épaule.

Tally sentit son pouls battre plus vite.

— C'est vrai, nous avons besoin de toi, dit Shay. Pour empêcher ces trucs (elle brandit le sachet de pilules) de rendre d'autres Pretties comme *toi*.

Sur ce, elle lui lança le sachet.

Tally suivit chaque centimètre de la trajectoire du sachet, le vit passer devant Zane – qui leva les mains une bonne seconde trop tard pour l'attraper. Les pilules glissèrent le long du mur et atterrirent dans le coin.

Zane laissa retomber ses bras, les mains sur les genoux, inertes, comme deux limaces crevées.

— Joli réflexe, dit Shay.

Tally sentit sa gorge se nouer. Zane était infirme.

Il haussa les épaules.

— Je n'ai pas besoin de pilule de toute façon, Shay-la. Je suis définitivement intense. (Il fit un geste en direction de son front.) Les nanos m'ont abîmé là-dedans, à l'endroit des lésions. Je crois que les médecins ont essayé de me les remettre, sauf qu'ils n'avaient pas grand-chose sur quoi travailler. Cette partie de mon cerveau n'arrête pas de se modifier.

— Mais qu'en est-il de tes… fit Tally, incapable d'aller au bout de sa question.

— De mes souvenirs? De mes pensées? (Il haussa les épaules une nouvelle fois.) Le cerveau est très fort pour se reprogrammer. Comme le tien, Tally, quand tu as trouvé en toi le moyen de ne plus être Pretty. Ou le tien, Shay-la, quand tu t'es mise à te taillader le bras. (Une de ses mains s'agita sur ses genoux, frémissant comme un oiseau blessé.) Contrôler quelqu'un en modifiant son cerveau revient à creuser un fossé pour tenter de stopper un aérocar. En se concentrant assez fort, la personne peut survoler l'obstacle.

— Mais, Zane… commença Tally. (Ses yeux la brûlaient.) Tu trembles.

Ce n'était pas simplement l'infirmité qui transparaissait dans chacun de ses gestes – c'était aussi son visage, ses yeux, sa voix… Zane n'avait rien de spécial.

Son regard se fixa sur elle.

— Tu pourrais le refaire, Tally.

— Refaire quoi? demanda-t-elle.

— Annuler ce qu'ils t'ont fait. C'est à ça que travaillent mes Crims – à se reprogrammer.

— Je n'ai *pas* de lésions.

— En es-tu certaine?

— Garde ça pour tes nouveaux copains Crims, Zane-la, intervint Shay. Nous ne sommes pas venues discuter de tes dégâts cérébraux. D'où proviennent ces pilules?

— Tu veux m'interroger sur les pilules? (Il sourit.) Pourquoi pas? Vous ne pouvez plus rien empêcher. Elles proviennent de La Nouvelle-Fumée.

— Merci, petit génie, dit Shay. Mais *où* se trouve-t-elle?

Il baissa les yeux sur sa main tremblotante.

— J'aimerais le savoir. J'aurais bien besoin d'un petit coup de main de leur part.

Shay acquiesça.

— C'est donc pour ça que tu les aides ? Dans l'espoir qu'ils te guériront ?

Il secoua la tête.

— C'est beaucoup plus important que moi seul, Shay-la. Mais, oui, nous autres Crims faisons passer le remède. C'est ce que sont en train de faire les cinq qui sont supposés se trouver là en ce moment. (Il indiqua les bagues d'interface.) Seulement, tout ça ne s'arrête pas à nous – la moitié des bandes de la ville participent. Nous en avons distribué des milliers jusqu'ici.

— Des *milliers* ? s'écria Shay. C'est impossible, Zane ! Comment les Fumants en auraient-ils fabriqué autant ? La dernière fois que je les ai vus, ils n'avaient même pas de chasse d'eau, et encore moins d'usines.

Il haussa les épaules.

— Fouille-moi si tu veux. Il est trop tard pour nous arrêter. Les nouvelles pilules agissent trop vite, il y a déjà trop de Pretties capables de penser par eux-mêmes.

Tally jeta un coup d'œil à Shay. Cette affaire dépassait largement la personne de Zane. S'il disait vrai, rien d'étonnant à ce que la ville entière paraisse se transformer.

Zane éleva ses mains tremblantes devant lui, les deux poignets rapprochés.

— Tu vas m'arrêter, maintenant ?

Shay s'immobilisa un moment ; ses tatouages tourbillonnaient sur son visage et sur ses bras. Elle finit par hausser les épaules.

— Jamais je ne t'arrêterais, Zane-la. Tally ne me

laisserait pas faire. De toute manière, je ne m'intéresse pas vraiment à tes petites pilules.

Il ouvrit un œil rond.

— Alors, à *quoi* s'intéressent tes Scarificateurs, Shay-la ?

— À un de leurs compagnons, répondit d'un ton sec Shay. Tes copains Fumants ont kidnappé Fausto la nuit dernière, et ça nous met en rogne.

Zane fronça les deux sourcils, avant de jeter un coup d'œil à Tally.

— Voilà qui est... intéressant. Que croyez-vous qu'ils vont lui faire ?

— Lui infliger des expériences. Le rendre tout trem-blotant, comme toi, probablement, dit Shay. À moins qu'on n'arrive à le retrouver à temps.

Zane secoua la tête.

— Ils ne pratiquent aucune expérience sans consen-tement.

— Consentement ? Le mot « kidnappé » t'est donc si obscur, Zane ? dit Shay. Nous ne parlons plus de nos poules mouillées d'autrefois. Les Fumants utilisent du matériel militaire, maintenant, et ils ont complètement changé d'attitude. Ils nous ont tendu une embuscade avec des matraques électriques.

— Ils ont failli noyer Shay, ajouta Tally. Ils l'ont poussée dans le fleuve alors qu'elle était inconsciente.

— Inconsciente ? (Le sourire de Zane s'élargit.) On s'endort au travail, Shay-la ?

Shay banda ses muscles et, pendant un instant, Tally crut qu'elle allait jaillir du lit et frapper – ses ongles et ses crocs durs comme le diamant contre la chair sans défense de Zane.

Pourtant elle se contenta de rire, de desserrer les poings et de caresser les cheveux de Tally.

— Quelque chose dans ce goût-là. Mais je suis bien réveillée, maintenant.

Zane haussa les épaules, comme s'il n'avait pas conscience d'être passé à deux doigts de l'égorgement.

— Ma foi, j'ignore où se trouve La Nouvelle-Fumée. Je ne peux pas vous aider.

— Oh, mais si, lui assura Shay.

— Comment ?

— En t'évadant.

— M'évader ? (Zane porta les doigts à sa gorge. Il portait une chaîne métallique autour du cou, aux maillons d'un argent terne.) Ce sera difficile, j'en ai peur.

Tally ferma les yeux un instant. Voilà donc comment on le localisait. Zane n'était pas seulement infirme et banal, il portait un collier, comme un chien. Elle eut toutes les peines du monde à ne pas bondir sur ses pieds et plonger par la fenêtre. L'odeur de la chambre – vêtements recyclés, livre moisi, douceur sirupeuse du champagne – lui donnait la nausée.

— Nous pourrions trouver un moyen de te couper ça, dit Shay.

Zane secoua la tête.

— J'en doute. Je l'ai testé à l'atelier ; c'est le même alliage qu'on utilise pour les engins orbitaux.

— Fais-moi confiance, insista Shay. Tally et moi pouvons arriver à tout ce que nous voulons.

Tally jeta un coup d'œil à son amie. Trancher de l'alliage orbital ? Pour accéder à une technologie, elles devraient forcément passer par le docteur Cable.

Zane fit jouer sa chaîne entre ses doigts.

— Et en échange de ce petit service, vous me demandez de trahir La Fumée ?

— Tu ne le ferais pas pour obtenir ta liberté, Zane, dit Shay. (Elle posa les deux mains sur les épaules de Tally.) Tu le ferais pour *elle*.

Tally sentit deux paires d'yeux peser sur elle – le regard noir, profond, spécial de Shay et celui de Zane, banal et larmoyant.

— Que veux-tu dire ? demanda-t-il lentement.

Shay se tint là, immobile, mais grâce à son antenne dermique Tally l'entendit murmurer quelques mots, portés par un souffle.

— Ils le rendront spécial…

Tally hocha la tête, cherchant ses mots. Zane n'écouterait qu'elle.

Elle s'éclaircit la gorge.

— Zane, en t'échappant, tu leur prouveras que tu es toujours intense. Et quand ils t'auront repris, ils feront de toi l'un des nôtres. Tu n'imagines pas à quel point, glacial, on se sent bien ; et nous pourrions être ensemble.

— Qu'est-ce qui nous empêche de l'être dès maintenant ? demanda-t-il doucement.

Tally tenta de s'imaginer en train d'embrasser ses lèvres enfantines, de caresser ses mains tremblantes, et cette idée la dégoûta.

Elle secoua la tête.

— Je regrette… mais pas dans l'état où tu es.

Il lui parla d'une voix très douce, comme à une enfant.

— Tu pourrais te transformer encore une fois, Tally…

— Et toi tu pourrais t'évader, Zane, l'interrompit Shay. Partir dans la nature et laisser les Fumants te retrouver. (Elle indiqua le coin de la pièce.) Tu peux même conserver ces pilules, intensifier encore quelques-uns de tes amis Crims, si tu veux.

Il répondit sans quitter Tally des yeux :

— Pour les trahir ensuite ?

— Tu n'auras rien à faire du tout, Zane. En plus du matériel de découpe, je te donnerai un traqueur, dit Shay. Dès que tu auras atteint La Nouvelle-Fumée, nous viendrons te chercher, et la ville te rendra fort, rapide et parfait. Intense pour toujours.

— Je suis déjà intense, répondit-il froidement.

— Oui, mais tu n'es ni fort, ni rapide, ni parfait, Zane-la, fit observer Shay. Tu n'es même pas *ordinaire*.

— Pensez-vous vraiment que je trahirais La Fumée ? dit-il.

Shay pressa les épaules de Tally.

— Pour elle, oui.

Il leva la tête vers Tally, affichant un court instant une expression égarée, comme s'il n'en était pas tout à fait sûr. Puis il baissa les yeux sur ses mains et soupira, en acquiesçant lentement.

Tally lut, claires comme le jour, les pensées qui lui traversaient la tête : il allait accepter leur offre, mais tenterait de les posséder dès qu'il se serait échappé. Il se croyait véritablement capable de se jouer d'elles, puis de sauver Tally et de la replonger dans la normalité.

Il était si facile de lire en lui, aussi facile que de déchiffrer les pathétiques rivalités entre Uglies à l'époque de la fête du printemps. Ses pensées s'écoulaient hors de son corps, pareilles à la sueur d'un aléatoire par une chaude journée.

Tally détourna les yeux.

— O.K., dit-il. Pour toi, Tally.

— Retrouve-nous à minuit demain, à l'endroit où le fleuve se coupe en deux, dit Shay. Les Fumants vont se méfier des fugitifs, alors emporte des provisions pour tenir un bout de temps. Mais *toi*, Zane, ils finiront par venir te chercher.

Il hocha la tête.

— Je sais ce que j'ai à faire.

— Et emmène autant d'amis que tu veux – plus il y en aura, mieux ce sera. Tu risques d'avoir besoin d'aide, dehors.

Il ne rétorqua rien à cette insulte, pour juste approuver en cherchant le regard de Tally. Celle-ci détourna les yeux, mais afficha un petit sourire contraint.

— Tu seras plus heureux quand tu seras Special, Zane. Tu n'imagines pas à quel point c'est bon. (Elle fit jouer ses mains, en regardant tournoyer ses tatouages.) La moindre seconde devient si glaciale, si belle.

Shay se leva, souleva Tally et partit à grands pas vers la fenêtre. Elle fit une pause, un pied sur le rebord.

Zane ne regarda que Tally.

— Bientôt, nous serons de nouveau ensemble.

Tally put seulement acquiescer.

LA CASSURE

— Tu avais raison. Ç'a été horrible.

— Pauvre Tally-wa… (Shay rapprocha sa planche magnétique. Sous leurs pieds, le reflet de la lune sur l'eau les suivait, ridé par le courant.) Je suis sincèrement désolée.

— Pourquoi a-t-il l'air si différent ? On dirait que ce n'est plus le même.

— C'est toi qui n'es plus la même, Tally. Tu es Special, maintenant, alors que lui est simplement banal.

Tally secoua la tête, tâchant de se rappeler Zane lors de leur période Pretties. Cette intensité qu'il avait, la manière dont son visage brillait d'excitation quand il parlait, le frisson qu'elle en éprouvait, et l'envie qu'elle avait de le toucher… Même lorsqu'il devenait ennuyeux, il n'y avait jamais rien eu de *banal* chez Zane. Mais ce soir, il avait paru vidé d'un élément essentiel, pareil à du champagne sans bulles.

Son cerveau était un écran scindé en deux parties : le souvenir qu'elle avait de Zane, et l'image qu'il lui offrait désormais, deux visions qui s'entrechoquaient. Les minutes interminables passées dans sa chambre lui avaient laissé la sensation que sa tête allait exploser.

— Je n'ai pas besoin de ça, dit-elle doucement. (Elle ressentait comme un nœud à l'estomac, et la lune qui se mirait dans l'eau lui paraissait trop claire, avec des lignes trop nettes grâce à sa vision parfaite.) Je ne veux pas me sentir dans cet état.

Shay bascula sa planche sur la tranche, venant se placer en plein sur le chemin de Tally avant de s'arrêter brusquement. Tally se pencha en arrière, et les deux planches magnétiques crissèrent comme des scies circulaires en s'immobilisant à quelques centimètres l'une de l'autre.

— Quoi, dans cet état? Agaçante? *Pathétique?* cria Shay, d'une voix grinçante comme une lame de rasoir sur du verre pilé. Je t'avais dit de ne pas venir!

Le cœur de Tally battait la chamade sous l'effet de la collision évitée de justesse, et la colère se déversa en elle comme un torrent.

— Tu *savais* ce que ça me ferait de le voir!

— Tu t'imagines que je sais tout? rétorqua froidement Shay. Ce n'est pas *moi* qui suis amoureuse. Je ne l'ai plus été depuis que tu m'as volé David. Mais peut-être ai-je pensé que l'amour ferait une différence. Dis-moi, Tally-wa, est-ce que l'amour a rendu Zane *spécial* à tes yeux?

Tally tressaillit; elle baissa les yeux vers les eaux noires, avec la sensation d'être sur le point de vomir. Elle tâcha de rester glaciale, de se rappeler ce qu'elle éprouvait auparavant auprès de Zane.

— Que nous a fait le docteur Cable, Shay? Avons-nous subi un genre de lésions spéciales au cerveau? Une intervention qui nous donnerait à voir les personnes ordinaires sous un jour pathétique ? Comme si nous étions meilleures qu'elles ?

— Nous sommes meilleures qu'elles, Tally-wa ! (Les prunelles de Shay étincelaient comme des pièces de monnaie dans les lumières de New Pretty Town.) L'Opération nous ouvre les yeux là-dessus. Voilà pourquoi la plupart des gens nous paraissent confus et pitoyables – parce qu'ils le *sont*.

— Pas Zane, dit Tally. Il n'a jamais été pitoyable.

— Lui aussi a changé, Tally-wa.

— Mais ce n'est pas sa faute… (Tally se détourna.) Je refuse de *voir* les choses comme ça ! Je ne veux pas être dégoûtée par quiconque n'appartient pas à notre bande, Shay !

Shay sourit.

— Tu préférerais te sentir folle amoureuse comme une petite Pretty écervelée ? Ou vivre telle une Fumante, à chier dans un trou et bouffer du lapin crevé avec le sentiment de l'accomplissement ultime ? Qu'est-ce qui te déplaît tellement dans le fait d'être Special ?

Tally serra les poings.

— Avoir l'impression que Zane est si *anormal*.

— Crois-tu qu'il ait l'air normal pour *qui que ce soit*, Tally ? Il a la cervelle en compote !

Tally sentit les larmes la brûler intérieurement, mais la chaleur ne parvint pas jusqu'à ses yeux. Elle n'avait jamais vu pleurer un Special, se demandait même si elle en serait capable.

— Dis-moi seulement si on m'a mis quelque chose dans la tête pour que je le voie ainsi. Qu'est-ce que Cable a fabriqué avec nous ?

Shay lâcha un soupir de frustration.

— Tally, dans une guerre, les gens se farcissent la tête des deux côtés. Au moins, notre camp fait bien les choses : grâce à la ville, les têtes vides sont heureuses et la planète est sauve. Quant à nous autres Specials, nous voyons le monde avec une clarté telle que sa beauté devient presque *douloureuse* ; ainsi, pourrons-nous empêcher l'humanité de le détruire à nouveau. (Shay rapprocha sa planche pour prendre Tally par les épaules.) Les Fumants, eux, font ça en amateurs. Ils prennent les gens pour des cobayes et les transforment en phénomènes de foire, comme Zane.

— Ce n'est pas un… commença Tally.

Mais elle s'interrompit, incapable de finir. Cette part d'elle-même qui détestait la faiblesse de Zane demeurait trop forte – elle ne pouvait nier que Zane lui répugnait, telle une chose qui ne méritait pas de vivre.

Sauf qu'il n'y était pour rien. Tout était de la faute du docteur Cable, qui refusait de le rendre Special. Pour observer sa stupide règle.

— Reste glaciale, lui dit Shay d'une voix douce.

Tally prit une profonde inspiration, tâchant de maî-triser sa colère. Elle étendit ses perceptions, jusqu'à entendre le vent jouer dans les aiguilles de pin ; des odeurs montèrent des eaux – algues en surface, anciens dépôts minéraux en dessous. Son pouls ralentit un peu.

— Dis-moi, Tally : es-tu certaine d'être encore amoureuse de Zane, et pas uniquement d'un souvenir ?

Tally cligna des paupières, puis ferma les yeux. En elle, les deux images de Zane continuaient à se livrer bataille. Elle se retrouvait piégée entre les deux, et la clarté se refusait à elle.

— Je ne supporte pas de le regarder, murmura-t-elle.

Mais je sais que ce n'est pas bien. Je voudrais revenir à… ce que je ressentais avant.

Shay baissa la voix :

— Alors écoute-moi bien, Tally. J'ai un plan – une manière de lui ôter ce collier.

Tally rouvrit les yeux, serrant les dents à l'idée du collier qui enserrait le cou de Zane.

— Je ferais n'importe quoi pour ça, Shay.

— Sauf que Zane doit donner l'impression de s'être délivré tout seul – sans quoi, Cable ne voudra pas de lui. Ce qui veut dire doubler les Special Circumstances.

Tally sentit sa gorge se serrer.

— Pouvons-nous réellement y parvenir ?

— Est-ce que notre cerveau nous laissera faire, tu veux dire ? (Shay renifla avec dédain.) Bien sûr. Nous ne sommes pas des têtes vides. Mais ça signifie risquer tout ce que nous avons. Tu comprends ?

— Et tu agirais ainsi pour Zane ?

— Pour toi, Tally-wa. (Shay sourit, les yeux étincelants.) Et aussi pour le plaisir. Mais j'ai besoin que tu sois absolument glaciale.

Shay tira son couteau.

Tally referma les yeux, hochant la tête. Elle avait *tellement* besoin de clarté. Elle tendit le bras pour empoigner le couteau de Shay par la lame.

— Attends, pas la main…

Mais Tally serra, fort, enfonçant l'arme dans sa chair. Les nerfs subtils et finement réglés de sa paume, mille fois plus sensibles que ceux d'un aléatoire, se fendirent en hurlant. Elle s'entendit crier.

Vint l'instant spécial, avec sa clarté féroce, où Tally put enfin voir à travers la toile de ses pensées entremêlées : au fond d'elle-même se trouvaient des éléments immuables, des choses qui demeuraient inchangées qu'elle soit Ugly, Pretty ou Special – et l'amour en faisait partie. Il lui tardait de retrouver Zane, d'éprouver de nouveau ce sentiment qu'elle ressentait à son contact par le passé, mais amplifié un millier de fois par ses nouvelles perceptions. Elle voulait que Zane sache ce que c'était d'être Special, de voir le monde dans sa clarté glaciale.

— O.K. (Le souffle court, elle ouvrit les yeux.) Je suis avec toi.

Shay était radieuse.

— C'est bien. Mais la tradition recommande plutôt d'utiliser les bras.

Tally desserra la main, arrachant sa paume à la lame, ce qui provoqua en elle une nouvelle onde de douleur. Elle aspira entre ses dents.

— Je sais que c'est cruel, Tally-wa. (Shay murmurait maintenant, fixant avec fascination la lame poissée de sang.) Ça me rend malade, moi aussi, de voir Zane dans cet état-là. J'ignorais qu'il était aussi mal en point, je te le jure. (Sa planche se rapprocha un peu, et elle posa doucement la main sur la paume blessée de Tally.) Mais je ne te laisserai pas tomber. Je ne tiens pas à te voir t'effondrer et pleurnicher comme une idiote. Nous ferons de lui l'un des nôtres, et nous sauverons la ville par-dessus le marché ; nous allons tout arranger. (Elle sortit sa trousse de secours d'une poche de sa combinaison furtive.) En attendant, je vais d'abord te soigner.

— Mais jamais il ne trahira les Fumants.

— Pas la peine. (Shay passa un coup de vaporisateur sur la blessure, et la douleur se réduisit bientôt à un

101

fourmillement lointain.) Il lui suffit de démontrer qu'il est encore intense. À nous de faire le reste – le récupérer, ainsi que Fausto, puis mettre la main sur David et sur tous les autres. C'est la seule manière d'enrayer ce qui est en cours. Zane a raison, arrêter une bande de Pretties n'y changerait rien. Nous devons frapper à la source : autrement dit, trouver La Nouvelle-Fumée.

— Je sais. (Tally acquiesça, toujours glaciale.) Mais Zane est tellement handicapé, les Fumants devineront à coup sûr que nous l'avons laissé s'enfuir. Ils vont démonter tout ce qu'il aura avec lui, et l'examiner jusqu'à l'os.

Shay sourit.

— Bien sûr que oui. Sauf qu'il sera clean.

— Comment ferons-nous pour le suivre, dans ce cas ? interrogea Tally.

— À l'ancienne.

Shay fit pivoter sa planche et prit Tally par sa main indemne. Elles montèrent, déclenchant la mise en route des rotors de sustentation à mesure que Shay l'entraînait de plus en plus haut, jusqu'à ce que la ville entière se trouve étendue devant elles, semblable à un bassin de lumière entouré d'ombres.

Tally baissa les yeux sur sa main. La douleur n'était plus qu'une pulsation sourde. Le produit vaporisé sur la plaie faisait coaguler le sang répandu, qu'il changeait en une fine poussière, vite emportée par le vent. La plaie s'était déjà refermée, ne laissant qu'une fine cicatrice qui barrait ses tatouages, pour briser les circuits dermiques qui les faisaient danser ; sa paume n'était plus qu'un enchevêtrement de lignes disjointes, comme un écran d'ordinateur après un plantage de disque dur.

Tally avait toujours les idées claires, en revanche. Elle ploya les doigts, faisant remonter de petits signaux de douleur le long de son bras.

— Tu vois cette obscurité, là, en bas, Tally-wa? dit Shay en indiquant la lisière de la ville. C'est *notre* territoire, pas celui des aléatoires. Nous avons été conçus pour la nature, et nous allons suivre Zane-la et ses petits copains à la trace tout au long de leur voyage.

— Mais je croyais que tu disais…

— Pas avec des moyens *électroniques*, Tally-wa. Nous nous servirons de notre vue, de notre odorat et de tous les vieux trucs de la forêt. (Ses yeux étincelèrent.) Comme les pré-Rouillés d'autrefois.

Tally regarda au-delà de la lueur orange des usines, à l'endroit où les ténèbres marquaient le commencement du Dehors.

— Les pré-Rouillés? Tu veux dire, chercher des *brindilles cassées* ou je ne sais quoi? Les gens ne laissent pas beaucoup d'empreintes quand ils se déplacent en planche magnétique, tu sais.

— Exact. C'est la raison pour laquelle ils ne se douteront pas qu'ils sont suivis – parce que personne n'a pratiqué ce genre de chasse depuis au moins trois cents ans. (Les yeux de Shay pétillèrent.) Mais toi et moi pouvons flairer une personne mal lavée à un kilomètre, ou un feu de camp éteint à dix kilomètres. Nous sommes capables de voir dans le noir, et nous avons une ouïe de chauves-souris. (Sa combinaison vira au noir d'encre.) Nous pouvons nous rendre invisibles et nous déplacer sans le moindre bruit. Réfléchis un peu à tout ça, Tally-wa.

Tally acquiesça lentement. Jamais les Fumants n'iraient s'imaginer que quelqu'un les surveillait dans l'ombre, sans les lâcher d'une semelle, se guidant sur l'odeur de leurs feux de camp et de leurs aliments à cuisson chimique.

— Et puis, avec nous dans les parages, renchérit Tally, Zane ne risquera rien, même s'il se perd ou se blesse.

— Tout à fait. Et une fois que nous aurons localisé La Fumée, lui et toi pourrez vous remettre ensemble.

— Es-tu certaine que le docteur Cable acceptera de le rendre Special?

Shay s'écarta de Tally en riant, et sa planche s'enfonça un peu.

— Avec ce que j'ai prévu, il y a des chances pour qu'elle lui offre *ma* place.

Tally baissa les yeux sur sa main qui la chatouillait encore. Puis elle allongea le bras pour effleurer la joue de Shay.

— Merci.

Shay secoua la tête.

— Pas la peine de me remercier, Tally-wa. J'ai vu la mine que tu faisais dans la chambre de Zane. Je déteste te voir malheureuse comme ça. Ce n'est pas digne d'une Special.

— Désolée, chef.

Éclatant de rire, Shay se remit en mouvement et entraîna Tally loin du fleuve, vers la ceinture industrielle, en regagnant une altitude de vol plus normale.

— Tu l'as dit toi-même, tu ne m'as pas laissée tomber la nuit dernière, Tally-wa. Alors, nous ne laisserons pas tomber Zane non plus.

— Et nous délivrerons Fausto au passage.

Shay se retourna vers elle et lui sourit à moitié.

— Oh, c'est vrai, n'oublions pas le pauvre Fausto. Ni ce petit bonus... Qu'est-ce que c'était, déjà ?

Tally prit une grande inspiration.

— La fin de La Nouvelle-Fumée.

— C'est bien. Plus de questions ?

— Si, juste une : où allons-nous dénicher un truc capable de découper un ruban d'alliage orbital ?

Shay fit décrire une rotation complète à sa planche, en portant un doigt à ses lèvres.

— Dans un endroit *très* spécial, Tally-wa, murmura-t-elle. Suis-moi, tu vas comprendre.

L'ARSENAL

— Tu ne plaisantais pas en disant que ce serait dangereux, pas vrai, chef?

Shay gloussa.

— Tu te dégonfles, Tally-wa?

— Aucune chance, chuchota Tally.

La scarification l'avait laissée tout excitée, pleine d'une énergie qui ne demandait qu'à s'employer.

— C'est bien. (Shay lui sourit à travers les hautes herbes. Elles avaient coupé leur antenne dermique afin que les enregistrements de la ville ne puissent pas révéler leur présence ici cette nuit, et la voix de Shay paraissait frêle, lointaine.) Zane obtiendra des *méga* points d'intensité si on s'imagine qu'il a monté un truc pareil.

— C'est sûr, murmura Tally, levant les yeux vers le formidable bâtiment qui se dressait devant elles.

Quand elle était petite, les Uglies plus âgés parlaient parfois en plaisantant de s'introduire clandestinement dans l'Arsenal. Mais personne n'avait jamais été assez stupide pour essayer.

L'Arsenal renfermait toutes les armes possibles et imaginables que possédait la ville : armes de poing,

106

véhicules blindés, matériel d'espionnage, outils et technologies d'autrefois, et même des armes stratégiques, tueuses de villes. Seules quelques rares personnes triées sur le volet étaient admises à l'intérieur ; les défenses du lieu étaient surtout automatiques.

Sombre, sans fenêtre, le bâtiment était ceint d'une vaste pelouse éclairée par les lumières rouges et scintillantes d'une zone de vol interdite. Le terrain était bordé de senseurs, et quatre autocanons gardaient les coins de l'Arsenal, sérieux dispositif au cas où quelque guerre des plus invraisemblables éclaterait entre les villes.

Cet endroit n'était pas conçu pour éloigner les curieux, mais pour les tuer.

— Prête à t'amuser un peu, Tally-wa ?

Tally contempla l'expression concentrée de Shay, et sentit son propre cœur battre plus vite. Elle fit jouer sa main blessée.

— Toujours, chef.

Elles revinrent en rampant jusqu'à leurs planches, qui les attendaient derrière une gigantesque usine automatisée. Tandis qu'elles se dirigeaient vers le toit, Tally remonta jusqu'en haut la fermeture à glissière de sa combinaison furtive et sentit sa surface extérieure s'activer ; ses bras prirent une teinte noire indistincte, les écailles se plaçant de manière à dévier les ondes radar.

Elle fronça les sourcils.

— Ne risquent-ils pas de deviner que les intrus disposaient de combinaisons furtives ?

— J'ai déjà raconté au docteur Cable que les Fumants nous avaient surpris par leur invisibilité. Ils ont parfaitement pu prêter quelques gadgets aux Crims.

Shay lui adressa un sourire carnassier, puis ramena son capuchon par-dessus sa tête, devenant une silhouette sans visage. Tally fit de même.

— Prête à casser la baraque ? demanda Shay, en enfilant ses gants.

Sa voix était déformée par le masque, et elle ressemblait à une silhouette aux contours estompés par les angles aléatoires de ses écailles.

Le capuchon plaqué contre sa bouche renvoyait à Tally son haleine chaude à la figure, comme si elle suffoquait.

— Quand tu voudras, chef.

Shay claqua des doigts et Tally fléchit les genoux, alors qu'elle comptait dix longues secondes dans sa tête. Les planches se mirent à bourdonner tandis qu'elles montaient lentement en charge, les pales de leurs rotors tournoyant juste en dessous de la vitesse de décollage…

À *dix*, la planche de Tally bondit dans les airs, la poussant en position accroupie. Les rotors gémirent à pleine puissance pour décrire une courbe vers l'Arsenal comme une fusée d'artifice. Quelques secondes plus tard, ils se turent et Tally se retrouva en train de voler en silence dans le ciel sombre, toute fébrile.

Elle savait que ce plan était une folie, mais le danger la rendait d'autant plus glaciale ; et bientôt, Zane pourrait ressentir la même chose…

À mi-chemin, Tally s'agrippa à sa planche et la tira au-dessus d'elle, faisant écran avec sa combinaison antiradar. Elle jeta un coup d'œil par-dessus son épaule – elle et Shay survolaient la barrière de vol interdit, assez haut pour échapper aux détecteurs de mouvement. Aucune alarme ne retentit tandis qu'elles franchissaient le périmètre, avant de redescendre sans un bruit vers le toit de l'Arsenal.

Ce ne serait peut-être pas si difficile ; deux siècles s'étaient écoulés depuis les derniers conflits graves entre les villes – personne ne croyait sérieusement que l'humanité pourrait un jour rallumer la guerre. Par ailleurs, les défenses automatiques de l'Arsenal étaient conçues pour repousser une offensive en règle, et non deux cambrioleuses cherchant à emprunter un simple outil.

Elle sentit un autre sourire s'étaler sur son visage. C'était la première fois que les Scarificateurs osaient s'attaquer à la ville elle-même. Elle aurait presque pu se croire revenue à sa période Ugly.

Le toit se rapprochait à toute vitesse. Tally retint sa planche par-dessus sa tête, en s'y accrochant comme à un parachute. Quelques secondes avant l'impact, les rotors de sustentation revinrent à la vie, et stoppèrent d'un coup sa chute. Tally atterrit en douceur, aussi facilement que si elle descendait d'un trottoir.

La planche s'éteignit et lui tomba dans les mains. Elle la déposa sur le toit avec précaution. À partir de maintenant, elles ne devraient plus faire le moindre bruit et ne communiqueraient plus que par signes ou par contact entre leurs combinaisons.

Quelques mètres plus loin, Shay leva les pouces vers le haut.

À pas lents, prudents, les deux amies gagnèrent la trappe au centre du toit par laquelle entraient et sortaient les aérocars. Tally avisa une fente en son milieu, là où les deux battants se rejoignaient.

Elle posa le bout de ses doigts contre ceux de Shay, laissant les combinaisons transmettre son murmure.

— Peut-on découper cette trappe ?

Shay secoua la tête.

— Le bâtiment entier est fabriqué en alliage orbital, Tally. Si nous avions les moyens de tailler là-dedans, nous pourrions libérer Zane par nous-mêmes.

Tally examina le toit sans voir la moindre trace d'une porte d'accès.

— Je suppose qu'on va devoir s'en tenir à ton plan, dans ce cas.

Shay sortit son couteau.

— Couche-toi.

Tally se plaqua contre le toit, et sentit les écailles de sa combinaison remuer pour en adopter la texture.

Shay lança son couteau de toutes ses forces, avant de s'aplatir par terre à son tour. L'arme vola par-dessus le rebord du toit, tournoya dans les ténèbres et disparut vers la pelouse semée de capteurs.

Quelques secondes plus tard, les mugissements d'une sirène assourdissante éclataient dans toutes les directions. Le toit métallique vibra sous elles, tandis que les battants de la trappe s'écartaient avec un grincement rouillé. Une tornade de poussière et de saleté s'éleva de l'ouverture, au centre de laquelle une monstrueuse machine fit son apparition.

Elle était à peine plus grande que deux planches magnétiques collées l'une contre l'autre, mais elle paraissait lourde – quatre rotors de sustentation gémissaient sous l'effort nécessaire pour la soulever. En émergeant, la machine parut grandir, se mit à déployer des ailes et des griffes, tel un énorme insecte métallique sortant de l'œuf. Son corps bulbeux était hérissé d'armes et de capteurs.

Tally avait l'habitude des robots; on voyait des drones de nettoyage et de jardinage partout dans New Pretty Town. Mais ils avaient l'air de jouets inoffensifs. Tout dans ce mécanisme-ci – ses mouvements saccadés, son blindage noir, le gémissement strident de ses rotors – paraissait hostile, dangereux et cruel.

Il se maintint sur place un bref instant, et Tally crut qu'il les avait repérées, mais ensuite ses rotors s'inclinèrent sèchement et il fila dans la direction prise par le couteau.

Tally se retourna juste à temps pour voir Shay rouler vers la trappe béante. Elle la suivit, se glissant dans l'obscurité alors que les battants commençaient à se refermer…

Elle s'enfonça dans le vide, précipitée dans un puits noir. Sa vision infrarouge ne lui montrait qu'une débauche incompréhensible de formes et de couleurs défilant sous ses yeux.

Elle colla ses mains et ses pieds contre la paroi de métal lisse, tâchant de freiner sa descente, mais continua à glisser jusqu'à ce que la pointe d'une de ses chaussures antidérapante se coince dans une fissure. Elle s'immobilisa momentanément.

Cherchant avec frénésie quelque chose à quoi se raccrocher, Tally ne trouva qu'une surface lisse. Elle bascula en arrière, sentit ses orteils lâcher prise…

Par chance, le puits n'était guère plus large qu'elle – en lançant les bras par-dessus sa tête, elle put coller les deux mains à plat contre la paroi opposée. L'adhérence de ses gants d'escalade lui permit d'enrayer sa glissade et elle se retrouva nez en l'air, tous les muscles bandés.

Elle avait le dos arqué, le corps courbé d'un bout à l'autre du puits comme une carte à jouer pliée entre deux doigts. Le choc avait réveillé une douleur sourde dans sa main blessée.

Elle tourna la tête, essayant d'apercevoir où Shay était tombée, et ne vit que du noir sous elle.

Le puits sentait la rouille et le renfermé.

Tally se tortilla pour mieux voir. Shay ne pouvait pas être loin – ce puits ne descendait pas *indéfiniment*, après tout, et Tally n'avait rien entendu toucher le fond. Mais il était impossible de jauger les distances ; sa vision infrarouge ne montrait autour d'elle qu'une confusion de formes indéfinissables.

Sa colonne vertébrale lui donnait l'impression d'un bréchet de poulet sur le point de se briser...

Soudain, des doigts lui touchèrent le dos.

— Du calme, murmura Shay. Tu fais un de ces boucans !

Tally soupira. Shay se trouvait juste en dessous, parmi l'obscurité, invisible dans sa combinaison furtive.

— Désolée, chuchota-t-elle.

La main se retira une seconde, puis rétablit le contact.

— O.K. Je suis stable. Laisse-toi tomber.

Tally hésita.

— Allez, espèce de trouillarde. Je te rattraperai.

Tally prit une inspiration, ferma les yeux, puis lâcha prise. Après une seconde de chute libre, elle atterrit dans les bras de Shay.

Celle-ci gloussa.

— Dis donc, tu pèses ton poids, Tally-wa !

— Sur quoi te tiens-tu, de toute façon ? Je ne vois rien là-dessous.

— Essaie ça.

Shay lui transmit un filtre par le contact des combinaisons et tout se mit en place autour de Tally, tandis que les séquences infrarouges se réorganisaient devant ses yeux ; lentement, des silhouettes scintillantes commencèrent à prendre forme.

Le puits était bordé d'engins accroupis dans leurs berceaux, hérissés d'armes et de capteurs, semblables à celui qu'elles avaient vu sur le toit. On en comptait des dizaines, de toutes les tailles et de toutes les formes – un essaim de machines de mort. Tally les imagina en train de revenir soudain à la vie et de la mettre en pièces.

Elle posa prudemment le pied sur l'une des machines, puis descendit des bras de Shay, en s'accrochant au tube d'un autocanon.

Shay lui toucha l'épaule et murmura :

— Que dis-tu de cette puissance de feu ? Glacial, non ?

— Ouais, super. J'espère juste que nous n'allons pas les réveiller.

— Bah, même avec les infrarouges poussés à fond, on y voit à peine, alors toutes ces machines doivent être plutôt froides. J'aperçois même de la *rouille* sur quelques-unes d'entre elles. (Tally vit Shay lever la tête.) Celle qui nous cherche dehors est bien réveillée, par contre. Nous devrions bouger avant qu'elle ne revienne.

— O.K., chef. Par où ?

— Pas en bas. Ne nous éloignons pas trop de nos planches.

Shay entreprit de grimper en utilisant les armes, les patins d'atterrissage et les prises d'air comme autant de, points d'appui sur un mur d'entraînement.

Maintenant que Tally y voyait plus clair, les formes arachnéennes de l'engin endormi devenaient faciles à escalader. S'accrocher à des canons avait quelque chose d'inquiétant, toutefois, comme pénétrer dans le corps d'un prédateur assoupi en se glissant entre ses crocs. Elle évita les griffes préhensiles, les pales de rotors et tout ce qui paraissait coupant. La plus infime déchirure dans sa combinaison, et elle laisserait des cellules mortes derrière elle, dévoilant son identité aussi sûrement qu'une belle empreinte de pouce.

À mi-hauteur environ, Shay baissa le bras pour lui toucher l'épaule.

— Une trappe d'entretien.

Tally entendit un *cha-chunk* métallique, puis une lumière aveuglante se déversa dans le puits, juste entre deux robots. Ainsi éclairés, ces derniers paraissaient moins menaçants – plutôt poussiéreux et mal entretenus, comme des fauves empaillés dans un ancien musée d'histoire naturelle.

Shay se glissa à travers la trappe. Tally se faufila derrière elle, et atterrit dans un couloir étroit. Sa vision s'adapta à l'éclairage orange des plafonniers tandis que sa combinaison se modifiait pour prendre la couleur blafarde des murs.

Le couloir était trop étroit pour des personnes – Tally pouvait à peine passer de front – et le sol était recouvert de codes-barres, repères de navigation pour des machines. Elle se demanda quelle sorte d'engins sinistres hantaient ces couloirs, à la recherche d'intrus.

Shay s'enfonça dans le couloir, faisant signe à Tally de la suivre.

Le couloir déboucha bientôt sur une salle *immense* – plus vaste qu'un terrain de football. Il était rempli de véhicules immobiles qui les dominaient de toutes parts, tels des dinosaures congelés. Leurs roues étaient aussi hautes que Tally, et leurs grues repliées frôlaient le plafond pourtant élevé. Des griffes de levage et des pelles géantes luisaient faiblement sous les lampes orange.

Tally se demanda pourquoi la ville conservait ainsi du matériel de construction de l'ère rouillée. De vieilles machines de ce genre ne seraient utiles qu'en dehors de la ville, là où les piliers magnétiques et autres systèmes modernes ne pouvaient fonctionner. Les pelleteuses et les bulldozers étaient destinés à agresser la nature plus qu'à entretenir la voirie.

On ne voyait pas de porte, mais Shay indiqua une colonne de barreaux métalliques boulonnés dans le mur – une échelle traversant la salle de haut en bas.

À l'étage supérieur, elles débouchèrent dans une petite pièce très encombrée. Des étagères allaient du sol au plafond, chargées d'un incroyable assortiment d'équipement : masques de plongée et lunettes de vision nocturne, extincteurs et combinaisons blindées... ainsi que beaucoup d'autres choses que Tally ne reconnut pas.

Shay était déjà à l'œuvre, farfouillant parmi le matériel non sans glisser divers menus objets dans les poches de sa combinaison. Elle se retourna pour jeter quelque chose à Tally. Cela ressemblait à un masque d'Halloween, avec des verres épais au niveau des yeux et un nez semblable à une trompe d'éléphant. Tally plissa les yeux pour lire la minuscule étiquette qui y était attachée :

XXIᵉ s. env.

Ces mots abrégés la laissèrent d'abord perplexe, jusqu'à ce qu'elle se rappelle l'ancien système de datation. Ce masque remontait au vingt et unième siècle de l'ère des Rouillés, soit un peu plus de trois cents ans en arrière.

Cette partie de l'Arsenal n'était pas un entrepôt. C'était un musée.

Mais qu'est-ce que c'était que ce truc ? Elle retourna l'étiquette.

Masque de guerre biochimique, usagé.

Guerre biochimique ? *Usagé ?* Tally reposa promptement l'objet sur l'étagère la plus proche. Elle vit Shay qui l'observait, ses épaules qui remuaient sous sa combinaison.

Très drôle, Shay-la, pensa-t-elle.

La guerre biochimique avait constitué une autre trouvaille brillante des Rouillés : employer des bactéries et des virus génétiquement modifiés pour s'entretuer. C'était l'une des armes les plus stupides qu'on puisse imaginer, car une fois que les petites bêtes en avaient terminé avec vos ennemis, elles se retournaient généralement contre vous. D'ailleurs, la civilisation rouillée n'avait-elle pas été détruite par une bactérie artificielle dévoreuse de pétrole ?

Tally se prit à espérer que ceux qui dirigeaient ce musée n'aient pas laissé traîner de petites bêtes tueuses de civilisations quelque part.

Elle traversa la pièce, attrapa Shay par l'épaule, et grinça :

— C'est malin.

— J'aurais voulu que tu puisses voir ta tête. En fait, j'aurais bien voulu la voir moi-même. Foutues combinaisons furtives.

— Trouvé quelque chose?

Shay brandit une sorte de tube à éprouvette scintillant.

— Ça devrait faire l'affaire. Le produit est encore actif, d'après l'étiquette.

Elle le glissa dans l'une des poches de sa combinaison.

— Alors, pourquoi voler tous ces autres trucs?

— Pour les envoyer sur une fausse piste. Si nous n'emportons qu'une seule chose, ils risquent de comprendre ce que nous voulions en faire.

— Oh, murmura Tally.

Shay se livrait peut-être à des plaisanteries stupides, mais son esprit était plus glacial que jamais.

— Prends ça, dit Shay en lui fourrant une pleine brassée d'objets entre les mains avant de se remettre à explorer les étagères.

Tally baissa les yeux sur le bric-à-brac qu'elle tenait, en priant pour que rien là-dedans ne soit contaminé par des bactéries rongeuses de Tally. Elle glissa certains objets dans ses poches.

Le plus imposant ressemblait à un fusil, avec un canon épais et une lunette à longue portée. En collant son œil au viseur, Tally aperçut la silhouette de Shay en miniature, une fine croix noire indiquant l'endroit que toucheraient ses balles si jamais elle pressait la détente. Elle éprouva un frisson de dégoût. Cette arme était conçue pour transformer n'importe qui en machine à tuer. La vie et la mort lui semblaient un enjeu bien gros pour le confier au doigt tremblotant d'un aléatoire.

Elle avait les nerfs à fleur de peau. Shay avait déjà trouvé ce qu'elles étaient venues chercher ; il était temps de repartir.

Puis Tally réalisa ce qui la rendait nerveuse : elle sentait une odeur à travers le filtre de sa combinaison, une odeur humaine. Elle fit un pas vers Shay…

Les plafonniers se mirent à clignoter, un éclairage blanc chassa la lueur orangée qui baignait la pièce, et des pas résonnèrent sur les barreaux de l'échelle. Quelqu'un montait vers le musée.

Shay s'accroupit, roula jusqu'au dernier rayon de l'étagère la plus proche et se coucha par-dessus un bric-à-brac. Tally chercha désespérément un endroit où se cacher, puis s'insinua dans un coin, le fusil caché dans son dos. Les écailles de sa combinaison furtive remuèrent, cherchant à se fondre dans l'ombre.

La combinaison de Shay affichait des lignes irrégulières pour briser sa silhouette. Le temps que la lumière des plafonniers se stabilise, elle était presque invisible.

Mais Tally ne l'était pas.

Les combinaisons furtives étaient conçues afin de se camoufler dans un environnement complexe – une jungle, une forêt ou les ruines d'une ville ravagée par la guerre –, pas dans le coin d'une pièce brillamment illuminée.

Hélas, il était trop tard pour qu'elle cherche une autre cachette.

Un homme émergea au sommet de l'échelle.

ÉVASION

L'individu n'était guère effrayant. Il ressemblait à un ancien Pretty tout à fait ordinaire : les mêmes cheveux gris, les mêmes mains fripées que les arrière-grands-parents de Tally. Son visage montrait les signes habituels du traitement qui prolongeait la vie : la peau ridée au coin des yeux, ainsi que les veines saillantes des mains.

Au contraire des Crumblies qu'elle connaissait avant de devenir Special, Tally ne lui trouva pas l'air paisible ni sage – seulement vieux. Elle réalisa qu'elle pourrait l'assommer sans scrupule si cela devenait nécessaire.

Plus inquiétant que le Crumbly, trois petites caméras magnétiques flottaient au-dessus de sa tête. Elles le suivirent comme son ombre quand il passa devant Tally sans la voir, en direction de l'une des étagères. Quand il leva le bras pour attraper quelque chose, les caméras se rapprochèrent, guettant le moindre geste de ses mains. L'homme ne leur prêtait aucune attention, habitué qu'il était à leur présence.

Bien sûr, songea Tally. Les caméras faisaient partie du système de sécurité du bâtiment, mais elles ne cherchaient pas les intrus. Elles étaient destinées à surveiller le personnel, à s'assurer que personne n'aille dérober l'une des vieilles armes abominables conservées en ces lieux. Elles planaient au-dessus de lui, suivant tout ce que l'homme – peut-être un gardien de musée, ou bien un historien – faisait ici dans l'Arsenal.

Tally se détendit. Un vieux savant (comme il l'était peut-être) lui-même sous surveillance était beaucoup moins menaçant que l'escouade de Specials à laquelle elle s'attendait.

Il manipulait les objets avec délicatesse. On aurait dit qu'il les considérait comme des œuvres d'art et non comme des machines de mort.

Soudain, le Crumbly se figea, fronçant les sourcils. Il se reporta au calepin électronique qu'il tenait à la main, puis se mit à vérifier les objets un à un…

Il s'était aperçu qu'il manquait quelque chose.

Ensuite, l'homme s'empara du masque de guerre biochimique. Tally sentit sa gorge se nouer : elle l'avait rangé au mauvais endroit.

Alors il jeta un long regard circulaire autour de lui.

Pour une raison ou une autre, il ne vit pas Tally serrée dans son coin. La combinaison furtive avait dû la fondre dans les ombres du mur, tel un insecte sur une branche d'arbre.

Il emporta le masque à l'autre bout de la pièce. Ses genoux furent à quelques centimètres du visage de Shay. Tally était certaine qu'il remarquerait tous les autres objets qu'elle avait empruntés, mais après avoir remis le masque à sa place, le Crumbly hocha la tête et se retourna avec une expression de satisfaction.

Tally lâcha un mince soupir de soulagement.

Puis elle repéra la caméra tournée dans sa direction.

Elle flottait toujours au-dessus de la tête du Crumbly, mais son objectif n'était plus orienté vers lui. À moins que Tally ne soit victime de son imagination, il était braqué droit sur elle, et corrigeait lentement sa mise au point.

L'homme revint à l'endroit qu'il avait quitté mais la caméra demeura sur place, sans plus lui montrer aucun intérêt. Elle s'approcha de Tally en marquant de petits mouvements de recul, tel un colibri qui hésite devant une fleur. Tally avait le cœur qui battait à tout rompre, et sa vision se brouillait à force de retenir sa respiration.

La caméra se rapprocha encore plus près et, derrière elle, Tally aperçut la silhouette de Shay qui bougeait. Elle aussi avait remarqué la petite caméra – la situation était sur le point de se compliquer sérieusement.

La caméra continua à fixer Tally. Était-elle assez intelligente pour connaître les combinaisons furtives ? Attribuerait-elle cette ombre à une simple trace sur sa lentille ?

Apparemment, Shay n'allait pas tarder à le découvrir. Le camouflage de sa combinaison avait laissé la place au noir mat du blindage. Elle se leva en silence de sa cachette, pointa la caméra, et passa un doigt en travers de sa gorge.

Tally sut ce qu'il lui restait à faire.

D'un mouvement fluide, elle sortit le fusil caché dans son dos et l'abattit en arc de cercle ; il atteignit la caméra et l'envoya voler à l'autre bout du musée, devant le Crumbly stupéfait. Elle s'écrasa contre le mur et glissa au sol, inerte.

Aussitôt, une sirène d'alarme retentit dans la pièce.

Shay réagit sans attendre et se rua vers l'échelle. Tally s'extirpa de son coin et suivit le mouvement, ignorant les cris de l'homme. Mais alors que Shay bondissait pour saisir l'échelle, un fourreau de métal se referma autour des barreaux. Elle rebondit dessus avec un *clang* sonore, sa combinaison passant par une succession de teintes aléatoires, sous l'effet du choc.

Il n'y avait pas d'autre issue.

L'une des deux caméras restantes se présenta juste devant son visage, et Tally la fracassa d'un autre coup de crosse. Elle tenta d'atteindre la dernière, mais celle-ci fila se réfugier dans un coin du plafond, pareille à une mouche effrayée par la tapette.

— Que faites-vous ici ? cria le Crumbly.

Sans lui prêter attention, Shay indiqua la dernière caméra magnétique.

— Détruis-la ! ordonna-t-elle, d'une voix déformée par le masque de sa combinaison.

Puis elle pivota et entreprit de fouiller les étagères aussi vite que possible.

Tally s'empara de l'objet le plus lourd qu'elle put trouver – une sorte de marteau électrique – et visa. La caméra voletait en tous sens, paniquée, braquant son objectif dans une direction puis dans l'autre, en essayant de suivre à la fois Tally et Shay. Tally prit une grande inspiration, observa un moment le schéma de ses mouvements, tout en procédant à quelques rapides calculs…

À l'instant où la caméra ramena son objectif sur Shay, Tally lança le projectile improvisé.

Le marteau atteignit la caméra de plein fouet, et celle-ci s'écroula au sol en grésillant. Le Crumbly s'en écarta d'un bond, comme si une caméra blessée représentait le pire danger de ce musée.

— Faites attention ! s'écria-t-il. Vous ne savez donc pas où vous êtes ? Cet endroit est *mortel* !

— Sans blague, ironisa Tally en baissant les yeux sur le fusil.

Serait-il assez puissant pour traverser du métal ? Elle visa le fourreau qui recouvrait l'échelle, se campa solidement sur ses jambes, pressa la détente...

Qui claqua dans le vide.

Espèce de tête creuse, songea Tally. On ne conservait pas un fusil *chargé* dans un musée. Elle se demanda combien de temps s'écoulerait avant que l'échelle ne soit de nouveau opérationnelle pour dévoiler l'une des redoutables machines qu'elles avaient vues dans le puits. Une machine pleinement réveillée et impatiente de tuer.

Shay s'agenouilla au milieu de la pièce, un petit flacon de céramique entre les mains. Elle le déposa au sol et empoigna le fusil de Tally, qu'elle éleva au-dessus de sa tête.

— *Non !* hurla le Crumbly tandis que la crosse s'abattait sur le flacon avec un choc sourd.

Shay releva l'arme pour une deuxième tentative.

— Vous êtes folle ! beugla le Crumbly. Savez-vous ce qu'il y a dedans ?

— Parfaitement, lâcha Shay.

Tally crut percevoir une note railleuse dans sa voix. Le flacon émettait un sifflement d'avertissement, tandis que la petite diode rouge sur son bouchon clignotait avec fureur.

L'homme se détourna et entreprit d'escalader les étagères qui se trouvaient derrière lui, jetant de côté les armes anciennes afin de dégager de la place.

Tally se retourna vers Shay, soucieuse de ne pas utiliser son nom à haute voix.

— Pourquoi ce type escalade-t-il le mur ?

Shay ne répondit rien, mais lorsqu'elle abattit le fusil, Tally eut sa réponse.

Le flacon explosa : un liquide argenté s'en échappa et se répandit sur le sol en de multiples filets, pour s'étirer comme une araignée aux multiples pattes, après un long sommeil.

Shay s'écarta d'un bond, et Tally se recula, incapable de détacher son regard de cette vision hypnotique.

Quand il baissa les yeux, le Crumbly laissa échapper un hurlement horrifié.

— Vous l'avez fait ? Mais vous êtes *cinglée* !

Le liquide commença à grésiller, et une odeur de plastique brûlé envahit le musée.

L'alarme changea de tonalité et, dans un coin de la pièce, une minuscule trappe s'ouvrit, dégorgeant deux petits drones magnétiques. Shay bondit à la rencontre du premier et, d'un coup de crosse bien placé, l'envoya voler contre le mur ; le deuxième l'esquiva et diffusa un nuage de mousse noire sur le liquide argenté.

Le coup suivant de Shay mit un terme à la diffusion de la mousse noire. Elle bondit par-dessus l'araignée argentée qui grossissait sur le sol.

— Prépare-toi à sauter.

— Où ça ?

— En bas.

Tally baissa les yeux et vit que le liquide renversé

était en train de *s'enfoncer*. L'araignée d'argent faisait fondre le sol de céramique.

Même dans sa combinaison furtive, Tally sentit la chaleur engendrée par de violentes réactions chimiques. L'odeur de plastique brûlé et de céramique en fusion devenait suffocante.

Tally recula encore d'un pas.

— C'est *quoi*, ce produit ?

— De la faim à l'état pur, sous forme de nanos. Ça ronge pratiquement n'importe quoi, et ça se multiplie tout seul.

— Comment on *l'arrête* ?

— Hé, je ne suis pas historienne, moi ! (Shay se frotta les pieds dans une plaque de mousse noire.) Avec ce truc, j'imagine. Ceux qui dirigent cette baraque ont probablement un plan d'urgence.

Tally leva la tête vers le Crumbly, qui avait atteint la dernière étagère et se tenait là-haut, les yeux écarquillés de terreur. Elle espérait que le plan ne se résumait pas à escalader les murs et à céder à la panique.

Le sol gémit sous elles, puis se fissura, et le centre de l'araignée disparut hors de vue. Tally en resta bouche bée, réalisant que les nanos avaient rongé le sol en moins d'une minute. Il restait cependant des filaments d'argent, qui continuaient à se répandre dans toutes les directions, toujours affamés.

— On descend ! s'écria Shay.

Elle s'approcha prudemment du bord du trou, jeta un coup d'œil en bas, puis se laissa tomber à travers comme un missile.

Tally s'avança d'un pas.

— Attendez! glapit le Crumbly. Ne m'abandonnez pas!

Elle jeta un coup d'œil en arrière – l'un des filaments avait atteint l'étagère sur laquelle il avait grimpé, et se propageait rapidement parmi les armes et les divers équipements anciens.

Tally soupira, puis bondit sur l'étagère à côté de lui. Elle lui chuchota à l'oreille :

— Je vais vous sauver. Mais si vous me gênez, je vous balance à ce truc!

La déformation vocale qui dissimulait son identité changea ses mots en un grognement monstrueux, et l'homme se recroquevilla sur lui-même. Elle lui détacha les doigts de l'étagère, le jeta en travers de ses épaules, puis regagna d'un bond une partie épargnée du sol du musée.

La fumée emplissait la pièce désormais, et le Crumbly toussait dur. Il faisait aussi chaud que dans un sauna, et Tally ruisselait à l'intérieur de sa combinaison – c'était la première fois qu'elle suait depuis qu'elle était Special.

Une autre section du sol s'effondra avec fracas, ouvrant un trou béant sur la salle en contrebas. Le terrain de football occupé par les machines était strié de filaments argentés ; l'un des véhicules géants était déjà à moitié rongé.

L'Arsenal déployait les grands moyens pour combattre les nanos affamés. De petits engins volaient dans tous les sens, diffusant sans relâche leur mousse noire. Shay sautait d'une machine à l'autre et les détruisait à coups de crosse, afin d'aider la propagation du liquide.

Cela faisait haut, mais Tally n'avait guère le choix ; les

étagères commençaient déjà à s'incliner, la base rongée par les nanos.

Elle prit une grande inspiration et sauta. Le vieil homme sur ses épaules hurla du début à la fin de la chute.

Elle atterrit sur le toit d'une des machines et grogna sous le poids du Crumbly, puis se laissa glisser jusqu'à une partie du sol encore intacte. Le liquide argenté était proche.

Shay interrompit un instant sa bataille avec les drones pulvérisateurs, le temps de pointer le doigt au-dessus de la tête de Tally.

— Attention !

Avant même de lever les yeux, Tally entendit un craquement de mauvais augure provenant du plafond. Elle effectua un bond de côté, évitant à la fois les filaments argentés et les plaques de mousse noire. Elle avait l'impression de jouer à la marelle, comme quand elle était gamine – une marelle avec des conséquences mortelles en cas d'erreur.

Parvenant au fond de la pièce, Tally entendit d'autres sections de plafond s'effondrer derrière elle. Le contenu des étagères du musée se déversa en pluie sur les engins de chantier, dont deux n'étaient plus qu'un bouillonnement argenté que les drones tentaient de noyer sous la mousse noire.

Tally jeta son fardeau sur le sol et contempla le plafond au-dessus de sa tête. Ils ne se trouvaient plus sous le musée, mais le produit argenté continuerait à se propager à travers les murs. Allait-il ronger entièrement le bâtiment ?

Peut-être était-ce le plan de Shay. La mousse semblait donner des résultats. Shay bondissait d'un endroit sûr à un autre, le rire aux lèvres, fracassant les drones pulvérisateurs, afin qu'ils ne puissent enrayer la catastrophe.

La sirène changea une nouvelle fois de tonalité, passant cette fois à un signal d'évacuation.

Ce qui parut plutôt une bonne idée aux yeux de Tally.

Elle se tourna vers le Crumbly.

— Comment fait-on pour sortir d'ici?

Il toussa dans son poing. Même cette salle gigantesque commençait à être envahie par la fumée.

— Par le train.

— Le train?

Il indiqua le sol.

— Souterrain. Juste au premier sous-sol. Par où êtes-vous arrivées? Qui êtes-vous, de toute façon?

Tally geignit. Un *train souterrain*? Leurs planches étaient restées sur le toit, et la seule manière de les récupérer consistait à ressortir par le puits rempli de machines assoupies, lesquelles devaient être *drôlement* réveillées désormais…

Elle et Shay étaient coincées.

Soudain, l'un des grands véhicules se mit en marche.

Il ressemblait à un vieil appareil agricole, précédé d'une sorte de fouet métallique géant dont les lames commencèrent lentement à tournoyer. Il s'efforça de faire demi-tour en se frayant un chemin sur le parking encombré.

— Chef! appela Tally. On a besoin de toi par ici!

Avant que Shay ne puisse répondre, le bâtiment tout entier gronda. L'une des machines de chantier s'était transformée en boue argentée et commençait à s'enfoncer dans le sol.

— Attention, dessous ! murmura Tally.

— Par ici ! cria Shay, d'une voix à peine audible au milieu du vacarme.

Tally se retourna pour attraper le Crumbly.

— Ne me touchez pas ! s'écria-t-il. On viendra me sauver *si vous vous éloignez de moi* !

Elle s'interrompit, puis remarqua deux petits drones vaporisateurs qui s'étaient placés en protection au-dessus de sa tête.

Elle partit au pas de course à travers la salle, avec l'espoir que le sol n'était pas sur le point de s'effondrer. Shay l'attendait à l'autre bout, balançant le fusil pour protéger une résille argentée qui se répandait sur le mur.

— Nous allons sortir par là. Puis par le mur suivant. On finira bien par émerger à l'extérieur, pas vrai ?

— Sûr… admit Tally. Sauf si cette *chose* nous écrase en premier.

L'engin agricole travaillait encore à se dégager de son emplacement de parking. Tandis qu'elles l'observaient, un bulldozer s'anima à son tour, et roula hors de son emplacement initial. L'énorme machine libérée s'ébranla dans leur direction.

Shay jeta un coup d'œil sur le mur.

— C'est presque assez grand !

Le trou s'élargissait rapidement, maintenant ; ses bords argentés brillaient sous la chaleur. Shay sortit quelque chose de l'une de ses poches et le balança de l'autre côté.

— Baisse-toi !

— Qu'est-ce que c'était ? cria Tally en s'accroupissant.

— Une vieille grenade. J'espère seulement qu'elle…

Un éclair lumineux et un rugissement assourdissant jaillirent à travers le trou.

— …fonctionne encore. Allez, viens !

Shay courut quelques pas vers l'énorme machine agricole, s'arrêta en dérapage, puis se retourna face au trou.

— Mais il n'est pas assez grand…

Ignorant ses protestations, Shay bondit à travers. Tally se contracta. Si une seule goutte du produit argenté était tombée sur son amie…

Et elle était supposée suivre ?

Le grondement de l'engin agricole lui rappela qu'elle n'avait pas vraiment le choix ; il avait contourné les appareils contaminés en train de s'enfoncer dans le sol et se trouvait à découvert désormais, prenant de la vitesse à chaque seconde. L'une de ses roues était maculée de bouillie argentée, mais le temps qu'elle se fasse ronger, Tally serait aplatie depuis de longues minutes.

Elle prit son élan, plaqua ses mains l'une contre l'autre comme une plongeuse, puis s'élança à travers le trou.

Une fois de l'autre côté, Tally effectua un roulé-boulé et se remit sur pieds. Le sol trembla quand l'engin agricole heurta le mur, et le trou scintillant dans son dos devint soudain beaucoup plus large.

Tally vit la machine reculer pour un nouvel assaut.

— Amène-toi, lui dit Shay. Ce truc ne va pas tarder à nous rejoindre.

— Mais il faut que je… commença Tally en se dévissant le cou pour s'examiner le dos, les épaules, les semelles.

— Relax. Aucun nano argenté sur toi. Ni sur moi non plus.

Shay recueillit une goutte de bouillie argentée au bout du canon de son fusil, puis empoigna Tally et l'entraîna à travers la salle. Le sol était jonché de débris calcinés – drones de surveillance ou vaporisateurs de mousse détruits par la grenade de Shay.

Parvenue au mur opposé, Shay dit :

— Le bâtiment ne peut pas être beaucoup plus grand que ça. (Elle essuya le fusil à moitié rongé contre le mur.) J'espère, en tout cas.

Une gouttelette de produit argenté avait déjà pris, et commençait à s'étaler…

Le sol trembla fort et, en se retournant, Tally vit la partie avant de la moissonneuse se dégager de la brèche. Celle-ci était beaucoup plus large désormais. Entre le liquide affamé et les coups de boutoir, le mur ne résisterait plus très longtemps.

La machine agricole était largement contaminée, maintenant. Des filaments scintillants volaient entre les pales de son fouet, semblables à des éclairs. Tally se demanda si l'engin serait détruit avant d'avoir pu abattre le mur ; mais deux drones vaporisateurs surgirent soudain et se mirent à l'asperger de mousse noire.

— Cet endroit cherche vraiment à nous tuer, hein ? dit Tally.

— C'est l'impression que ça donne, admit Shay. Bien sûr, tu peux essayer de te rendre si tu en as envie…

— Hmm.

Le sol trembla de nouveau, et Tally vit un large pan de mur s'écraser devant elle. La brèche était presque assez grande pour laisser passer la machine.

— Il te reste encore des grenades ?

— Oui, mais je les garde.

— Pour *quoi faire*, bon sang ?

— Pour *eux*.

Tally se retourna vers la toile argentée sur le mur. On voyait le ciel nocturne à travers, et Tally aperçut les feux de position d'un robot, de l'autre côté.

— Nous sommes fichues, dit-elle d'une petite voix.

— Pas encore.

Shay colla une grenade contre les nanos, les regarda s'étendre à sa surface, puis la lança à travers le trou avant de plaquer Tally au sol.

Le « boum » de l'explosion leur martela les tympans.

À l'autre bout de la salle, la moissonneuse frappa pour la dernière fois ; le mur entier s'écroula dans une pluie de débris. La machine s'avança péniblement, cahotant sur ses roues à demi rongées, couvertes de mousse noire et de bouillie argentée.

De l'autre côté du mur extérieur, Tally distingua les silhouettes d'une multitude de robots, plus qu'elle n'en pouvait compter.

— Ils nous tueront si nous sortons ! s'écria-t-elle.

— Baisse la tête ! aboya Shay. Le produit risque d'atteindre un rotor d'une seconde à l'autre.

— D'atteindre quoi ?

Au même instant, un bruit abominable leur parvint de l'extérieur, comme le cliquetis d'une chaîne de bicyclette qui déraille. Shay plaqua encore une fois Tally au

132

sol tandis qu'une nouvelle explosion retentissait. Une giclée de gouttelettes argentées jaillit par le trou.

— Oh, fit doucement Tally.

Les nanos étalés sur la grenade de Shay avaient touché les rotors de quelque robot malchanceux, lequel en avait projeté partout au moment d'exploser. Désormais, toutes les machines qui les attendaient dehors devaient être contaminées.

— Appelle ta planche !

Tally activa son bracelet anticrash. Shay se préparait à bondir, en reculant prudemment entre les gouttelettes répandues par terre. Elle prit trois pas d'élan puis sauta à travers la brèche.

Tally recula d'un pas – c'était toute la place qui lui restait. L'énorme machine agricole était si proche que Tally sentait la chaleur de sa désintégration.

Elle inspira un grand coup, puis plongea à travers le trou...

VOL

Tally s'enfonça dans l'obscurité.

Le silence de la nuit l'enveloppa, et pendant un instant elle se laissa tout simplement tomber. Peut-être avait-elle ramassé de la boue argentée mortelle au passage du trou, peut-être allait-on l'abattre en plein ciel, à moins qu'elle ne fasse une chute mortelle ; en tout cas, il faisait frais et *calme* là dehors.

Puis une traction s'exerça sur son poignet, et la silhouette familière de sa planche jaillit des ténèbres. Tally tournoya sur elle-même et se réceptionna sur sa planche, en équilibre parfait.

Shay fonçait déjà vers les limites de la ville. Inclinant sa planche pour la suivre, Tally enclencha les rotors de sustentation ; sous ses pieds, le bourdonnement se changea bientôt en rugissement.

Le ciel aux alentours bruissait de formes scintillantes, s'écartant toutes de Tally. Chaque robot s'efforçait de mettre un minimum de distance entre lui et les autres machines, car nul ne savait qui avait été aspergé de liquide argenté et qui avait gardé le capot propre. Les plus touchés allaient se poser dans la zone de vol interdit, coupant leurs rotors avant de contaminer les autres.

Tally et Shay compteraient plusieurs minutes d'avance avant que l'armada ne puisse s'organiser.

Tally s'examina à la recherche de points argentés sur son corps. Elle se demanda si les vaporisateurs à l'intérieur étaient en train de maîtriser l'expansion des nanos, ou si le bâtiment entier s'enfoncerait dans la terre.

Si ce liquide argenté était le genre de substance que l'Arsenal conservait dans son musée, à quoi devaient ressembler les armes « dangereuses » entreposées en sous-sol ? Bien sûr, détruire un bâtiment ne représentait pas grand-chose à l'échelle des Rouillés ; eux rasaient des villes entières avec une seule bombe, dont les retombées radioactives empoisonnaient plusieurs générations. À côté de cela, le liquide argenté était véritablement une pièce de musée.

Derrière elle, des aérocars de pompiers arrivèrent de la ville, lâchant d'énormes nuées de mousse noire au-dessus de l'Arsenal.

Tally se détourna de cette scène de chaos et fila à la suite de Shay. À son grand soulagement, elle ne vit aucune tache scintillante sur la combinaison d'un noir de poix de son amie.

— Tu es clean, lui cria-t-elle.

Shay tourna rapidement autour de Tally.

— Toi aussi. Quand je te disais que les Specials avaient une chance de pendus !

Tally se tut, jetant un coup d'œil par-dessus son épaule. Quelques robots survivants s'extirpaient de l'enfer qui entourait l'Arsenal pour se lancer à leur poursuite. Elle et Shay étaient peut-être invisibles dans leurs combinaisons, mais leurs planches magnétiques devaient apparaître comme deux traits de chaleur bien nets.

— Il est un peu tôt pour parler de chance, cria-t-elle par-dessus le vide.

— Ne t'en fais pas, Tally-wa. S'ils veulent s'amuser, il me reste des grenades.

En arrivant à l'extrémité de Crumblyville, Shay se laissa descendre au niveau de la rue pour mieux profiter du réseau magnétique.

Tally la suivit, en inspirant longuement. Que la présence de grenades entre les mains de son amie soit une pensée *réconfortante* illustrait bien la nuit démentielle qu'elles étaient en train de vivre.

Le rugissement des robots enflait dans son dos. Apparemment, la bouillie argentée ne les avait pas tous atteints.

— Ils se rapprochent.

— Ils sont plus rapides que nous, mais n'interviendront jamais au-dessus de la ville. Ils ne voudront pas courir le risque de toucher des passants innocents.

Ils n'auront pas autant de scrupules avec nous, songea Tally.

— Comment va-t-on leur échapper ?

— Si nous parvenons à gagner une rivière, nous n'aurons qu'à sauter.

— Sauter ?

— Ce n'est pas *nous* qu'ils voient, Tally – seulement nos planches. En chute libre dans nos combinaisons furtives, nous serons totalement invisibles. (Elle fit sauter l'une de ses grenades au creux de sa main.) Trouve-moi juste une rivière.

Tally afficha une carte en surimpression sur sa vision.

— Avec leur puissance de feu, ils vont réduire nos

planches en petit bois, continua Shay. Il ne restera pas assez d'indices pour…

La voix de Shay mourut. Les robots venaient de disparaître l'un après l'autre, laissant une nuit désertée de toute présence.

Tally eut beau essayer plusieurs filtres infrarouges successifs, elle ne les voyait plus.

— Shay?

— Ils ont coupé leurs rotors de sustentation, c'est évident. Ils ne volent plus qu'en mode magnétique, totalement furtif.

— Mais pourquoi? On *sait* qu'ils nous poursuivent.

— Peut-être pour ne pas effrayer les Crumblies, dit Shay. Ils nous rattrapent, nous encerclent, attendent que nous quittions la ville… et *là*, ils se mettront à tirer.

Tally avala sa salive. Dans le silence qui s'ensuivit, son taux d'adrénaline retomba et la gravité de ce qu'elles avaient commis lui apparut enfin. À cause d'elles, l'armée était sur les dents, croyant probablement que la ville subissait une attaque en règle. Pendant un moment, être Special ne lui sembla plus aussi glacial.

— Shay, si tout ça devait mal tourner, merci d'avoir essayé d'aider Zane.

— La ferme, Tally-wa. Contente-toi de me trouver cette rivière.

Tally décompta les secondes. La lisière de la ville se profilait à moins d'une minute.

Elle se souvint de l'autre nuit, de l'excitation qu'elle avait ressentie à traquer les Fumants au-delà des limites de la ville. Désormais, c'était elle qui se retrouvait traquée, désarmée, submergée par le nombre…

— On y est, prévint Shay.

Alors qu'elles s'enfonçaient au-delà des lumières de la ville, des formes scintillantes s'illuminèrent autour d'elles. D'abord, Tally perçut le rugissement des rotors de sustentation qui s'allumaient, puis des lances de chaleur commencèrent à strier le ciel.

— Pas la peine de leur faciliter le travail ! cria Shay.

Tally se mit à zigzaguer, évoluant entre les trajectoires de balles traçantes qui déchiraient la nuit. Un tir d'autocanon lui frôla la joue, chaud comme le vent du désert, avant de pulvériser les arbres en contrebas. Elle obliqua et prit de la hauteur, pour esquiver de justesse un autre tir de barrage qui provenait de la direction opposée.

Shay lança une grenade en l'air. Quelques secondes plus tard, l'arme explosait dans leur dos et le souffle cueillit Tally comme un coup de poing, faisant vaciller sa planche. Elle entendit le gémissement plaintif de rotors de sustentation faussés – Shay avait touché l'un des robots sans même avoir besoin de viser !

Ce qui prouvait à quel point ils étaient nombreux…

Deux tirs d'autocanon se croisèrent sur la route de Tally, chauffant l'air, et elle vira sèchement pour les éviter ; elle parvint à grand-peine à rester sur sa planche.

Un peu plus loin devant, un ruban lumineux scintillait sous la lune.

— La rivière !

— Je la vois, cria Shay. Règle ta planche pour qu'elle continue en ligne droite après ton saut.

Tally obliqua de nouveau, et un autre tir de projectiles la manqua de peu. Elle écrasa furieusement les commandes de son bracelet anticrash, programmant sa planche pour continuer sans elle.

— Essaie de ne pas soulever trop d'éclaboussures !
cria Shay. Trois… deux…

Tally plongea.

La rivière sombre brillait sous elle, reflétant le chaos
en plein ciel. Elle inspira plusieurs fois afin de se remplir les poumons d'oxygène, puis plaqua ses mains
l'une contre l'autre pour fendre les eaux proprement.

La rivière la gifla, fort, puis son rugissement liquide
engloutit le vacarme de la fusillade et des rotors de
sustentation. Tally s'enfonça profondément dans les
ténèbres, enveloppée par le froid et le silence.

Agitant les bras en cercles pour s'empêcher de
remonter trop vite, elle demeura immergée aussi longtemps que ses poumons purent le supporter. Lorsqu'elle
refit enfin surface, elle n'aperçut qu'un scintillement
lointain à l'horizon, à plusieurs kilomètres de distance.
Le courant de la rivière était rapide et constant.

Elles s'étaient échappées.

— Tally ? entendit-elle.

— Par ici, répondit-elle doucement en pataugeant
vers la voix.

Shay la rejoignit en quelques brasses puissantes.

— Tu vas bien, Tally-wa ?

— Oui. (Tally effectua un bref diagnostic interne de
ses os et de ses muscles.) Rien de cassé.

— Moi non plus. (Shay lui adressa un sourire las.)
Regagnons la berge. Nous avons encore une longue
marche devant nous.

Tandis qu'elles nageaient lentement vers la berge,
Tally scruta le ciel avec angoisse – elle avait assez bataillé
contre les forces armées de la ville pour cette nuit.

— C'était super glacial, Tally-wa, dit Shay quand

elles se hissèrent sur la berge bourbeuse. (Elle dégagea l'appareil qu'elle avait dérobé au musée.) À la même heure demain soir, Zane sera en chemin dans la nature. Et nous serons juste derrière lui.

Tally contempla l'instrument capable de trancher l'alliage. Elle avait peine à croire qu'elles avaient failli se faire tuer pour quelque chose de plus petit que son doigt.

— Sauf qu'après tout le raffut que nous avons causé ici, personne ne voudra croire que c'était un coup des Crims.

— Peut-être pas. (Shay haussa les épaules, avant de glousser.) Mais le temps qu'ils réussissent à maîtriser cette bouillie argentée, il ne leur restera plus beaucoup d'indices. Et qu'ils attribuent l'opération aux Crims, aux Fumants ou à un commando de Specials d'une ville voisine, ils sauront que Zane-la compte quelques sérieux clients parmi ses amis.

Tally fronça les sourcils. Le plan avait consisté à faire passer Zane pour intense, pas à l'impliquer dans un assaut de grande envergure.

Bien sûr, voir la ville menacée de cette façon convaincrait probablement le docteur Cable qu'il était temps de recruter de nouveaux Specials dès que possible. Et Zane ferait un candidat logique.

Tally sourit.

— Il a de sérieux clients parmi ses amis, Shay-la. Il nous a, toi et moi.

Shay éclata de rire tandis qu'elles s'enfonçaient dans les bois, dans leurs combinaisons furtives qui se couvraient de fausses taches de lune.

— Ne m'en parle pas, Tally-wa. Ce garçon ne connaît pas sa chance.

Deuxième partie

SUR LA PISTE DE ZANE

Tout le monde tient le beau pour le beau,
C'est en cela que réside la laideur.
Tout le monde tient le bon pour le bon,
C'est en cela que réside le mal.

LAO-TSEU, *Tao tö king*

ÉVASION

La nuit suivante, elles retrouvèrent Zane et un petit groupe de Crims en train de les attendre, rassemblés à l'ombre du barrage qui domptait le fleuve en amont de New Pretty Town. Le bruit de la cascade ainsi que les odeurs des Crims nerveux fouettèrent les sens de Tally, dont les tatouages se mirent à tournoyer sur ses bras comme des toupies.

Après les péripéties de la veille, son ancien corps aléatoire, lui, aurait été perclus de fatigue. Shay et elle avaient refait tout le chemin à pied jusqu'au centre de la ville avant d'appeler Tachs afin qu'il leur apporte de nouvelles planches ; cette promenade aurait éreinté n'importe quel humain ordinaire pour plusieurs jours. Mais quelques heures de sommeil avaient suffi à Tally pour recouvrer l'essentiel de ses forces, et leurs exploits à l'Arsenal ne lui apparaissaient avoir été qu'une innocente plaisanterie – qui, certes, leur avait peut-être un petit peu échappé…

Son antenne dermique crépitait sous les alertes : les gardiens et les autres Specials étaient sortis en force, et les chaînes d'informations se demandaient ouvertement si la ville n'était pas en guerre. La moitié de

Crumblyville avait vu le brasier à l'horizon, et l'énorme pile de mousse noire qui recouvrait l'ancien emplacement de l'Arsenal était difficile à expliquer. Des aérocars militaires survolaient le centre de la ville pour protéger le gouvernement contre toute nouvelle attaque. Les feux d'artifice nocturnes avaient été annulés jusqu'à nouvel ordre, laissant le ciel étrangement noir.

Même les Scarificateurs avaient été appelés en renfort pour enquêter sur un lien éventuel entre les Fumants et la destruction de l'Arsenal, ce que Tally et Shay trouvaient plutôt amusant.

Ce sentiment général d'urgence électrisait Tally ; elle trouvait l'affaire dans son ensemble tout à fait glaciale, comme autrefois, quand les cours à l'école étaient annulés en raison du blizzard ou d'un incendie. En dépit de ses courbatures, elle était prête à suivre Zane dans la nature pendant des semaines ou même des mois, quoi qu'il advienne.

Quand sa planche toucha le sol, Tally prit garde à ne pas croiser son regard larmoyant. Elle ne tenait pas à gâcher le moment par la vision de son infirmité. Elle préféra tourner les yeux vers le reste des Crims.

Ils étaient huit en tout. Peris faisait partie du groupe, et il écarquilla de grands yeux en découvrant le nouveau visage de Tally. Il tenait une grappe de ballons à la main, comme un clown à une fête d'anniversaire de gamins.

— Ne me dis pas que tu viens aussi ? fit-elle avec dédain.

Il lui retourna son regard sans ciller.

— Je sais que je me suis déjà dégonflé devant toi, Tally. Mais je suis plus intense aujourd'hui.

Tally contempla les lèvres pleines de Peris, la mollesse de son expression de pseudo-défi, et se demanda s'il devait cette nouvelle attitude à l'une des pilules de Maddy.

— Alors, à quoi vont te servir ces ballons? C'est au cas où tu tomberais de ta planche?

— Tu verras bien, répondit-il avec un sourire forcé.

— Mes jolis, vous avez intérêt à vous préparer pour un long voyage, déclara Shay. Les Fumants risquent d'attendre un bon moment avant de venir vous ramasser. J'espère que ce sont des équipements de survie que vous avez dans ces sacs, et pas du champagne.

— Nous sommes parés, répondit Zane. Purificateurs d'eau et soixante jours de rations autochauffantes pour chacun. Beaucoup de SpagBol.

Tally fit la grimace. Depuis son premier séjour dans la nature, la seule idée du SpagBol lui soulevait l'estomac. Heureusement, les Specials trouvaient leur propre nourriture dans la nature; leurs estomacs reconstruits pouvaient extraire les éléments nutritifs de presque tout ce qui poussait. Quelques Scarificateurs s'étaient même mis à la chasse, Tally s'en tenait aux plantes sauvages – elle avait mangé trop d'animaux morts à l'époque de La Fumée.

Les Crims endossèrent leurs sacs à dos, le visage solennel, tâchant d'adopter un sérieux de circonstance. Elle espérait qu'ils ne prendraient pas peur au milieu du voyage et n'abandonneraient pas Zane derrière eux. Ce dernier semblait déjà un peu vacillant, même avec sa planche au ras du sol.

Quelques-uns des Crims les dévisageaient, elle et Shay. Ils n'avaient encore jamais vu de Specials, et encore moins de Scarificateurs, balafrés et couverts de tatouages. Mais ils ne semblaient pas effrayés, contrairement à des têtes vides ordinaires – juste curieux.

Bien sûr, les nanos de Maddy circulaient sous le manteau depuis un moment maintenant. Et les Crims avaient sûrement été les premiers à vouloir tester quelque chose susceptible de les rendre intenses.

Comment administrer une ville où tout le monde serait Crim? Au lieu de voir la plupart des gens se conformer aux règles, on assisterait sans doute à une multiplication des vols et autres mauvais tours. Ne finirait-on pas par être confrontés à de vrais crimes – des agressions violentes, voire des meurtres – comme à l'époque rouillée?

— C'est bon, dit Shay. Que tout le monde se prépare.

Elle sortit son instrument à découper l'alliage.

Les Crims ôtèrent leurs bagues d'interface. Peris leur tendit un ballon à chacun, afin qu'ils attachent leur bague au bout de la ficelle.

— Astucieux, commenta Tally, et Peris lui adressa un grand sourire de satisfaction.

Quand les ballons s'envoleraient avec les bagues, l'interface de la ville aurait l'impression que les Crims effectuaient une lente promenade en planches magnétiques, se laissant tranquillement porter par le vent comme de braves petites têtes vides.

Shay fit un pas vers Zane, mais celui-ci l'arrêta d'un geste.

— Non, je veux que ce soit Tally qui me libère.

Shay lâcha un petit ricanement et jeta l'engin à Tally.

— Ton petit copain te réclame.

Tally prit une longue inspiration en s'approchant de

l'endroit où se tenait Zane, décidée à ne pas se laisser embrouiller les idées par sa présence. Mais quand elle leva les mains pour empoigner sa chaîne métallique, ses doigts effleurèrent sa peau nue et un frisson la parcourut. Elle garda les yeux fixés sur le collier ; pourtant le fait de se trouver si près de lui, ses doigts à quelques centimètres de sa chair, ravivait de vieux souvenirs qui la troublaient.

Elle remarqua alors le tremblement des mains de Zane. La bataille qui se livrait dans son cerveau ne cesserait que lorsqu'il serait enfin Special – avec un corps aussi parfait que celui de Tally.

— Ne bouge pas, l'avertit-elle. C'est chaud.

Tally atténua sa vision tandis que l'engin grésillait, crachotant un arc-en-ciel bleu et blanc dans la nuit. La chaleur la frappa au visage comme à l'ouverture d'un four, et une odeur de plastique brûlé emplit l'air.

Ses propres mains tremblaient.

— Ne t'inquiète pas, Tally. Je te fais confiance.

Elle avala sa salive, toujours sans croiser son regard. Elle ne voulait pas voir sa couleur délavée, ni lire les pensées de Zane. Elle désirait simplement qu'il se mette en route, qu'il parte dans la nature où il pourrait être trouvé par les Fumants, capturé et enfin refait à neuf.

Quand l'arc éblouissant toucha le métal, Tally entendit une alerte résonner en elle. Procédure standard pour la ville : le collier était réglé de manière à envoyer un signal s'il était endommagé. N'importe quel gardien dans les parages l'aurait entendu.

— Mieux vaut lâcher vos ballons, maintenant, dit Shay. On ne va pas tarder à venir voir ce qui se passe.

L'arc trancha les derniers millimètres de chaîne et

Tally l'ôta du cou de Zane, à deux mains, en prenant garde d'éloigner de sa peau nue les bouts incandescents.

Elle avait les bras à moitié autour de lui quand Zane lui prit les poignets.

— Essaie de changer ton mental, Tally.

Elle se dégagea ; sa poigne était plus fragile qu'une toile d'araignée.

— Mon mental va très bien comme il est.

Il fit glisser ses doigts le long de son bras, en effleurant ses cicatrices de scarification.

— Alors, pourquoi fais-tu ça ?

Elle baissa les yeux sur les mains de Zane, refusant d'affronter son regard.

— Pour être glaciale ; c'est pareil qu'intense, en beaucoup mieux.

— N'éprouves-tu donc plus rien, pour en avoir besoin ?

Elle fronça les sourcils, incapable de répondre. Il ne comprenait pas la scarification parce qu'il n'avait jamais *essayé*. En plus, l'antenne dermique de Tally transmettait leurs paroles à Shay…

— Tu peux te reprogrammer, Tally, insista-t-il. Le fait qu'ils t'aient transformée en Special *prouve* que tu es capable de changer.

Elle fixa l'appareil encore brillant, se rappelant ce qu'elles avaient accompli pour l'obtenir.

— J'ai déjà accompli beaucoup plus que tu ne le crois.

— Bon ! Alors, tu peux choisir ton camp, Tally.

Elle le regarda enfin dans les yeux.

— Il ne s'agit pas de savoir de quel côté je suis, Zane. Je n'agis que pour nous.

Il sourit.

— Moi aussi. Ne l'oublie pas, Tally.

— Que veux-tu… (Tally baissait les yeux, secouant la tête.) Il faut partir, Zane. Tu n'auras pas l'air très intense si tu te fais attraper ici par les gardiens avant même d'avoir tenté un pas.

— En parlant de se faire attraper, murmura Shay en tendant le mouchard à Zane. Imprime-lui une torsion quand tu auras trouvé La Fumée, et nous arriverons ventre à terre. Ça marche également si tu le jettes dans le feu, pas vrai, Tally-wa ?

Il contempla le mouchard, puis le glissa dans sa poche. Ils savaient tous les trois qu'il ne s'en servirait pas.

Tally affronta le regard de Zane. Il n'avait rien d'un Special, mais son expression farouche n'était pas celle d'une tête vide non plus.

— Essaie de changer encore, Tally, dit-il doucement.

— File !

Elle se détourna et s'éloigna de quelques pas, arrachant ses derniers ballons à Peris pour les attacher à la chaîne encore rougeoyante. Une fois lâchés, les ballons peinèrent un peu sous le poids du collier, puis une rafale de vent les emporta d'un coup.

Le temps qu'elle se retourne vers Zane, ce dernier s'élevait sur sa planche, les bras écartés, hésitant comme un gamin debout sur une poutre. Deux Crims l'encadraient de chaque côté, prêts à l'aider en cas de besoin.

Shay poussa un soupir.

— Ça va être une vraie partie de plaisir.

Tally ne répondit rien. Elle suivit Zane des yeux jusqu'à ce qu'il ait disparu dans les ténèbres.

— Nous ferions mieux d'y aller nous aussi, dit Shay.

Tally acquiesça. Quand les gardiens arriveraient, ils risquaient de s'étonner que deux Specials se trouvent à proximité du dernier emplacement connu de Zane.

Les écailles de sa combinaison furtive effectuèrent leur petit ballet familier, puis Tally enfila les gants et rabattit le capuchon sur son visage.

En quelques secondes, Tally et Shay étaient devenues aussi noires que le ciel au-dessus d'elles.

— En route, chef, dit Peris. Allons débusquer La Fumée.

AU-DEHORS

L'évasion de Zane se déroula beaucoup plus facilement que Tally ne s'y attendait.

Le reste des Crims et leurs alliés Pretties devaient être dans le coup – des centaines d'entre eux relâchèrent leur bague d'interface accrochée à un ballon au même instant, remplissant le ciel de signaux erronés. Une autre centaine d'Uglies firent de même. Le canal de transmission des gardiens fut bientôt noyé sous les bavardages agacés tandis qu'ils couraient partout récupérer les bagues et mettre un terme à des dizaines de mauvais tours. Les autorités n'étaient pas d'humeur à plaisanter après l'assaut de la nuit dernière.

Shay et Tally finirent par couper le son.

— Tout est parfaitement glacial jusqu'ici, dit Shay. Ton petit copain devrait faire un bon Scarificateur.

Tally sourit, soulagée de ne plus avoir les tremblements de Zane sous les yeux. Elle se sentit gagnée par l'excitation de la chasse.

Elles suivirent le petit groupe de Crims à un kilomètre de distance. Les huit silhouettes leur apparaissaient si nettement à l'infrarouge que Tally pouvait distinguer celle de Zane au milieu des autres. Elle remarqua qu'il y avait toujours au moins une personne qui volait à côté de lui, prête à lui donner un coup de main.

Au lieu de foncer le long du fleuve en direction des Ruines rouillées, les fugitifs gagnèrent tranquillement la limite sud de la ville. Alors qu'ils parvenaient au bout de la grille, ils descendirent dans la forêt et continuèrent à pied, emportant leurs planches vers la même rivière dans laquelle Tally et Shay avaient plongé la veille.

— Malin de leur part, observa Shay, de ne pas prendre le chemin habituel.

— Ça risque d'être un peu dur pour Zane, par contre, dit Tally.

Porter sa planche n'était pas évident lorsque l'on n'avait pas de grille magnétique pour la soutenir.

— Si tu dois stresser pour lui sans arrêt, Tally-wa, le voyage promet d'être *sacrément* barbant !

— Désolée, chef.

— Détends-toi, Tally. Il n'arrivera rien à ton petit ami.

Shay descendit au milieu des sapins. Tally demeura en altitude un moment, suivant la lente progression des fugitifs. Ils mettraient bien une heure avant d'atteindre la rivière et de pouvoir remonter sur leurs planches, mais elle rechignait à les perdre de vue en pleine nature.

La voix de Shay lui parvint d'en bas, simple murmure sur le réseau de transmission de leurs antennes dermiques.

— Il est un peu tôt dans le voyage pour vider les batteries de tes rotors, non ?

Tally soupira doucement, puis se laissa descendre.

Une heure plus tard, assises sur la berge, elles attendaient que les Crims les rejoignent.

— Onze, annonça Shay en lançant un autre galet.

Tournoyant follement, la pierre rebondit sur l'eau
tandis que Shay comptait à haute voix ; elle coula après
le onzième ricochet.

— Ha, ha ! Encore gagné !

— Tu es la seule à jouer, Shay-la.

— C'est moi contre la nature. Douze. (Shay en lança
un de nouveau, et cette fois-ci le galet ricocha jusqu'au
milieu de la rivière, avant de sombrer après le douzième
rebond.) Et une nouvelle victoire, une ! À toi, essaie.

— Non merci, chef. Tu ne penses pas qu'on devrait
retourner jeter un coup d'œil ?

Shay gémit.

— Ils ne vont plus tarder, Tally. La dernière fois
que tu as vérifié, il y a environ cinq minutes, ils étaient
presque arrivés à la rivière.

— Alors pourquoi ne sont-ils pas encore là ?

— Parce qu'ils se *reposent*, Tally. Ils sont épuisés
d'avoir dû trimbaler leurs foutues planches à travers la
forêt. (Elle sourit.) À moins qu'ils ne soient en train de
se préparer un délicieux festin de SpagBol.

Tally fit la grimace. Elles avaient eu tort de devancer
les fugitifs. Le plan, après tout, consistait à rester derrière eux.

— Et s'ils avaient pris l'autre direction ? On peut
suivre une rivière dans les deux sens, tu sais ?

— Ne sois pas idiote, Tally-wa. Pourquoi s'*éloigne-
raient-ils* de l'océan ? Une fois de l'autre côté des montagnes, il n'y a plus que le désert sur des centaines de

kilomètres. Les Rouillés l'appelaient déjà la Vallée de la Mort avant même que les plantes l'envahissent.

— Et s'ils étaient convenus de retrouver les Fumants là-bas ? Nous ignorons quels contacts ont pu avoir les Crims avec le Dehors.

Shay soupira.

— Très bien. Va jeter un coup d'œil. (Elle donna un coup de talon dans la terre, à la recherche d'une autre pierre plate.) Mais ne sois pas trop longue ; ils ont peut-être des infrarouges.

— Merci, chef, dit Tally en appelant sa planche d'un claquement de doigts.

— Treize, répondit Shay, et elle lança.

Une fois en l'air, Tally retrouva sans peine les fugitifs. Ainsi que Shay l'avait supposé, ils étaient un peu plus loin sur la berge, immobiles, probablement en train de souffler. Mais alors qu'elle essayait de repérer Zane, elle fronça les sourcils.

Elle réalisa alors ce qui la chiffonnait : elle comptait *neuf* masses de chaleur brillante, et non huit. Auraient-ils allumé un feu ? S'agissait-il d'un plat autochauffant qui apparaissait aux infrarouges ?

Elle ajusta sa vision de manière à faire le point sur eux. Les silhouettes se précisèrent, jusqu'à ce que Tally soit bien certaine qu'elles avaient toutes forme humaine.

— Shay-la, chuchota-t-elle. Ils ont rencontré quelqu'un.

— Déjà ? répondit Shay d'en bas. Hmm... Je ne m'attendais pas à ce que les Fumants nous mâchent le travail à ce point.

— À moins qu'il ne s'agisse encore d'une embuscade, fit doucement Tally.

— Qu'ils essaient ! J'arrive.

— Attends, ils repartent. (Les formes brillantes s'avancèrent au-dessus de la rivière pour venir dans leur direction, à Shay et elle, à vitesse de planche. Mais l'une d'elles resta en arrière, sous le couvert des arbres.) Ils arrivent par ici, Shay. Huit d'entre eux, en tout cas. Le neuvième part dans l'autre direction.

— O.K., alors suis celui qui est tout seul. Je me colle aux Crims.

— Mais…

— Ne discute pas, Tally. Je ne perdrai pas ton petit ami. Vas-y, et ne te fais pas repérer.

— D'accord, chef.

Tally piqua vers la rivière afin de laisser refroidir les rotors de sa planche. Les Crims n'allaient plus tarder ; elle activa sa combinaison et rabattit le capuchon sur son visage. Après quoi elle se rapprocha de la berge et se mit à couvert sous les branches basses, quasiment à l'arrêt.

En moins d'une minute, les Crims passaient devant elle sans la voir, et elle reconnut la silhouette malhabile de Zane au milieu des autres.

— Je les vois, annonça Shay un moment plus tard. (Sa voix s'éloignait déjà.) Si nous quittons la rivière, je laisserai une balise à l'intention de ton antenne dermique.

— D'accord, chef.

Tally se pencha en avant, s'élançant sur la piste de la neuvième silhouette.

— Sois prudente, Tally-wa. Je ne voudrais pas perdre deux Scarificateurs la même semaine.

— Aucun risque, lui assura Tally. (Elle entendait revenir afin de suivre Zane, non se faire capturer.) À très bientôt.

— Tu me manques déjà… dit Shay dont le signal s'estompait.

Tally projeta tous ses sens sur la forêt de part et d'autre de la rivière. Les arbres sombres qui se pressaient sur les deux berges grouillaient de fantômes infrarouges ; animaux sauvages et oiseaux dans leur nid défilaient en petites taches de chaleur. Mais rien qui ait taille humaine…

En parvenant à l'endroit où les Crims avaient rencontré leur mystérieux contact, Tally ralentit, s'accroupissant sur sa planche. Elle sourit ; elle commençait à se sentir glaciale, très excitée. S'il s'agissait d'une nouvelle embuscade, les Fumants allaient découvrir qu'ils n'étaient pas les seuls à pouvoir se rendre invisibles.

Elle s'arrêta en douceur sur la berge boueuse, descendit de sa planche et la renvoya en attente dans le ciel.

L'endroit où s'étaient tenus les Crims était signalé par une multitude d'empreintes. Une forte odeur corporelle flottait dans les airs – celle d'une personne qui avait passé de nombreux jours sans se laver. Il ne pouvait s'agir des Pretties, qui sentaient la frousse et les vêtements recyclables.

Tally s'enfonça prudemment entre les arbres, suivant la piste de l'odeur.

La personne qu'elle suivait était un vrai coureur des bois. Il n'avait laissé derrière lui aucune branche cassée, aucune empreinte révélatrice. Mais son odeur se faisait plus forte à chaque pas, au point que Tally fronça le nez. Avec ou sans eau courante, même les Fumants ne sentaient pas *aussi* mauvais.

Une lueur infrarouge passa un court instant entre les arbres – une silhouette humaine devant elle. Elle s'arrêta un moment afin de tendre l'oreille, mais la forêt ne lui transmit aucun son : l'inconnu se déplaçait aussi silencieusement que David.

Tally se rapprocha en catimini, les yeux collés au sol, à la recherche des marques subtiles d'un sentier. Quelques secondes plus tard, elle les trouva – une piste presque invisible au milieu des arbres denses, le chemin emprunté par celui qu'elle suivait.

Shay l'avait avertie de se montrer prudente, et il était possible que son gibier – Fumant ou non – ne soit pas facile à surprendre. Mais peut-être qu'une embuscade en méritait une autre...

Tally s'écarta du sentier et s'élança dans les sous-bois. Courant sans un bruit, le pas léger, elle décrivit une large courbe jusqu'à ce qu'elle retombe sur le sentier. Puis elle avança plus lentement, devant son gibier désormais, et repéra une branche d'arbre juste à l'aplomb du passage.

L'endroit idéal.

Tandis qu'elle grimpait dessus, les écailles de sa combinaison prirent la texture rugueuse de l'écorce, adoptant une coloration foncée, mouchetée. Elle se colla à la branche, invisible et immobile, le cœur battant.

La silhouette scintillante surgit des arbres dans un silence parfait. On ne percevait aucune odeur synthétique dans le bouquet puissant qui émanait de lui : ni crème solaire ni insecticide, pas même une trace de savon ou de shampooing. En faisant défiler ses filtres visuels, Tally ne décela aucun signe d'équipement électronique ou de blouson chauffant, et ses oreilles ne captèrent pas le moindre bourdonnement de lunettes amplificatrices de lumière.

Non pas qu'un équipement quel qu'il soit aurait pu aider sa proie ; absolument immobile dans sa combinaison furtive, respirant à peine, Tally était indétectable même pour la technologie la plus avancée…

Et pourtant, au moment de passer sous elle, sa proie ralentit, inclinant la tête sur le côté comme pour mieux se concentrer sur d'éventuels sons.

Tally retint son souffle. Elle *savait* qu'elle était invisible, mais son pouls s'accéléra, et ses sens amplifièrent tous les petits bruits de la forêt. Y avait-il quelqu'un d'autre dans les parages ? Quelqu'un qui l'aurait vue grimper à l'arbre ? Des fantômes clignotèrent à la limite de son champ de vision. Son corps brûlait d'agir, de quitter cette cache, parmi les feuilles et les branchages.

Pendant un long moment, l'inconnu ne fit pas le moindre mouvement. Puis, très lentement, il releva la tête.

Tally n'hésita pas : elle se laissa tomber, modifia les écailles de sa combinaison en un blindage noir mat et enroula les deux bras autour de sa proie, lui clouant les poignets contre le sol. À cette distance, la puanteur que le jeune homme dégageait était presque suffocante.

— Je ne veux pas te faire de mal, siffla-t-elle à travers le masque de sa combinaison. Mais il le faudra si tu m'y obliges.

Son prisonnier se débattit brièvement, et Tally aperçut la lueur d'un couteau dans sa main. Elle l'écrasa de tout son poids, chassant l'air de ses poumons avec un craquement de côtes tandis que le couteau s'échappait de ses doigts.

— Shayshal, cracha-t-il.

Son accent évoquait un souvenir à Tally. *Shayshal ?* Elle avait déjà entendu ce drôle de mot quelque part. Elle coupa l'infrarouge, remit l'autre sur ses pieds et le repoussa en arrière pour examiner son visage dans un rayon de lune.

Il était chevelu, crasseux, vêtu de quelques peaux de bêtes grossièrement cousues.

— Je te connais… dit-elle d'un ton apaisé.

Comme il ne répondait rien, Tally ôta son capuchon, lui laissant voir son visage.

— Jeune Sang, dit-il en souriant. Tu as changé.

BARBARE

Il s'appelait Andrew Simpson Smith, et Tally l'avait déjà rencontré.

En fuyant la ville alors qu'elle était Pretty, elle avait découvert par inadvertance une sorte de réserve, produit d'une expérience menée par les scientifiques. Les occupants de cette réserve vivaient à la manière des pré-Rouillés, s'habillaient de peaux et n'utilisaient que des outils de l'âge de pierre – des gourdins, des bâtons, le feu. Ils habitaient de petits villages constamment en guerre les uns contre les autres, embarqués dans un cycle interminable de meurtres et de vengeances. Les scientifiques pouvaient ainsi étudier la violence humaine à l'état pur.

Les villageois ne savaient rien du reste du monde, ignorant que toutes les difficultés auxquelles ils se trouvaient confrontés – la maladie, la faim, les carnages – étaient résolues depuis des siècles. Jusqu'à ce que Tally croise un de leurs groupes de chasse, se fasse passer pour un dieu, et enseigne tout à un saint homme dénommé Andrew Simpson Smith.

— Comment es-tu sorti ? demanda-t-elle.

Il sourit fièrement.

— J'ai passé le bord du monde, Jeune Sang.

Tally haussa un sourcil. La réserve était ceinte de « petits hommes », des poupées accrochées aux arbres et dotées de brouilleurs cérébraux causant une terreur panique chez quiconque s'en approchait d'un peu trop près. Les villageois étaient beaucoup trop dangereux pour être lâchés dans le monde réel, de sorte que la ville avait entouré leur réserve d'une barrière infranchissable.

— Comment as-tu fait ?

Andrew Simpson Smith gloussa en se penchant pour ramasser son couteau, et Tally résista au réflexe de le lui arracher des mains. Il l'avait appelée *Shayshal*, nom que les villageois donnaient aux Specials exécrés. Bien sûr, maintenant qu'il avait vu son visage, il se souvenait de Tally comme d'une amie, une alliée contre les dieux de la ville. N'ayant aucune idée de ce que signifiaient ses nouveaux tatouages, il ne pouvait savoir qu'elle était devenue l'un des exécuteurs de leurs basses œuvres.

— Après que tu m'as appris tout ce qui se trouvait au-delà du bord du monde, Jeune Sang, j'ai commencé à me demander si les petits hommes ressentaient la peur.

— La peur ?

— Oui. J'ai essayé différentes choses pour les effrayer. Des chants, des sorts. Des crânes d'ours.

— Hmm, ce ne sont pas de vrais hommes, tu sais, Andrew. Juste des machines. Ils ne s'effraient pas véritablement.

Son expression se fit plus grave.

— Mais le *feu*, Jeune Sang ; j'ai découvert qu'ils avaient peur du feu.

— Le feu? (Tally sentit sa gorge se nouer.) Dis-moi, Andrew; s'agissait-il d'un *très grand* feu, par hasard?

Son sourire réapparut.

— Beaucoup d'arbres ont brûlé. Quand ç'a été fini, les petits hommes étaient partis.

Elle geignit.

— Je crois plutôt que les petits hommes avaient *brûlé*, Andrew. Tu es en train de me dire que tu as déclenché un incendie de forêt?

— Un incendie de forêt. (Il réfléchit un moment.) Oui, ce sont les mots justes.

— En fait, Andrew, ce sont surtout des mots à éviter. Tu as eu de la chance: nous n'étions pas en été, sans quoi cet incendie aurait pu emporter… tout ton monde.

Il sourit.

— Mon monde est beaucoup plus vaste aujourd'hui, Jeune Sang.

— Oui, mais quand même… ce n'était pas tout à fait ce que j'avais à l'esprit.

Tally soupira. Sa tentative d'expliquer le monde réel à Andrew avait débouché sur une destruction massive au lieu d'une illumination, et cet incendie avait probablement lâché dans la nature plusieurs villages remplis de barbares meurtriers. Il y avait des Fumants, des fugitifs et même des campeurs dans ces forêts.

— C'était il y a combien de temps?

— Vingt-sept jours. (Il secoua la tête.) Mais les petits hommes sont revenus. Des nouveaux, qui n'avaient plus peur du feu. Je suis en dehors de mon monde depuis.

— Mais tu t'es fait des amis, pas vrai? Des amis de la ville.

Pendant un moment, il examina Tally d'un air soup-çonneux. Il avait sans doute réalisé que si elle l'avait vu avec les Crims, c'est qu'elle les avait suivis.

— Jeune Sang, commença-t-il prudemment. Par quel hasard es-tu ici ?

Tally ne répondit pas aussitôt. La notion de men-songe semblait presque inconnue dans le village d'An-drew, au moins jusqu'à ce que Tally explique l'énorme contre-vérité dans laquelle vivaient tous ses habitants ; mais il avait certainement appris à se méfier des gens de la ville. Elle décida de choisir ses mots avec le plus grand soin.

— Ces dieux que tu as rencontrés, certains d'entre eux sont des amis à moi.

— Ce ne sont pas des dieux, Tally. C'est toi qui me l'as appris.

— Exact. Un point pour toi, Andrew. (Elle se demanda ce qu'il comprenait d'autre désormais. Il avait amélioré sa maîtrise du langage de la ville, comme s'il avait eu souvent l'occasion de le pratiquer.) Mais com-ment savais-tu qu'ils venaient ? Tu ne les as pas rencon-trés par accident, j'imagine ?

Il l'examina longuement d'un air méfiant, puis secoua la tête.

— Non. Ils s'enfuyaient devant les Shayshals, et je leur ai offert mon aide. Ce sont tes amis ?

Elle se mordit la lèvre.

— L'un d'eux était… je veux dire, *est*… mon petit ami.

Une expression de compréhension s'afficha sur le visage d'Andrew, qui lâcha un petit rire. Levant une main, il lui tapa rudement l'épaule.

— Je comprends. Voilà pourquoi tu les suivais, aussi invisible qu'un Shayshal. Un *petit* ami.

Si Andrew Simpson Smith voulait croire qu'elle était une sorte d'amoureuse éconduite sur la piste des fugitifs, c'était certainement plus simple que de lui expliquer toute la vérité.

— Alors dis-moi, comment savais-tu que tu devais les retrouver ici ?

— Après avoir découvert que je ne pouvais plus retourner chez moi, je me suis mis à ta recherche, Jeune Sang.

— À ma recherche ?

— Tu étais partie pour les Ruines rouillées. Tu m'avais indiqué la distance, ainsi que la direction.

— Tu as marché jusque là-bas ?

Andrew acquiesça, les yeux agrandis, et un frisson le parcourut.

— Un immense village, rempli de morts.

— Et tu as fait la rencontre des Fumants, n'est-ce pas ?

— La Nouvelle-Fumée vit, déclara-t-il gravement.

— Pas de doute. Et maintenant tu aides les fugitifs à les rejoindre ?

— Je ne suis pas le seul. Les Fumants savent voler par- dessus les petits hommes. D'autres personnes de mon village nous ont rejoints. Un jour, nous serons tous libres.

— Ma foi, c'est génial, dit Tally.

Les Fumants avaient complètement perdu l'esprit, pour lâcher ainsi une bande de sauvages dans la nature. Bien sûr, les villageois devaient constituer de précieux alliés. C'étaient des coureurs des bois incomparables, meilleurs qu'aucun gosse de la ville ne le deviendrait jamais, probablement meilleurs que les premiers Fumants. Ils savaient trouver leur nourriture dans la forêt et se fabriquer des vêtements à partir de matériaux naturels, tous talents que les villes avaient perdus. Et après des générations de guerres tribales, ils étaient passés maîtres dans l'art de l'embuscade.

Andrew Simpson Smith avait senti la présence de Tally au-dessus de lui, malgré sa combinaison furtive. Il fallait passer une vie entière dans la nature pour développer ce genre d'instinct.

— De quelle manière aides-tu les fugitifs aujourd'hui ?

Il sourit fièrement.

— Je leur indique le chemin de La Nouvelle-Fumée.

— Super. Parce que, vois-tu, je suis un peu perdue, là. Et j'espérais que tu pourrais me donner un petit coup de main.

Il hocha la tête.

— Bien sûr, Jeune Sang. Tu n'as qu'à dire le mot magique.

Tally battit des cils.

— Un mot magique ? Andrew, c'est *moi*. Je ne connais peut-être pas le mot magique, mais j'essayais déjà d'atteindre La Fumée le jour où tu m'as rencontrée.

— C'est vrai. Seulement, j'ai promis. (Il dansa d'un pied sur l'autre, mal à l'aise.) Que t'est-il arrivé, Jeune Sang, après ton départ ? Quand j'ai atteint les ruines, j'ai raconté aux Fumants de quelle manière tu nous étais apparue. Ils m'ont dit que la ville t'avait reprise. Qu'elle t'avait fait des choses. (Il eut un geste vers son visage.) Est-ce encore un simple truc décoratif ?

Tally soupira, en le regardant dans les yeux. Ce n'était qu'un aléatoire, et *particulièrement* aléatoire qui plus est, avec ses dents de guingois et sa peau boutonneuse mal lavée. Mais pour une raison ou pour une autre, elle ne tenait pas à mentir à Andrew Simpson Smith. Et puis, cela paraissait trop facile de tromper quelqu'un qui ne savait pas lire, qui avait passé toute sa vie – à l'exception des dernières semaines – piégé dans une expérience.

— Ton cœur bat vite, Jeune Sang.

Tally porta la main à son visage, qui devait certainement tourbillonner. Andrew n'avait pas oublié que les mouvements de ses tatouages faciaux révélaient son excitation et son angoisse. Peut-être était-il vain de lui mentir ; l'instinct d'un homme capable de la repérer en dépit de sa combinaison furtive n'était pas à sous-estimer.

Elle décida de lui dire la vérité. La partie la plus importante à ses yeux, en tout cas.

— Laisse-moi te montrer quelque chose, Andrew, dit-elle en ôtant son gant droit.

Elle tendit sa paume, où les tatouages court-circuités tressautaient sous la lune au rythme de son pouls.

— Tu vois ces deux cicatrices ? Elles sont la marque de mon amour… pour Zane.

Il contempla sa main avec des yeux écarquillés, acquiesçant doucement.

— Je n'avais jamais vu de cicatrices sur tes amis, jusqu'ici. Vous avez toujours une peau si… parfaite.

— Oui. Nous n'avons de cicatrices que si nous le voulons, de sorte qu'elles veulent toujours *dire* quelque chose. Celles-là signifient que j'aime Zane. C'est celui qui a l'air malade, qui grelotte, tu sais ? Il faut que je le suive pour m'assurer qu'il ne lui arrive rien là dehors.

Andrew hocha la tête.

— Il est trop fier pour accepter l'aide d'une femme ?

Tally haussa les épaules. Les villageois étaient également restés à l'âge de pierre pour les relations des hommes et des femmes.

— Eh bien, disons qu'il ne veut pas exactement de *mon* aide pour l'instant.

— Je n'étais pas trop fier quand tu m'as appris, pour le monde. (Il sourit.) Peut-être suis-je plus intelligent que Zane.

— Peut-être bien. (Elle ferma le poing ; les cicatrices qui lui barraient la peau étaient encore un peu douloureuses.) Je dois te demander d'enfreindre ta promesse, Andrew, et de me dire où ils sont allés. Je crois pouvoir guérir Zane de ses tremblements. Et je m'inquiète de le savoir dans la nature avec une bande de gosses de la ville. Ils ne comprennent pas le monde extérieur comme toi et moi.

Il continua à fixer sa main, réfléchissant intensément. Puis ses yeux se relevèrent pour plonger dans ceux de Tally.

— Sans toi, je serais toujours piégé à l'intérieur d'un faux monde. J'ai envie de te faire confiance, Jeune Sang.

Tally s'obligea à sourire.

— Donc tu vas me dire où trouver La Nouvelle-Fumée ?

— Je ne sais pas. C'est un trop gros secret pour moi. Mais je peux te donner quelque chose.

Il plongea la main dans une bourse accrochée à sa ceinture et en sortit une poignée de puces.

— Des localisateurs, dit Tally d'une voix douce. Avec un chemin programmé à l'intérieur ?

— Oui. Celui-ci m'a conduit jusqu'ici à la rencontre de ces jeunes fugitifs. Et celui-là te mènera à La Nouvelle-Fumée. Sais-tu comment ça marche ?

Le doigt épais, calleux, d'Andrew s'arrêta juste au-dessus du bouton de démarrage de l'une des puces ; une expression avide s'afficha sur son visage.

— Oui, sans problème. J'ai déjà eu l'occasion de m'en servir.

Tally lui rendit son sourire, et tendit la main vers la puce.

Il l'éloigna hors de portée. Elle leva les yeux vers lui, espérant qu'il ne l'obligerait pas à la lui prendre de force.

Il garda le poing fermé.

— Défies-tu encore les dieux, Jeune Sang ?

Tally fronça les sourcils. Andrew savait qu'elle avait changé, mais à quel point ?

— Réponds-moi, insista-t-il, les yeux brillants sous le clair de lune.

Elle prit un moment avant de répondre. Andrew Simpson Smith n'était pas n'importe quel habitant de la ville, n'importe quel Ugly ou Pretty au regard vide. Vivre dans la nature avait fait de lui quelqu'un comme elle : un chasseur, un guerrier, un survivant. Avec les cicatrices d'une douzaine de combats ou d'accidents, il ressemblait presque à un Scarificateur.

Pour Tally, Andrew n'était pas un aléatoire anonyme. Qu'elle soit à même de l'abuser ou non, elle réalisa soudain qu'elle n'en avait aucune envie.

— Est-ce que je défie encore les dieux ?

Tally songea à ce qu'elle et Shay avaient accompli la nuit précédente, en s'introduisant dans le bâtiment le mieux gardé de la ville, au risque de le détruire entièrement. Elles étaient parties de leur propre initiative, sans informer le docteur Cable de la vraie nature de leur plan. Et le but même de ce voyage, en ce qui concernait Tally tout du moins, consistait davantage à soigner Zane qu'à remporter la guerre opposant la ville à La Fumée.

Les Scarificateurs étaient peut-être des Specials, mais au cours de ces derniers jours, Tally Youngblood avait retrouvé son vrai visage : celui d'une Crim endurcie.

— Oui. Je les défie toujours, dit-elle calmement, réalisant que c'était vrai.

— Bien. (Il sourit, soulagé, et lui tendit le localisateur.) Va maintenant, suis ton petit ami. Et dis à La Nouvelle-Fumée que tu as reçu l'aide d'Andrew Simpson Smith.

SÉPARATION

Tally repartit vers la rivière en serrant le localisateur dans sa main balafrée et réfléchit à la situation.

Lorsqu'elle aurait parlé à Shay de sa rencontre avec Andrew Simpson Smith, le plan changerait. Grâce au localisateur, elles pouvaient s'envoler toutes les deux et atteindre La Nouvelle-Fumée longtemps avant Zane et les autres. Le temps qu'arrivent ces derniers, leur destination serait un campement des Special Circumstances, rempli de Fumants emprisonnés et de fugitifs repris. Qu'elles fassent apparition après l'écrasement de la rébellion n'aurait rien de très intense.

Pire encore, Zane resterait seul pendant toute la fin du voyage, ne pouvant compter que sur ses amis Crims en cas de problème grave. Une mauvaise chute du haut de sa planche et il ne vivrait peut-être pas assez longtemps pour voir La Nouvelle-Fumée.

Mais Shay se moquerait de tout cela. Ce qu'elle désirait vraiment, c'était trouver La Nouvelle-Fumée, délivrer Fausto et se venger de David et du reste d'entre eux. Tenir la main de Zane ne constituait pas une mission primordiale à ses yeux.

Tally ralentit et s'arrêta, regrettant subitement d'être tombée sur Andrew Simpson Smith.

Bien sûr, Shay ignorait tout du localisateur pour l'instant. Peut-être n'avait-elle pas besoin de savoir ? Si elles s'en tenaient au plan original, suivre les Crims à l'ancienne, Tally pouvait garder la puce de côté au cas où elles perdraient la piste…

Elle ouvrit la main, regarda la puce et ses cicatrices, aspirant à retrouver un peu de la clarté qu'elle avait éprouvée la nuit d'avant. Elle songea à tirer son couteau, mais se souvint de l'expression de Zane devant ses entailles.

Ce n'était pas comme si elle avait *besoin* de se taillader, après tout.

Fermant les yeux, Tally fit un effort de volonté pour penser clairement.

À l'époque où elle était Ugly, Tally avait toujours renâclé devant ce genre de décision. Elle évitait toute confrontation. C'était ainsi qu'elle avait fini par trahir La Fumée, trop effrayée pour parler à quiconque du mouchard qu'elle portait ; et par perdre David, en ne lui avouant pas qu'elle était une espionne.

L'ancienne Tally aurait menti à Shay dans cette situation.

Elle inspira profondément. Elle était Special désormais ; elle possédait force et clarté. Cette fois-ci, elle dirait la vérité.

Fermant le poing, Tally relança sa planche en avant.

Dix kilomètres en amont, son antenne dermique reçut un appel de Shay.

— Je commençais à me faire du souci pour toi, Tally-wa.

— Désolée, chef. Je suis tombée sur un vieil ami.

— Vraiment ? Quelqu'un que je connais ?

— Tu ne l'as jamais rencontré. Tu te souviens de mes histoires au feu de camp à propos de la zone d'expérimentation interdite ? Les Fumants ont commencé à libérer les villageois et leur apprennent à les aider avec les fugitifs.

— C'est de la folie ! (Shay marqua une pause.) Attends une minute. Tu le *connaissais* ? Tu veux dire qu'il venait du village où tu t'étais retrouvée ?

— Oui, et j'ai bien peur que ce ne soit pas une coïncidence, Shay-la. C'est le saint homme qui m'a aidée, tu te rappelles ? Je lui avais dit où se trouvaient les Ruines rouillées. Il a été le premier à s'échapper, et c'est un membre honoraire de La Fumée, maintenant.

Shay poussa un sifflement ébloui.

— Drôlement aléatoire, Tally. Alors, comment est-il supposé aider les Crims ? En leur apprenant à écorcher un lapin ?

— C'est une sorte de guide. Les fugitifs lui donnent un mot de passe, et il leur remet des localisateurs qui les conduisent à La Nouvelle-Fumée. (Elle prit une grande inspiration.) Et en souvenir du bon vieux temps, il m'en a donné un aussi.

À peine Tally avait-elle rattrapé Shay, que les Crims finissaient de dresser le camp.

Tally les observa dans l'ombre tandis qu'ils se rendaient un à un au bord de l'eau, afin de plonger leurs purificateurs dans la rivière. Shay et elle s'étaient dissimulées sous le vent, et des odeurs de plats industriels autochauffants leur parvenaient du campement des fugitifs. Tally retrouva le souvenir vivace des saveurs et consistances de son expédition en rase campagne en humant dans la brise des parfums de NouCurry, de PatThai ou de l'infect SpagBol. Elle surprit quelques bribes de conversations animées entre des Crims qui se préparaient à dormir pour la journée.

— C'est bien conçu, ce truc – la destination finale n'est pas indiquée. (Shay était en train de manipuler le localisateur.) Il te guide étape par étape ; c'est seulement une fois que tu as atteint un certain point qu'on te dit où aller ensuite. Nous allons devoir suivre le chemin du début à la fin. (Elle renifla.) Je parie que nous allons nous offrir la route panoramique.

Tally s'éclaircit la gorge.

— Ce ne sera pas *nous*, Shay-la.

Shay leva les yeux.

— Que veux-tu dire ?

— Je reste avec les Crims. Avec Zane.

— Tally… c'est une perte de temps. Nous irons deux fois plus vite sans eux.

— Je sais. (Elle se tourna face à Shay.) Mais je refuse de laisser Zane ici en compagnie d'un groupe de gosses de la ville. Pas dans l'état où il est.

Shay gémit.

— Tally-wa, tu es *pathétique*. N'as-tu donc aucune confiance en lui ? Toi qui n'arrêtes pas de me raconter à quel point il est *spécial* ?

— La question n'est pas là. Nous sommes en pleine nature ici, Shay-la. Il peut arriver n'importe quoi : des accidents, des bêtes féroces, une aggravation de son état.

Pars devant, toi. Ou appelle le reste des Scarificateurs – après tout, tu n'as plus à te soucier d'être discrète. Mais je reste auprès de Zane.

Shay plissa les yeux.

— Tally… ce n'est pas un choix que je te laisse. Je te donne un ordre.

— Après ce que nous avons commis la nuit dernière? (Tally étouffa un petit rire.) Il est un peu tard pour me sermonner à propos de la chaîne de commandement, tu ne crois pas?

— Là n'est pas la question, Tally! s'écria Shay. Nous parlons des Scarificateurs; de Fausto. Tu choisirais ces têtes vides de préférence à *nous*?

Tally secoua la tête.

— Je choisis Zane.

— Mais il *faut* que tu m'accompagnes. Tu avais promis de ne plus faire de difficultés!

— Shay, je t'ai promis que si Zane devenait Special, je n'essaierais plus de changer les choses. Et je tiendrai cette promesse, une fois qu'il aura rejoint les Scarificateurs. Mais d'ici là… (Elle s'efforça de sourire.) Que veux-tu me faire? Me dénoncer au docteur Cable?

Shay lâcha un long sifflement. Elle avait les poings serrés, les crocs dénudés; elle indiqua les fugitifs d'un coup de menton.

— Ce que je vais faire, Tally-wa, c'est aller là-bas et raconter à Zane qu'il n'est qu'un idiot, le dindon de la farce, et que tu l'as piégé depuis le début – que tu t'es *moquée* de lui. Ensuite, je le regarderai retourner à la maison ventre à terre pendant que nous mettrons un terme définitif à La Fumée. On verra bien s'il devient Special, comme ça!

Tally serra les poings à son tour, soutenant le regard de Shay. Zane avait déjà suffisamment payé pour sa lâcheté à elle ; cette fois-ci, elle camperait sur ses positions. Elle chercha une riposte à la menace de Shay.

Un instant plus tard, elle la trouva et secoua la tête.

— Tu ne peux pas faire ça, Shay-la. Tu ignores où ce localisateur va te conduire. Ça peut aussi bien être un nouveau test – pas un barbare, cette fois, mais un Fumant qui te reconnaîtra pour ce que tu es et refusera de te donner les indications suivantes. (Tally fit un geste en direction des fugitifs.) L'une d'entre nous doit rester avec eux. Juste au cas où.

Shay cracha par terre.

— Tu te fiches complètement de Fausto, hein ? Ils sont sans doute en train de se livrer à toutes sortes d'expériences sur lui à l'heure qu'il est, et toi, tu veux perdre ton temps à suivre ces têtes vides à la trace !

— Je sais que Fausto a besoin de toi, Shay. Je ne te demande pas de rester. (Elle écarta les mains.) L'une d'entre nous doit partir devant, et l'autre rester avec les Crims. C'est la seule façon.

Shay lâcha un nouveau sifflement et partit à grands pas vers la berge. Piochant une pierre plate dans la boue, elle positionna son bras pour la lancer au ras de la rivière.

— Ils risquent de la voir, Shay-la, chuchota Tally. (Shay s'interrompit, le bras levé.) Écoute, je suis désolée pour tout ça, mais je n'ai pas complètement tort, non ?

Pour seule réponse, Shay se contenta de fixer son galet, avant de le lâcher dans la boue et de sortir son couteau. Elle retroussa la manche de sa combinaison.

Tally se détourna, espérant que lorsqu'elle aurait l'esprit clair, Shay la comprendrait.

Elle contempla le campement où les fugitifs étaient en train de manger, prudemment, ayant semble-t-il compris qu'on pouvait se brûler la langue avec des plats autochauffants. C'était la première leçon qu'on apprenait en se retrouvant dans la nature : on ne pouvait plus se fier à rien, pas même à son dîner. Ce n'était pas comme en ville, où tous les angles étaient arrondis, le moindre balcon équipé d'un champ de force en cas de chute, et où la nourriture n'était jamais servie brûlante.

Elle ne pouvait pas laisser Zane ici tout seul, au risque de se voir détester par Shay.

Un instant plus tard, Tally entendit Shay se relever, et se retourna pour lui faire face. Son bras saignait, ses tatouages faciaux dessinaient des motifs vertigineux et, quand elle s'approcha, Tally perçut un signe révélateur dans son regard.

— D'accord. On se sépare, dit-elle. (Tally voulut sourire, mais Shay secoua la tête.) Ne te réjouis surtout pas, Tally-wa. Je croyais que cela te changerait de devenir Special. Je pensais que cela te ferait voir le monde plus clairement, que tu serais un peu moins obnubilée par *toi*. Que la vie ne se résumerait pas à toi et à ton dernier petit ami en date ; que tu pourrais t'intéresser à autre chose, de temps en temps.

— Je m'intéresse aux Scarificateurs, Shay, je te jure. Je m'intéresse à *toi*.

— C'était vrai, jusqu'à ce que Zane réapparaisse. Maintenant, il n'y en a plus que pour lui. (Elle secoua la tête avec dégoût.) Quand je pense à tout le mal que je me suis donné pour te faire plaisir, dans le but que les choses s'arrangent pour toi. Mais ça ne sert à rien.

Tally avala sa salive.

— Il faut bien qu'on se sépare – c'est la seule manière de s'assurer que le localisateur fonctionne.

— Je sais, Tally-wa. Je comprends ta *logique*. Mais dis-moi seulement une chose : as-tu réfléchi à la question *avant* de décider qu'il valait mieux nous séparer ? Ou étais-tu déjà déterminée à rester auprès de Zane, quoi que je puisse dire ?

Tally ouvrit la bouche, puis la referma.

— Ne te donne pas la peine de mentir, Tally-wa. Nous connaissons la réponse toutes les deux. (Shay renifla avec dédain, se détourna et appela sa planche d'un claquement de doigts.) Je croyais sincèrement que tu avais changé. Mais tu es toujours la même petite morveuse égoïste. C'est le plus incroyable chez toi, Tally – même le docteur Cable et ses chirurgiens ne sont pas de taille à lutter contre ton ego.

Tally sentit ses mains se mettre à trembler. Elle s'attendait à une dispute, mais pas à cela.

— Shay…

— Même en tant que Special, tu ne vaux rien, toujours à t'inquiéter au sujet de tout. Pourquoi ne peux-tu pas simplement être *glaciale* ?

— J'ai toujours essayé de faire ce que…

— Eh bien, tu peux arrêter, maintenant. (Shay fouilla dans le compartiment à bagages de sa planche pour en extraire une bombe cicatrisante, dont elle vaporisa une bonne giclée sur son bras sanguinolent. Puis elle sortit encore quelques paquets hermétiquement scellés, qu'elle jeta dans la boue aux pieds de Tally.) Voici un pack de plastique intelligent, au cas où tu devrais te déguiser. Deux balises d'antenne dermique, et un récepteur satellite. (Elle lâcha un ricanement amer, la voix frémissante de mépris.) Je te laisse même une de mes grenades. Au cas où une grosse bête viendrait se mettre entre toi et le petit Zane.

La grenade tomba au sol avec un bruit sourd, et Tally grimaça.

— Shay, pourquoi es-tu…

— Ne *m'adresse plus* la parole. (Réduite au silence, Tally se contenta de fixer Shay pendant que celle-ci déroulait sa manche et rabattait son capuchon sur son visage, substituant à son expression furibonde un masque de ténèbres. Sa voix jaillit déformée par le masque :) Je ne veux pas attendre ici plus longtemps. Je suis responsable de Fausto, pas de cette bande de têtes vides.

Tally encaissa.

— J'espère qu'il va bien.

— Je te crois. (Shay bondit sur sa planche.) Sauf que je ne veux plus entendre parler de ce que tu penses ou espères, Tally-wa. Plus jamais.

Tally voulut dire quelque chose, mais les dernières paroles de Shay avaient claqué avec une telle froideur qu'elle en fut incapable.

Shay s'éleva dans le ciel, s'avança au-dessus de la rivière, puis fila dans le noir et disparut aussitôt, comme si elle s'était évaporée.

Mais Tally l'entendait encore respirer dans son antenne dermique ; un souffle rauque, rageur, lui parvenait, preuve de sa haine et de son dégoût. Tally s'efforça de trouver une dernière chose à dire, une chose qui pourrait expliquer pourquoi elle avait dû faire ce choix. Rester auprès de Zane était plus important que son statut de Scarificatrice, plus important que toutes les promesses qu'elle avait jamais faites.

Cette décision révélait ce que Tally Youngblood était au fond d'elle-même, qu'elle soit Ugly, Pretty ou Special...

L'instant suivant, Shay était hors de portée et Tally n'avait toujours pas prononcé un mot. Elle se retrouva seule embusquée dans les bois, à attendre que les Crims s'endorment.

INCOMPÉTENCE

Malgré tous leurs efforts, les Crims furent incapables d'allumer un feu. Ils réussirent simplement à faire fumer quelques branches humides, qui émirent un sifflement si fort que Tally l'entendait depuis sa cachette. Faute d'obtenir une vraie flambée, ils finirent par laisser leur tas de bois crépiter par intermittence tandis que l'aube pointait à l'horizon. C'est alors qu'ils remarquèrent la colonne de fumée noire qui s'élevait dans le ciel, et qu'ils voulurent l'éteindre. Ils jetèrent donc de pleines poignées de boue sur le feu à demi mort ; le temps de mettre leurs vêtements en piteux état.

Tally soupira, imaginant les ricanements de Shay si elle les avait vus aux prises avec des choses tellement simples. Ils comprirent alors qu'il serait plus prudent de dormir dans la journée et voyager de nuit.

Tandis que les fugitifs entraient en se tortillant dans leurs sacs de couchage, Tally s'autorisa à basculer en mode sieste. Les Specials n'avaient pas besoin de beaucoup de sommeil, mais elle ressentait encore dans ses muscles la tension de l'effraction et de la longue marche qui s'en était suivie. Les Crims seraient sans doute éreintés après leur première nuit dans la nature, de sorte que le moment était bien choisi pour prendre un peu de repos. Sans la présence de Shay pour partager les tours de garde, Tally devrait peut-être rester éveillée pendant plusieurs jours d'affilée.

Elle s'assit en tailleur, face au campement, et régla son logiciel interne pour qu'il la sonne toutes les dix minutes. Mais le sommeil fut long à venir. Ses yeux larmoyaient de façon douloureuse après son altercation avec Shay. Les accusations de son amie résonnaient encore à ses oreilles, rendant le monde flou, lointain ; elle s'appliqua à respirer profondément, lentement, jusqu'à ce que ses paupières finissent par se fermer...

Dring. Dix minutes, déjà.

Tally vérifia que les Crims n'avaient pas bougé, puis tâcha de se rendormir.

Les Specials étaient programmés pour dormir de cette manière, mais se faire réveiller toutes les dix minutes ne pouvait que troubler leur perception du temps. Le soleil parut s'élever à folle allure dans le ciel, comme si Tally regardait le film de la journée en accéléré, tandis que les ombres rampaient autour d'elle telles des créatures vivantes. Les bruits discrets de la rivière se mêlèrent en un murmure unique, tandis qu'elle passait mentalement de l'inquiétude pour Zane au découragement en se remémorant la dispute. Elle avait beau faire, Shay semblait vouée à la haïr ; ou peut-être que Shay avait raison : Tally Youngblood était douée pour trahir ses amis...

Quand le soleil fut presque à son zénith, Tally s'arracha au sommeil, non pas par la sonnerie de son réveil interne mais sous l'effet d'un reflet aveuglant dans les yeux. Elle se redressa d'un bond, les poings serrés, en position de combat.

La lumière provenait du campement des Crims. Elle s'éteignit quand Tally se leva.

Tally se détendit. Ce n'était que les panneaux solaires des planches des fugitifs, qu'ils avaient dépliés sur la berge afin qu'ils se rechargent. En s'élevant dans le ciel, le soleil s'était placé au-dessus des cellules réfléchissantes au point qu'il brillait pile dans les yeux de Tally.

Tally eut un sentiment de malaise en voyant les planches étinceler ainsi. Après quelques heures de vol seulement, les fugitifs n'avaient guère besoin de les recharger – ils devaient plutôt se préoccuper de rester invisibles.

S'abritant les yeux, Tally scruta le ciel. Depuis n'importe quel aérocar, les planches dépliées scintilleraient comme un signal de détresse. Les Crims ne réalisaient donc pas à quel point ils étaient près de la ville ? Quelques heures de planche leur avaient sans doute paru une éternité, mais en fait, ils se trouvaient encore aux portes de la civilisation.

Tally éprouva une bouffée de honte. Avait-elle désobéi à Shay et trahi Fausto pour jouer les nounous auprès de ces *têtes vides* ?

Elle cala son antenne dermique sur les réseaux officiels de la ville et capta aussitôt une conversation désinvolte émanant d'un aérocar de gardiens en patrouille de routine le long de la rivière. La ville avait réalisé que les plaisanteries de la nuit précédente avaient servi de diversion à une nouvelle fuite. Toutes les voies d'évasion évidentes – rivières et chemins de fer en ruine – allaient être contrôlées. Si les gardiens repéraient les planches des fugitifs, l'excursion de Zane connaîtrait une fin peu glorieuse, et Tally se serait opposée à Shay en vain.

Elle se demanda comment attirer l'attention des Crims sans se trahir. Elle pouvait leur lancer quelques cailloux, dans l'espoir de les réveiller par un petit bruit qui passerait pour accidentel, mais ils n'avaient probablement pas emporté de radio avec eux. Ils ne percevraient pas la menace – ils se recoucheraient, tout simplement.

Tally soupira. Elle allait devoir se débrouiller seule.

Rabattant son capuchon, elle fit quelques pas jusqu'à la berge et se glissa dans l'eau. Les écailles de sa combinaison furtive se mirent à onduler pendant qu'elle nageait, à l'image des vaguelettes de son sillage, devenant aussi réfléchissantes que la rivière lente et vitreuse.

À l'approche du campement, une odeur de feu éteint et d'emballages de nourriture parvint à ses narines. Tally inspira un grand coup et s'immergea complètement, nageant sous l'eau jusqu'à ce qu'elle ait atteint la rive.

Elle sortit de l'eau en rampant puis releva prudemment la tête, alors que la combinaison s'adaptait au changement de terrain. Elle se fit brune et lisse, enfonçant ses écailles dans la boue afin de lui permettre de glisser comme une limace.

Les Crims étaient endormis, mais les mouches et le petit vent qui se levait par intermittence leur arrachaient de légers grognements. Les nouveaux Pretties avaient peut-être l'habitude de dormir jusqu'à midi, mais jamais à même le sol ; le moindre bruit risquait de les réveiller.

Leurs sacs de couchage couleur camouflage seraient invisibles depuis les airs, au moins. En revanche, leurs huit planches étalées sur la berge brillaient de plus en plus vivement à mesure que le soleil grimpait. Le vent s'engouffrait sous les panneaux solaires maintenus par des pierres et des paquets de boue, qu'il faisait scintiller comme des boules lumineuses.

Pour recharger une planche magnétique, on la dépliait afin d'exposer un maximum de surface au soleil. Entièrement déployée, elle devenait aussi fine et légère qu'un cerf-volant, et une rafale de vent pouvait fort bien l'emporter dans les arbres – de sorte que, si les Crims retrouvaient leurs planches à l'orée de la forêt en se réveillant, ils pourraient *croire* que c'était là l'explication.

Tally rampa jusqu'à la planche la plus proche et ôta les pierres aux quatre coins. Puis, se relevant avec prudence, elle la traîna à l'ombre. Une minute plus tard elle l'avait bloquée entre deux arbres d'une manière qu'elle espérait naturelle, assez solidement pour que le vent ne l'emporte pas pour de bon.

Plus que sept planches à déplacer.

Le travail progressait à une lenteur exaspérante. Tally devait peser soigneusement chaque pas au milieu des corps endormis, et le moindre déplacement de caillou lui donnait des palpitations. Tout cela en suivant d'une oreille l'approche de l'aérocar des gardiens sur son antenne dermique.

Enfin, la dernière des huit planches se retrouva dans l'ombre des sous-bois. Tally les avait disposées en pagaille, renversées comme des parasols après le passage d'une bourrasque, les panneaux solaires face contre terre dans les buissons.

Avant de regagner la rivière, Tally s'attarda un moment à contempler Zane. Endormi, il ressemblait davantage au souvenir qu'elle en avait gardé ; ses tremblements nerveux cessaient durant son sommeil, et son visage serein, que ne venait troubler aucune pensée, paraissait plus intelligent, presque Special. Elle l'imagina avec des yeux en amandes plus accentués encore et un lacis de tatouages sur le visage. Elle sourit en se retournant et fit un pas vers la rivière…

Puis entendit un bruit, et se figea sur place.

C'était un souffle léger, brusque, un hoquet de surprise. Elle attendit sans bouger, espérant qu'il s'agissait simplement d'un cauchemar et que la respiration qu'elle entendait retrouverait bientôt le rythme du sommeil. Mais tous ses sens lui disaient que quelqu'un était réveillé.

Elle tourna la tête avec une lenteur extrême pour regarder par-dessus son épaule.

C'était Zane.

Il avait les yeux ouverts, plissés dans la lumière. Il regardait droit dans sa direction, ébloui, à moitié endormi, ne sachant visiblement pas si elle était bien là, réelle.

Tally demeura parfaitement immobile, mais sa combinaison furtive ne pouvait pas s'appuyer sur grand-chose. Elle pouvait montrer une version floue de la rivière qui s'écoulait derrière Tally, mais en plein jour, Zane distinguait toujours une silhouette humaine transparente, semblable à une statue de verre dressée à mi-chemin de la berge. Pour ne rien arranger, Tally avait de la boue collée à sa combinaison, dessinant des plaques brunes en suspension dans l'air.

Zane se frotta les yeux et jeta un coup d'œil sur la

berge, réalisant que les planches avaient disparu. Puis il releva la tête vers elle avec une expression perplexe.

Tally ne fit pas un geste, priant pour qu'il décide que tout ça n'était qu'un rêve.

— Hé, dit-il doucement.

Seul un filet de voix sortit de sa bouche, et il s'éclaircit la gorge pour parler plus fort.

Tally ne lui en laissa pas le temps. Elle fit trois enjambées rapides dans la boue, arracha l'un des gants et fit jaillir le dard de sa bague.

Quand la minuscule aiguille s'enfonça dans sa gorge, Zane réussit à pousser un petit cri étranglé ; mais ensuite, ses yeux roulèrent vers l'arrière et il bascula à la renverse, profondément endormi. Il eut bientôt un ronflement paisible.

— Rien qu'un rêve, lui murmura Tally à l'oreille.

Après quoi, elle se coucha sur le ventre et se glissa en rampant dans la rivière.

Une demi-heure plus tard, l'aérocar des gardiens survolait la zone en zigzaguant lentement comme un gros serpent paresseux. Il n'aperçut pas les Crims, et traversa le ciel sans s'arrêter.

Tally demeura près du campement, cachée dans un arbre à une dizaine de mètres de Zane environ, sa combinaison furtive ayant pris la texture hérissée des aiguilles de pin.

À mesure que l'après-midi se déroulait, les Crims commencèrent à se réveiller un à un. Personne ne parut beaucoup s'inquiéter à propos des planches déplacées par le vent ; ils se contentèrent de les ramener au soleil et entreprirent doucement de plier le camp.

Tandis qu'elle les observait, les fugitifs s'éloignèrent dans les bois pour pisser, se firent chauffer des plats, ou se trempèrent brièvement dans les eaux froides de la rivière afin de se débarrasser de la boue et de la sueur du voyage, ainsi que de la raideur engendrée par ce somme à la dure.

Tous, sauf Zane. Il resta inconscient plus longtemps que les autres, le temps que son organisme purge les drogues neutralisantes qu'elle lui avait injectées. Il ne se réveilla qu'au coucher du soleil, lorsque Peris se pencha sur lui pour le secouer.

Zane s'assit lentement, se tenant la tête à deux mains – l'illustration parfaite du Pretty ayant la gueule de bois. Tally se demanda de quoi il se souvenait. Peris et les autres avaient attribué le déplacement de leurs planches à un coup de vent, mais ils risquaient de changer d'avis après avoir entendu le petit rêve de Zane.

Peris et Zane traînèrent ensemble un bon moment, et Tally tourna lentement autour de son arbre, pour gagner un point d'observation d'où elle puisse lire sur leurs lèvres. Peris semblait demander à Zane s'il allait bien. Les nouveaux Pretties ne tombaient pratiquement jamais malades – l'Opération les rendait invulnérables aux infections triviales – mais dans l'état général où il se trouvait...

Zane secoua la tête et fit un geste en direction de la berge, où les planches absorbaient les derniers rayons du soleil. Peris indiqua l'endroit où Tally les avait traînées. Tous deux marchèrent jusque-là, s'approchant dangereusement de l'arbre dans lequel était perchée Tally. Zane ne paraissait pas convaincu. Il savait qu'une partie

de son rêve au moins – la disparition des planches –
était réelle.

Après de longues minutes, Peris retourna aider à plier
le camp. Mais Zane s'attarda, tandis que son regard
balayait lentement l'horizon. Même invisible dans sa
combinaison, Tally frémit quand ses yeux passèrent sur
sa cachette.

Zane se doutait qu'il n'avait pas rêvé.

Tally allait devoir redoubler de prudence dorénavant.

INVISIBLE

Au fil des jours, la traque des Crims adopta une cadence régulière.

Les fugitifs se couchaient de plus en plus tard, à mesure que leurs corps aléatoires s'adaptaient au voyage dans le noir et au temps de repos durant la journée. Bientôt, ils cheminaient toute la nuit et ne dressaient le camp qu'aux premières lueurs de l'aube.

Le localisateur d'Andrew les entraînait vers le sud. Ils suivirent la rivière jusqu'à l'océan, puis obliquèrent le long des rails d'une ancienne voie ferrée à grande vitesse. Quelqu'un avait préparé le chemin à l'intention des planchistes, remarqua Tally, sans rupture dangereuse dans le champ magnétique ; chaque fois que les rails s'interrompaient, des câbles métalliques enterrés empêchaient les Crims de s'écraser. Pas une fois ils n'eurent besoin de marcher.

Elle se demandait combien d'autres fugitifs avaient emprunté ce chemin, et dans combien d'autres villes David et ses alliés opéraient du recrutement.

La Nouvelle-Fumée était certainement plus éloignée qu'elle ne s'y attendait. Les parents de David étaient originaires de la ville de Tally, et lui-même s'était toujours caché à quelques jours de voyage de leur ancien refuge. Mais le localisateur d'Andrew les avait déjà conduits à mi-chemin du continent méridional ; les journées rallongeaient et les nuits devenaient sensiblement plus chaudes à mesure qu'ils descendaient vers le sud.

Puis la côte dévoila des falaises abruptes, et le rugissement des vagues qui s'écrasaient en contrebas s'estompa tandis que les hautes herbes venaient recouvrir la voie ferrée. Dans le lointain, de vastes prairies de fleurs blanches scintillaient au soleil. Ces fleurs étaient une variété d'orchidée génétiquement modifiée qu'un savant rouillé avait lâchée autrefois sur le monde. Elles se propageaient partout, vidant le sol de ses nutriments et noyant des forêts entières sur leur passage. Mais quelque chose dans l'océan, peut-être l'air salé, les tenait éloignées de la côte.

Les Crims semblaient s'habituer à la routine du voyage. Leurs compétences de planchistes s'améliorèrent. L'entraînement quotidien fit beaucoup de bien à la coordination de Zane ; en comparaison des autres, cependant, il restait maladroit sur sa planche.

L'avance de Shay avait dû s'accroître d'heure en heure. Tally se demanda si le reste des Scarificateurs l'avait rejointe. À moins qu'elle n'ait opté pour la prudence et décidé de voyager seule, en attendant d'avoir trouvé La Nouvelle-Fumée pour appeler des renforts ?

Chaque jour passé sans que les Crims atteignent leur objectif augmentait les risques que les Special Circumstances les attendent sur place et que leur voyage n'ait été qu'une farce cruelle, ainsi que Shay l'avait prédit.

Voyager seule laissait à Tally tout le loisir de réfléchir, et elle consacrait beaucoup de temps à se demander si elle était vraiment ce monstre d'égoïsme que Shay avait dépeint. Cela lui semblait injuste. À quand remontait la dernière fois qu'elle avait eu *l'occasion* de penser à elle ? Depuis que le docteur Cable l'avait recrutée, la plupart de ses choix lui avaient toujours été dictés par d'autres. On n'arrêtait pas de lui forcer la main pour basculer dans un camp ou dans l'autre dans le conflit entre la ville et les Fumants. Jusqu'à présent, ses seules vraies décisions avaient été de rester moche à l'ancienne Fumée (ce qui n'avait pas réussi), de s'échapper de New Pretty Town avec Zane (guère mieux), et de se séparer de Shay afin de protéger Zane (sans grand résultat pour l'instant). Tout le reste était le fruit de menaces, d'accidents, des lésions dans son cerveau et de la chirurgie qui avait modifié son comportement.

Ce n'était pas précisément sa faute.

Et pourtant, Shay et elle semblaient sans cesse se retrouver dans des camps opposés. S'agissait-il d'une coïncidence ? Ou bien y avait-il quelque chose chez elles qui les transformeraient toujours en ennemies ? Peut-être étaient-elles pareilles à deux espèces antagonistes – les faucons et les lapins, par exemple – qui ne parviendraient jamais à s'entendre.

Mais dans ce cas, laquelle était le faucon ? s'interrogea Tally.

Isolée en pleine nature, elle se sentait changer de nouveau. Comme si le monde extérieur la rendait moins Special ; elle en percevait toujours la beauté glaciale, mais quelque chose manquait – le bruit des autres Scarificateurs à ses côtés, l'intimité de leur souffle sur le réseau d'antenne dermique. Elle commença à réaliser qu'être Special n'était pas une simple question de force et de rapidité ; cela signifiait appartenir à un groupe, faire partie d'une bande. À leur camp de base, Tally s'était sentie *liée* aux autres – n'oubliant jamais les pouvoirs et les privilèges qu'ils avaient en commun, ni les visions et les odeurs que seules leurs facultés sensorielles surhumaines pouvaient percevoir.

Au sein des Scarificateurs, Tally s'était toujours sentie Special. Mais maintenant qu'elle se retrouvait seule au milieu de la nature, sa vision parfaite lui donnait surtout l'impression d'être minuscule. Dans sa minutie somptueuse, le monde extérieur semblait assez vaste pour l'avaler.

Au loin, les fugitifs n'étaient pas impressionnés ni effrayés par son visage de louve ou ses ongles acérés. Comment l'auraient-ils été, alors qu'ils ne l'avaient jamais même aperçue ? Elle était invisible, telle une paria en train de disparaître.

Ce fut presque un soulagement quand les Crims commirent leur deuxième erreur.

Ils avaient fait halte pour la journée à l'abri d'une crête rocheuse qui les protégeait de la brise marine. Les orchidées, non loin de là, se mirent à briller doucement sous le soleil levant, transformant les collines en dunes de sable blanc.

Les Crims déplièrent leurs planches, les lestèrent, préparèrent un feu avec un semblant de compétence et avalèrent un repas. Tally les regarda s'endormir avec leur rapidité habituelle, éreintés après une longue nuit de voyage.

Si loin de la ville, elle n'avait plus à s'inquiéter que leurs planches soient repérées. Son antenne dermique n'avait capté aucune conversation de gardiens depuis des jours. Mais en s'installant pour une fastidieuse journée de surveillance, Tally s'aperçut que l'une des planches – celle de Zane – était placée trop à l'écart, sous la brise marine qui contournait la crête.

La planche frémit, et l'une des pierres qui la lestaient tomba.

Tally soupira – une semaine après leur départ, les fugitifs n'avaient *toujours pas* appris à pratiquer cela correctement – mais au fond, elle éprouvait un pincement d'excitation. Cela lui donnait *quelque chose* à faire, au moins, et peut-être se sentirait-elle moins insignifiante après. Pendant quelques instants, elle ne serait plus complètement seule ; elle entendrait la respiration des Crims endormis, et pourrait jeter un coup d'œil sur Zane. Le voir ainsi assoupi, paisible, débarrassé de ses tremblements, ne manquait jamais de lui rappeler la raison des choix qu'elle avait faits.

Elle rampa vers le camp, tandis que sa combinaison prenait une couleur poussiéreuse. Le soleil se levait dans son dos, mais ce serait beaucoup plus facile qu'à la rivière, où les huit planches avaient dû être déplacées. Celle de Zane continuait à vaciller dans le vent, un autre coin s'étant libéré, mais ne s'était pas encore envolée ; peut-être ses aimants avaient-ils trouvé un gisement de fer sous la surface, auquel ils se cramponnaient consciencieusement.

Quand Tally atteignit la planche, cette dernière frémissait comme un oiseau blessé. Le vent qui s'engouffrait dessous charriait des senteurs d'algues et d'iode. Fait singulier, quelqu'un avait laissé un vieux livre à reliure en cuir près de la planche. Ses pages claquaient bruyamment dans la brise.

Tally plissa les yeux. On aurait dit le livre que lisait Zane, cette première nuit où elle l'avait revu après sa sortie de l'hôpital.

Un autre coin de panneau solaire se dégagea, et Tally leva la main pour le saisir avant que le vent ne l'emporte.

Mais la planche ne bougea pas d'un pouce.

Il y avait quelque chose de bizarre là-dedans…

Tally vit alors ce qui la maintenait en place. Le quatrième coin était attaché à un piquet, à l'épreuve du vent, comme si celui qui avait placé sa planche à cet endroit dans la brise avait su que le lest ne suffirait pas.

Puis elle entendit quelque chose par-dessus le froissement des pages du livre – ce stupide bouquin qu'on avait *évidemment* laissé là afin de couvrir les autres bruits. L'un des Crims respirait de façon moins régulière que les autres… il ne dormait pas.

Elle se retourna, et vit Zane qui la fixait.

Tally bondit sur ses pieds, arracha son gant et sortit son aiguille en un seul et même geste. Mais Zane leva la main : il tenait une poignée de piquets métalliques. Même si Tally parvenait à couvrir les cinq mètres qui les séparaient et à le piquer, tout ce métal s'écraserait avec fracas par terre, et réveillerait les autres.

Pourquoi n'avait-il pas encore crié ? Elle banda ses muscles, s'attendant à ce qu'il donne l'alarme, mais au lieu de cela il porta un doigt à ses lèvres.

Son expression signifiait : *Je ne dirai rien si tu ne dis rien.*

Tally retint son souffle, jetant un coup d'œil aux autres Crims. Aucun ne l'observait entre ses paupières mi-closes ; tous étaient profondément endormis. Il désirait lui parler seul à seul.

Elle acquiesça, le cœur battant.

Ils s'éloignèrent discrètement et passèrent de l'autre côté de la crête rocheuse, où la brise et le fracas des vagues noieraient leur conversation sous un rugissement régulier. Maintenant que Zane était levé, ses tremblements l'avaient repris. Tally détourna les yeux quand il s'assit à côté d'elle dans l'herbe rare. Elle sentait déjà un début de nausée monter en elle.

— Les autres sont-ils au courant, pour moi ?

— Non. Moi-même, je n'étais sûr de rien. J'ai cru que j'avais peut-être imaginé des choses. (Il lui toucha l'épaule.) Je suis content de m'être trompé.

— Je n'arrive pas à croire que je sois tombée dans le panneau.

Il rit doucement.

— Désolé d'avoir profité de ta bonté naturelle.

— De ma… *quoi* ?

Du coin de l'œil, Tally le vit sourire.

— Tu nous protégeais, le premier jour, n'est-ce pas ? Quand tu as déplacé nos planches hors de vue ?

— Oui. Un gardien était sur le point de vous repérer. Têtes vides.

— C'est bien ce que je pensais. Et je me suis dit que tu nous aiderais encore une fois. Notre ange gardien personnel…

Tally avala sa salive.

— Ouais, super. C'est chouette de se sentir appréciée.

— Alors, il n'y a que toi ?

— Oui, je suis seule.

C'était la vérité, après tout.

— Tu n'es pas censée te trouver là, j'imagine ?

— Suis-je en train de désobéir aux ordres, tu veux dire ? J'en ai bien peur.

Zane hocha la tête.

— Je savais que toi et Shay gardiez un atout dans votre manche, en me laissant partir comme ça. Je veux dire, vous n'espériez pas vraiment que je déclenche ce mouchard. (Il lui prit le bras ; ses doigts étaient très pâles sur le gris foncé de la combinaison furtive.) Mais comment fais-tu pour nous pister, Tally ? Ce n'est pas quelque chose que je porte en moi, au moins ?

— Non, Zane ; tu es clean. Je vous suis à distance, voilà tout, en m'approchant régulièrement. Huit gosses de la ville ne sont pas très difficiles à repérer, tu sais. (Elle haussa les épaules, fixant les vagues qui s'écrasaient en contrebas.) Et puis, je me sers aussi de mon nez.

— Oh. (Il rit.) J'espère que nous n'empestons pas trop.

Elle secoua la tête.

— J'ai déjà vécu dans la nature, Zane. Je ne sentais pas la rose non plus. Mais pourquoi n'as-tu pas... (Elle se tourna vers lui mais baissa les yeux, en se focalisant sur la fermeture éclair de son blouson.) Tu m'as tendu un piège, mais sans en parler aux autres Crims ?

— Je ne voulais pas semer la panique. (Zane haussa les épaules.) Si nous avions toute une bande de Specials aux trousses, il n'y avait pas grand-chose à faire. Et si ce n'était que toi, je ne voulais pas que les autres le sachent. Ils n'auraient pas compris.

— Compris quoi? demanda Tally d'une voix douce.

— Que ce voyage n'était pas un piège, répondit-il. Que tu nous suivais simplement pour nous protéger.

Elle se tut – bien sûr, *ç'avait été* un piège. Mais qu'était-ce désormais? Un bon tour? Une simple perte de temps? Shay, le docteur Cable et le reste des Special Circumstances les attendaient probablement déjà à La Fumée.

Il lui pressa le bras.

— C'est encore en train de te transformer, pas vrai?

— Quoi donc?

— La nature. Comme tu me l'as toujours dit – c'est ton premier voyage jusqu'à La Fumée qui a fait de toi ce que tu es.

Tally se détourna pour contempler l'océan. Elle en sentait le goût iodé sur sa langue. Zane avait raison – les grands espaces la changeaient de nouveau. Chaque fois qu'elle y voyageait seule, les croyances instillées par la ville se fissuraient. Mais cette fois-ci, les découvertes de Tally ne la rendaient pas particulièrement heureuse.

— Je ne suis plus certaine de me connaître, Zane. Je me dis parfois que je suis simplement ce que les autres ont fait de moi – le produit d'une succession de lavages de cerveau, d'opérations et de traitements. (Elle baissa les yeux sur sa main balafrée, sur les tatouages brisés qui grésillaient dans sa paume.) Ça, ajouté à toutes les erreurs que j'ai pu commettre. Toutes les personnes que j'ai déçues.

Il suivit la cicatrice d'un doigt tremblant ; elle referma le poing et détourna la tête.

— Si c'était vrai, Tally, tu ne serais pas ici en ce moment. En train de désobéir aux ordres.

— Oh, j'ai toujours été très forte pour désobéir.

— Regarde-moi, Tally.

— Je ne suis pas sûre que ce soit une bonne idée, Zane. (Elle avala sa salive.) Vois-tu…

— Je sais. J'ai vu ton visage cette nuit-là. J'ai remarqué comme tu évitais de me regarder. C'est normal que le docteur Cable introduise en vous un élément de ce genre – les Specials n'éprouvent que du mépris à l'égard des autres, pas vrai ?

Tally haussa les épaules, peu désireuse de lui avouer que c'était pire encore avec lui. En partie à cause de ce qu'elle avait éprouvé pour lui, du contraste entre *avant* et *maintenant*. Et en partie… à cause du reste.

— Essaie, Tally, insista-t-il.

Elle lui tourna le dos, souhaitant presque ne pas être Special, ne pas avoir des yeux aussi perçants pour capter le moindre détail de son handicap. Si son esprit pouvait ne pas être aussi radicalement hostile à tout ce qui paraissait aléatoire, ordinaire et… infirme.

— Je ne peux pas, Zane.

— Si, tu le peux.

— Ah bon ? Tu es devenu un expert en Specials, maintenant ?

— Non. Mais aurais-tu oublié David ?

— David ? (Elle contempla l'océan d'un air maussade.) Que vient-il faire là-dedans ?

— Te rappelles-tu qu'il t'avait dit un jour que tu étais belle ?

Un frisson la parcourut.

— Oui, à l'époque où j'étais Ugly. Mais comment l'as-tu… ?

Tally se souvint alors de leur dernière évasion – Zane était arrivé aux Ruines rouillées une semaine avant elle ; David et lui avaient eu tout le temps de faire connaissance avant qu'elle finisse par se montrer.

— Il t'a raconté ça ?

Zane haussa les épaules.

— Il avait constaté à quel point j'étais beau. Je suppose qu'il espérait que tu le verrais encore, tu sais, comme tu le voyais à La Fumée.

Tally frissonna, tandis que les souvenirs affluaient en elle : cette nuit où, deux opérations plus tôt, quand David avait regardé son visage moche – avec ses lèvres trop minces, ses cheveux frisottés et son nez trop épaté – et lui avait déclaré qu'elle était belle. Elle avait tenté de lui expliquer que c'était impossible, contraire aux lois de la biologie…

Il avait malgré tout persisté à la trouver belle, bien qu'elle soit une Ugly.

C'était à cet instant que le monde avait commencé à s'écrouler autour de Tally ; c'était la première fois qu'elle changeait de camp.

Elle ressentit un élan de pitié inattendu pour le pauvre David, avec son visage aléatoire. Ayant grandi à La Fumée, il n'avait jamais bénéficié de l'Opération, et n'avait même jamais vu de Pretties. Alors bien sûr, il pouvait trouver un certain charme à la vilaine Tally Youngblood.

Mais après être devenue Pretty, Tally s'était rangée aux côtés du docteur Cable rien que pour rester avec Zane, au détriment de David.

— Ce n'est pas pour ça que je t'ai choisi, Zane. Pas à cause de ton visage. C'est en raison de ce que nous avions partagé toi et moi – de la manière dont nous nous étions libérés. Tu le sais, n'est-ce pas ?

— Bien sûr. Alors quel est ton problème aujourd'hui ?

— Que veux-tu dire ?

— Écoute, Tally. En t'avouant à quel point il te trouvait belle, David a surmonté cinq millions d'années d'évolution. Il a vu au-delà de ta peau imparfaite, de ton asymétrie et de tout ce que nos gênes nous poussent à rejeter. (Zane éleva sa main.) Et maintenant, tu prétends ne pas pouvoir me regarder simplement parce que je *tremble un peu* ?

Elle fixa avec écœurement ses doigts qui frémissaient.

— C'est pire qu'être une tête vide, Zane. Les têtes vides sont simplement stupides, mais les Specials sont… maniaques, dans certains domaines. Au moins, j'essaie d'arranger la situation. Pourquoi crois-tu que je sois là en train de te suivre ?

— Parce que tu veux me ramener en ville, non ?

Elle gémit.

— Quelle alternative avons-nous ? Laisser Maddy tester sur toi l'un de ses remèdes expérimentaux ?

— L'alternative se trouve en toi, Tally. Nous ne sommes pas en train de parler de *mes* dommages cérébraux ; nous sommes en train de parler des *tiens*. (Il se glissa plus près, et elle ferma les yeux.) Tu t'es déjà émancipée une fois ; tu avais réussi à vaincre tes lésions de Pretty. Au début, il a suffi d'un baiser.

Elle perçut la chaleur de son corps tout contre le sien, sentit l'odeur du feu de camp sur sa peau. Elle détourna la tête, les yeux obstinément clos.

— C'est différent quand on est Special – il ne s'agit pas que d'une partie de mon cerveau. Ça vient de mon corps tout entier ; de ma façon de percevoir le monde.

— Exact. Tu es tellement spéciale que plus personne ne peut te toucher.

— Zane…

— Tu es tellement spéciale que tu as besoin de te taillader rien que pour ressentir quelque chose.

Elle secoua la tête.

— J'ai arrêté de faire ça.

— Tu vois bien que tu *peux* changer !

— Mais ça ne veut pas dire…

Elle ouvrit les yeux.

Zane avait approché son visage à quelques centimètres du sien. D'une certaine manière, les grands espaces l'avaient changé, lui aussi – ses yeux n'étaient plus quelconques et délavés ; son regard était presque glacial.

Presque spécial.

Elle se pencha plus près… et leurs lèvres se trouvèrent, chaudes dans la froideur de la crête rocheuse. Le fracas des vagues emplissait les oreilles de Tally, noyant les battements de son cœur.

Elle se plaqua contre lui, glissant les mains sous ses vêtements. Elle aurait voulu échapper à sa combinaison furtive, ne plus être seule ni invisible. Les bras autour de lui, elle le serra fort, l'entendit retenir son souffle sous l'étreinte. Ses sens lui apprirent tout de lui : son cœur qui palpitait doucement dans sa poitrine, le goût de sa bouche, son odeur corporelle adoucie par l'air iodé.

Puis elle lui effleura la joue, et la sentit trembler.

Non, se dit intérieurement Tally.

Ses frissons étaient légers, presque imperceptibles, aussi discrets que l'écho de la pluie tombant à un kilomètre de distance ; mais ils se trouvaient partout, sur la peau de son visage, dans les muscles de ses bras, dans ses lèvres contre les siennes – son corps entier grelottait comme celui d'un gamin dans le froid. Et soudain Tally put *voir* en lui : son système nerveux endommagé, les connexions perturbées entre son corps et son cerveau.

Elle tâcha d'effacer cette image de son esprit, mais ne parvint qu'à la préciser, au contraire. Elle était programmée pour détecter les faiblesses, après tout, profiter des fragilités et autres défauts des aléatoires ; pas pour les ignorer.

Tally tenta de se reculer un peu mais Zane resserra sa prise sur son bras, comme s'il se croyait capable de la *retenir*. Elle interrompit le baiser et ouvrit les yeux, jetant un regard furieux sur ses doigts pâles autour de son bras ; une brusque bouffée de colère monta en elle.

— Tally, attends, dit-il. Nous pouvons…

Mais il ne l'avait toujours pas lâchée. La rage et le dégoût l'envahirent, et Tally fit courir une rangée de pointes acérées le long de sa combinaison furtive. Zane poussa un cri et s'écarta, les doigts et la paume en sang.

Elle roula en arrière, bondit sur ses pieds et partit au pas de course. Elle l'avait *embrassé*, l'avait laissé la toucher – lui qui n'était pas Special, pas même ordinaire. Un infirme…

Un jet de bile lui brûla la gorge, comme si le souvenir de leur baiser essayait de sortir de son corps. Elle trébucha et mit un genou à terre, l'estomac au bord des lèvres, prise de vertige.

— Tally !

Il arrivait en courant.

— N'approche pas!

Elle l'arrêta d'un geste, n'osant pas lever les yeux vers lui. Grâce à l'air marin, frais et pur, la nausée commençait à passer. Mais seulement s'il ne venait pas plus près.

— Ça va?

— Tu trouves que ça a *l'air* d'aller? (Un sentiment de honte submergea Tally. Qu'avait-elle fait?) Désolé, Zane, c'est au-dessus de mes forces.

Elle se remit debout et courut vers l'océan, loin de lui. La pente débouchait sur une falaise de craie, mais Tally ne ralentit pas...

Elle plongea, évita de justesse les rochers en contrebas et creva les vagues dans une grande gifle, livrée à leur étreinte glaciale. L'océan la prit dans ses eaux écumantes, et faillit même la rejeter sur la grève, mais Tally s'enfonça en quelques brasses puissantes jusqu'à ce que ses mains touchent le fond obscur et sablonneux. Le courant repartit dans l'autre sens, formant un rouleau autour d'elle. Il entraîna Tally vers le large, grondant à ses oreilles jusqu'à noyer ses pensées.

Elle retint son souffle, et laissa l'océan l'emporter.

Une minute plus tard, Tally remontait à la surface, hors d'haleine; elle se trouvait à cinq cents mètres de son point de départ, loin du rivage, et dérivait en direction du sud.

Zane se tenait au bord de la falaise, scrutant les eaux à sa recherche, ses mains en sang enveloppées dans son blouson. Après ce qu'elle venait de faire, Tally n'aurait pas eu la force de l'affronter, ne supportait même pas l'idée qu'il puisse la *voir*. Elle voulait disparaître.

Elle rabattit son capuchon, laissa la combinaison se parer de miroitements argentés, se laissa entraîner plus loin.

Ce n'est qu'après l'avoir vu regagner le campement que Tally se mit à nager vers le rivage.

OSSEMENTS

La suite du voyage lui parut interminable.

Certains jours, elle développait la conviction que le localisateur n'était rien d'autre qu'une ruse des Fumants pour les promener dans la nature à tout jamais : Zane l'infirme, luttant pour tenir durant les longues nuits de voyage, Tally la folle, seule dans sa combinaison furtive, lointaine et invisible. Chacun dans son enfer distinct.

Elle se demandait ce que devait ressentir Zane à présent. Après ce qui s'était passé, il avait dû réaliser à quel point elle était faible : la machine à tuer du docteur Cable, bouleversée par un baiser, écœurée à la seule vue d'une main qui tremblait !

Ce souvenir lui donnait envie de se taillader la peau, de se lacérer jusqu'à faire émerger de sa chair une personnalité différente – moins Special, plus humaine. Mais elle ne voulait pas reprendre la scarification, pas après avoir dit à Zane qu'elle avait arrêté. Ce serait comme si elle enfreignait une promesse.

Tally se demandait également s'il avait parlé d'elle aux autres Crims. Lui préparaient-ils un tour à leur façon – une embuscade, peut-être, pour la livrer aux

Fumants? Ou tenteraient-ils de s'échapper en l'abandonnant toute seule en pleine nature?

Elle imagina de s'infiltrer dans leur campement une fois de plus pendant que les autres dormaient, pour dire à Zane combien les regrets l'assaillaient. Mais elle se sentait incapable de l'affronter. Peut-être était-elle allée trop loin cette fois-ci, en vomissant presque sous ses yeux, sans parler des coupures qu'elle lui avait infligées aux mains.

Shay avait déjà tiré un trait sur elle. Et si Zane décidait à son tour qu'il en avait assez de Tally Youngblood?

Au bout de deux semaines, les Crims firent halte sur une falaise qui s'avançait très haut au-dessus de la mer.

Tally jeta un coup d'œil aux étoiles. Il restait encore du temps avant l'aube, et la voie ferrée se poursuivait sans interruption devant eux; pourtant, les fugitifs descendirent de leurs planches et se regroupèrent autour de Zane, en regardant quelque chose qu'il tenait.

Le localisateur.

Tally les observa et attendit, juste sous le rebord de la falaise, planant au-dessus des rouleaux grâce à ses rotors de sustentation. Après de longues minutes, elle aperçut la fumée d'un feu de camp; à l'évidence, les Crims n'iraient pas plus loin cette nuit-là. Elle se rapprocha un peu et se hissa sur la falaise.

Elle décrivit un large cercle dans les hautes herbes pour se rapprocher du campement. Des foyers infrarouges s'allumèrent – les Crims faisaient chauffer leurs plats.

Finalement, Tally atteignit un endroit où le vent lui

apportait les bruits de conversation et les senteurs de nourriture de la ville.

— Et si personne ne vient? demandait l'une des filles.

La voix de Zane répondit:

— Ils viendront.

— Dans combien de temps?

— Je n'en sais rien. Il n'y a qu'à attendre.

La fille s'inquiéta alors de leurs réserves d'eau, et qu'ils n'aient plus croisé de rivière depuis deux nuits.

Tally s'assit dans l'herbe, soulagée – le localisateur leur avait dit de s'arrêter ici. Ils n'étaient pas encore à La Nouvelle-Fumée, bien sûr, mais on pouvait espérer que ce voyage abominable s'achèverait bientôt.

Elle regarda autour d'elle, humant l'air pour saisir ce que cet endroit avait de particulier. Au milieu des odeurs d'aliments autochauffants, Tally en flaira une autre qui lui donna la chair de poule… une odeur de pourriture.

Elle suivit l'odeur en rampant parmi les hautes herbes, les yeux au ras du sol. La puanteur devenait de plus en plus forte, au point qu'elle manqua s'étrangler. Elle en découvrit la source à une centaine de mètres du campement: un empilement de poissons crevés, têtes, queues et arêtes soigneusement nettoyées, grouillant de mouches et d'asticots.

Tally s'enjoignit de rester glaciale tandis qu'elle fouillait les environs. Dans une petite clairière, elle découvrit les vestiges d'un feu de camp. Le bois calciné était froid, les cendres dispersées par le vent, mais quelqu'un avait campé ici. De nombreuses personnes, en fait.

Ils avaient installé leur foyer au fond d'une fosse, à l'abri de la brise marine, creusée pour tirer le meilleur parti de la chaleur. À l'instar de tous les Pretties, les Crims bâtissaient leurs feux afin de produire le plus de lumière possible, gaspillant le bois sans y prendre garde. Mais ce feu-là avait été allumé par des mains expérimentées.

Avisant un objet blanc enfoui sous les cendres, Tally tendit la main pour le dégager doucement…

C'était un os, presque long comme sa main. Elle aurait été incapable de dire à quel animal il avait appartenu, mais on y distinguait de petites dépressions à l'endroit où des dents humaines l'avaient rongé pour atteindre la moelle.

Tally ne voyait pas des gosses de la ville manger de la viande après juste deux semaines dans la nature. Même les Fumants *chassaient* rarement pour se nourrir – ils élevaient des lapins, des poulets, mais rien d'aussi gros que l'animal dont provenait cet os. Et les dents avaient laissé des marques irrégulières ; leur propriétaire n'avait pas dû souvent consulter un dentiste. C'était sans doute un membre de la tribu d'Andrew qui avait construit ce feu.

Un frisson la parcourut. Les villageois qu'elle avait rencontrés considéraient les étrangers comme des ennemis, des animaux que l'on pouvait chasser et tuer. Et les Pretties n'étaient plus des « dieux » à leurs yeux.

Des questions se bousculaient dans sa tête : *Comment avaient-ils ressenti que leur existence tout entière ne soit qu'une vaste expérience, et leurs jolis dieux, de simples êtres humains ? Les nouvelles recrues des Fumants songeaient-elles parfois à se venger des Pretties ?*

Tally secoua la tête. Les Fumants faisaient confiance à Andrew pour orienter les fugitifs jusqu'ici ; leurs autres recrues n'étaient sûrement pas des meurtriers sanguinaires.

Et si d'autres villageois avaient appris à échapper aux « petits hommes » ?

L'aube approchait. Tally demeura éveillée, sans s'accorder ses petites tranches de sommeil habituelles. Elle scrutait le ciel à la recherche d'aérocars, comme toujours, mais gardait également un œil sur l'intérieur des terres, l'infrarouge à pleine puissance. Le grondement déplaisant que la vue des poissons pourris avait excité dans son estomac ne se tut pas tout à fait.

Ils vinrent trois heures après le lever du soleil.

NOUVEAUX VENUS

Quatorze silhouettes apparurent, montant d'un pas lent les collines en pente douce, presque entièrement dissimulées dans les hautes herbes.

Tally alluma sa combinaison furtive et sentit ses écailles imiter l'herbe en se hérissant comme le poil sur le dos d'un matou apeuré. La seule personne qu'elle parvenait à distinguer clairement était la femme qui venait en tête. Il s'agissait sans aucun doute d'une villageoise – vêtue de peaux et tenant un épieu.

Tally se renfonça davantage entre les herbes, se rappelant sa première rencontre avec les villageois – ils lui étaient tombés dessus en pleine nuit, prêts à la tuer pour le seul crime d'être une étrangère. Les Crims devaient dormir profondément à cette heure.

Si la violence éclatait, ce serait très soudain, laissant peu de temps à Tally pour sauver qui que ce soit. Peut-être devrait-elle réveiller Zane sans attendre et le prévenir que quelqu'un approchait…

Mais l'idée du regard qu'il lui jetterait lui donnait le vertige.

Tally inspira profondément, s'obligeant à rester glaciale. Ses longues nuits de voyage – alors qu'elle demeurait invisible et solitaire, tâchant de protéger une personne qui ne voulait probablement pas de son aide – tendaient à la rendre paranoïaque. Elle ne pouvait pas être certaine que les nouveaux venus représentaient une menace avant de les avoir mieux vus.

Rampant sur les mains et les genoux, elle progressa rapidement au milieu des hautes herbes, passant au loin du tas de poissons pourris. Une fois plus près, Tally entendit flotter sur les collines une voix claire qui fredonnait une chanson inconnue, dans les étranges sonorités du langage des villageois. Ce chant ne semblait pas des plus guerriers – plutôt joyeux, le genre que l'on braille à tue-tête quand l'équipe que l'on soutient remporte un match de foot.

Pour ces gens-là, bien sûr, la violence aveugle s'assimilait presque à un match de foot.

Alors qu'ils approchaient, Tally leva la tête…

Et poussa un soupir de soulagement. Seuls deux membres du groupe étaient vêtus de peaux. Les autres étaient des Pretties – dépenaillés, visiblement éreintés, mais certes pas des sauvages. Tous portaient des gourdes d'eau sur l'épaule, les têtes vides courbées sous le poids, les villageois, eux, sans effort. Tally regarda au loin dans la direction d'où ils étaient venus et aperçut le scintillement d'un bras de mer. Ils étaient simplement de corvée d'eau.

Tally n'avait pas oublié comment Andrew l'avait repérée ; elle se tint donc avec grand soin à l'écart du groupe. Elle était tout de même assez proche pour détailler leurs vêtements. Ceux des Pretties paraissaient curieux, totalement démodés, ou disons passés de mode depuis plusieurs années. Sauf que ces gamins n'avaient pas quitté la ville depuis si longtemps.

C'est alors que Tally entendit l'un des garçons demander dans combien de temps ils arriveraient au campement, et l'étrangeté de son accent la fit frémir. C'était celui d'une autre ville, d'une région suffisamment lointaine pour qu'on y parle de manière complètement différente. Normal, elle était à mi-chemin de l'équateur. Les Fumants avaient propagé très loin leur petite rébellion.

Mais que font-ils ici? s'interrogea-t-elle. Ce coin de falaise ne pouvait tout de même pas être La Nouvelle-Fumée. Tally rampa à la suite des nouveaux arrivants, continuant à les surveiller de près tandis qu'ils approchaient des Crims endormis.

Soudain, elle fit halte, après avoir aperçu quelque chose dans ses os – qui provenait de toutes les directions, comme si le sol se mettait à trembler sous elle.

Un drôle de bruit monta dans le lointain, lent et rythmé, tels des doigts gigantesques tambourinant sur une table. Il enfla et diminua quelques instants avant de se stabiliser.

Les autres l'entendaient aussi désormais. Les villageois, à la tête du petit groupe, poussèrent un cri et tendirent le bras en direction du sud. Les Pretties de la ville levèrent la tête pour scruter le ciel. Tally l'apercevait déjà, rasant les collines dans le grondement de ses moteurs.

Elle se releva et, pliée en deux, se mit à courir vers sa planche au milieu du vacarme qui enflait. Tally se souvenait de son premier périple en pleine nature, quand on l'avait emportée jusqu'à La Fumée à bord d'un étrange véhicule volant de l'ère rouillée. Les rangers, des naturalistes d'une autre ville, se servaient de vieux appareils tels que celui-ci pour combattre les fleurs blanches.

Comment les appelait-on, déjà ?

C'est lorsque Tally rejoignit sa planche que le nom lui revint.

« L'hélicoptère » se posa non loin du bord de la falaise.

Deux fois plus gros que celui que Tally avait déjà emprunté, il descendit dans un tourbillon furieux, courbant l'herbe en un vaste cercle autour de lui. Il se maintenait en l'air grâce à deux gigantesques pales qui tranchaient l'air avec une régularité implacable, tel un rotor de sustentation géant. Même depuis sa cachette, Tally en percevait la vibration jusque dans ses os de céramique ; sa planche magnétique se cabrait sous elle, à la manière d'un cheval rétif.

Les rangers venaient d'une ville dont la politique était différente de la sienne, où l'on se moquait bien de savoir si La Fumée existait ou non. Leur principal souci consistait à préserver la nature des fléaux génétiquement modifiés que les Rouillés avait laissés derrière eux – et en premier des fleurs blanches. Ils s'échangeaient quelques menus services avec l'ancienne Fumée, en transportant les fugitifs à bord de leurs machines volantes.

Tally avait apprécié les rangers qu'elle avait rencontrés. C'étaient des Pretties mais, à l'instar des pompiers ou des Specials, ils ne souffraient pas des lésions propres aux têtes vides. Penser par eux-mêmes était une nécessité dans leur métier, et ils possédaient la compétence paisible des Fumants – sans en avoir les traits grossiers.

Les pales de l'hélicoptère continuèrent à tournoyer après qu'il se fut posé, brassant l'air sous sa planche cependant qu'elles rendaient inaudible la moindre conversation. Depuis son point d'observation au ras de la falaise, pourtant, Tally n'eut pas de mal à comprendre que Zane était en train de se présenter ainsi que les autres Crims. Les rangers ne lui prêtèrent guère attention ; un seul l'écoutait, tandis que les autres s'affairaient sur leur vieille machine brinquebalante. Les deux villageois examinèrent les nouveaux venus d'un air soupçonneux, jusqu'à ce que Zane leur montre le localisateur. En le voyant, la villageoise sortit un détecteur et entreprit de le passer sur Zane. Elle vérifia ses dents avec un soin particulier, comme l'observa Tally. Le second villageois examinait un autre Crim ; ils inspectèrent ainsi les huit nouveaux venus de la tête aux pieds.

Ils entraînèrent alors les vingt fugitifs au complet jusqu'à l'hélicoptère. L'appareil était beaucoup plus imposant qu'un aérocar de gardiens mais il paraissait si rudimentaire, si bruyant, si *vieux*… Tally se demanda s'il parviendrait à les emmener tous.

Les rangers ne semblaient pas partager ses craintes. Ils entassaient les planches de leurs passagers sur les patins de leur machine, en les collant l'une à l'autre par aimantation.

À voir comme les fugitifs risquaient d'être serrés à l'intérieur, le voyage ne serait certainement pas bien long…

Le problème, c'était que Tally n'était pas sûre d'arriver à les suivre. L'hélicoptère dans lequel elle était montée volait beaucoup plus vite et beaucoup plus haut que n'importe quelle planche magnétique. Et si elle les perdait de vue, elle n'aurait plus aucun moyen de continuer à suivre les Crims jusqu'à La Nouvelle-Fumée.

Le pistage à l'ancienne n'était pas sans inconvénients.

Elle se demanda comment Shay s'était sortie de cette situation. Tally alluma son antenne dermique, mais ne capta aucun signe d'un autre Special à proximité ; personne n'avait laissé de balise avec un message à son intention.

Pourtant, le localisateur d'Andrew avait dû conduire Shay au même endroit. S'était-elle déguisée en Ugly, avait-elle tenté d'abuser les villageois ? Ou avait-elle trouvé un moyen de suivre l'hélicoptère ?

Tally jeta un nouveau coup d'œil sous l'hélicoptère. Au milieu des vingt planches prises en sandwich entre le ventre de la machine et les patins, il restait juste assez d'espace pour une personne.

Shay avait peut-être joué les passagères clandestines…

Tally enfila ses gants antidérapants et se prépara. Elle pouvait attendre que l'hélicoptère décolle, le poursuivre brièvement à travers les collines, puis grimper soudain dans le souffle de ses pales.

Elle sentit un sourire s'étaler sur son visage. Après deux semaines à rôder autour des Crims, ce serait un soulagement de relever enfin un vrai défi, quelque chose qui la ferait de nouveau se sentir Special.

Et puis, surtout, La Nouvelle-Fumée ne pouvait plus être loin. Elle avait presque atteint le terminus.

POURSUITE

Les Pretties furent bientôt tous embarqués dans l'hélicoptère, et les deux villageois se reculèrent, agitant les bras avec un sourire.

Tally n'attendit pas que l'appareil ait décollé. Elle partit vers le sud le long de la côte, dans la direction d'où il était venu, prenant garde de rester sous le niveau de la falaise pour ne pas se montrer. Toute la difficulté consisterait à attendre que l'appareil soit suffisamment loin des villageois avant de prendre de l'altitude. Après des semaines à se cacher, elle ne tenait pas à se laisser repérer si près du but.

Le bruit des pales changea de tonalité, enfla lentement jusqu'à devenir un grondement de tonnerre qui faisait vibrer l'air. Résistant à l'envie de jeter un coup d'œil derrière elle, Tally maintint le regard fixé sur la falaise accidentée et sinueuse. Elle continua à zigzaguer le long de la paroi, à peine à une longueur de bras, en demeurant courbée, hors de vue.

Ses oreilles lui indiquèrent le moment où l'hélicoptère s'arracha au sol. Elle fit accélérer sa planche, en se demandant quelle était la vitesse de pointe de l'appareil rouillé.

Tally n'avait jamais poussé une planche des Special Circumstances au maximum de ses capacités. Au contraire des planches destinées aux aléatoires, celles des Scarificateurs ne comportaient aucun dispositif de bridage visant à empêcher les imprudences. Les rotors de sustentation, par exemple, pouvaient parfaitement tourner jusqu'à la surchauffe – voire l'accident. Elle avait appris au cours de son entraînement qu'un rotor en panne ne s'arrêtait pas toujours sans dommages, qu'il pouvait parfois exploser en une pluie de débris chauffés à blanc…

Tally bascula en vision infrarouge et jeta un coup d'œil au rotor en avant de son pied gauche ; il rougeoyait déjà comme les braises d'un feu de camp.

L'hélicoptère arrivait, dans un grondement de tonnerre qui la rattrapait derrière et au-dessus d'elle, martelant l'air. Elle descendit un peu plus sous le niveau de la falaise. Les vagues qui s'écrasaient en contrebas défilaient sous elle à toute vitesse ; chaque saillie rocheuse manquait lui emporter la tête.

Le temps que l'hélicoptère parvienne à sa hauteur, il se trouvait à une centaine de mètres au-dessus du sol et continuait à grimper. Elle devait passer à l'action sur-le-champ.

Tally redressa sa course et jaillit de la falaise, filant vers un point situé directement sous l'hélicoptère, hors de vue de ses fenêtres bulbeuses. Les deux villageois derrière elle étaient réduits à deux points ; et sa combinaison furtive était du même bleu que le ciel, de sorte que si jamais ils regardaient par là, ils n'apercevraient que le reflet de sa planche.

En grimpant vers la machine rugissante, Tally sentit

sa planche commencer à vibrer ; le vortex sous l'appareil la cinglait de ses poings invisibles. L'air pulsait autour d'elle, comme une sono aux basses poussées beaucoup trop fort.

Subitement, sa planche se déroba sous elle, et Tally se sentit tomber un instant ; puis la surface antidérapante vint se coller sous ses pieds de nouveau. Elle baissa les yeux pour vérifier qu'aucun de ses rotors n'était en panne, mais ils continuaient à tourner tous les deux. Quand la planche plongea une deuxième fois, Tally comprit qu'elle traversait des poches aléatoires de basse pression dans le maelström, où l'air perdait brusquement de la portance.

Tally fléchit les genoux et accéléra vers le haut, ignorant la brillance de ses rotors chauffés à blanc et les gifles des rafales qu'elle traversait. L'heure n'était plus à la prudence – l'hélicoptère grimpait toujours, continuait à gagner de la vitesse, et serait très bientôt hors d'atteinte.

Le vent et le bruit se calmèrent d'un coup – elle venait d'entrer dans une zone de calme, comme dans l'œil d'un cyclone. Tally leva les yeux. Elle se trouvait directement sous le ventre de la machine, à l'abri des turbulences engendrées par ses pales. C'était le moment ou jamais de monter à bord.

Elle s'éleva encore, tendit ses mains gantées. Ses bracelets anticrash la tirèrent vers le haut, accrochés par la masse métallique de l'appareil. Encore un mètre, et elle serait à portée…

Sans crier gare, le monde parut basculer autour de Tally. Le dessous de l'hélicoptère plongea sur le côté, puis s'écarta. La machine venait de virer sèchement vers l'intérieur des terres, lui ôtant la protection de sa masse, comme si elle venait de tourner à l'angle d'un immeuble pour se retrouver en pleine tempête.

Le vent frappa Tally en vague ondulante, lui faucha les jambes en envoyant sa planche tournoyer dans le vide. Elle sentit ses oreilles se déboucher d'un coup dans les courants d'air du vortex de l'hélicoptère et, l'espace d'une seconde terrifiante, elle vit les pales géantes se rapprocher.

Mais au lieu de la découper en rondelles, les pales la projetèrent au loin ; elle tournoya en plein ciel, tandis que l'horizon basculait autour d'elle. Pendant un moment, même son sens de l'équilibre de Special lui fit défaut, comme si le monde était précipité dans le chaos.

Après quelques secondes de chute libre, Tally perçut une traction sur ses poignets et fit le geste de rappeler sa planche. Cette dernière s'était stabilisée et remontait vers elle à toute allure, ses rotors de sustentation si chauds qu'ils paraissaient plus blancs que le soleil.

Quand elle l'empoigna, sa planche surchauffée lui brûla les mains, même à travers les gants ; une puanteur de plastique en train de fondre lui assaillit les narines. La chaleur était si vive que sa combinaison furtive adopta sa configuration de blindage pour lui offrir un semblant de protection.

Tournant toujours sur elle-même, Tally resta suspendue à sa planche un moment, jusqu'à ce que son profil d'aile d'avion la stabilise ; après quoi elle se hissa dessus et se remit en position.

Elle régla de nouveau sa combinaison furtive sur le bleu du ciel et jeta un coup d'œil vers l'avant – l'hélicoptère s'éloignait dans le lointain.

Tally hésita, réalisant qu'elle ferait mieux d'abandonner, de retourner au point de ramassage et d'atteindre le prochain groupe de fugitifs. Les hélicoptères devaient sûrement revenir régulièrement par ici.

Mais Zane se trouvait à bord de celui-là, et elle ne pouvait l'abandonner. Shay et les Special Circumstances étaient peut-être déjà en chemin.

Tally fonça ; l'hélicoptère avait perdu de l'altitude et de la vitesse en virant, et elle ne tarda pas à le rattraper.

La surface de sa planche commençait à lui brûler la plante des pieds. Tally sentit les vibrations s'accroître sous elle ; les pales métalliques chauffaient de plus en plus, altérant le bruit et la docilité de l'engin. Elle se pencha en avant, jusqu'à se faire happer de nouveau dans la tempête soulevée par l'hélicoptère.

Cette fois-ci, Tally savait à quoi s'attendre ; elle avait appris à reconnaître la forme du vortex invisible. Elle laissa son instinct la guider entre les courants et l'amener dans la petite bulle de protection sous la machine.

Sa planche magnétique gémissait furieusement désormais, mais elle la poussa vers les patins de l'hélicoptère, les bras tendus...

De plus en plus près.

Tally sentit la rupture à travers ses semelles, l'instant où les vibrations de la planche s'arrêtèrent dans un grand tremblement. Un crissement de métal lui apprit que ses rotors se désintégraient, et elle comprit que la seule issue à présent était d'aller vers le haut. Elle fléchit les genoux, bondit...

Au sommet de son saut, Tally chercha désespérément quelque chose à quoi se raccrocher. Ses doigts glissèrent sur l'empilement des planches mais, rangées en sandwiches compacts, ces dernières n'offraient aucune prise, et les patins de l'hélicoptère se trouvaient trop loin de chaque côté.

Tally commença à tomber...

Elle écrasa les commandes de ses bracelets anticrash, jetant toutes leurs batteries dans la balance afin de la hisser vers les tonnes de métal au-dessus de sa tête. Une force effroyable lui saisit brutalement les poignets – l'aimantation combinée d'une vingtaine de planches magnétiques venait d'entrer en action. Ses bracelets la ramenèrent vers le haut et la clouèrent contre la surface la plus proche, manquant lui arracher les bras sous la violence de la secousse.

En dessous, le crissement de sa planche se mua en une toux déchirante, avant de s'estomper ; Tally entendit l'engin s'éparpiller en morceaux dans sa chute, puis le maelström de l'hélicoptère noya le bruit dans la distance.

Tally se retrouva collée sous l'appareil, dont les vibrations la secouaient comme des rouleaux sur la grève.

L'espace d'un moment, elle se demanda si les pilotes et les passagers avaient entendu sa planche se désintégrer ; mais ensuite, elle se souvint de son propre trajet en hélicoptère l'année précédente. Pour réussir à parler avec les rangers, elle devait hurler pour couvrir le rugissement des pales.

Au bout de quelques minutes à rester suspendue par les poignets, Tally coupa l'aimantation de l'un de ses bracelets et se balança pour refermer les jambes autour d'un des patins. Ensuite, elle coupa le deuxième et, pendant un bref instant de terreur, se laissa pendre la tête en bas dans le vent avant de se hisser dans un espace étroit entre les planches des fugitifs. De là, elle put observer la fin du voyage tranquillement.

L'hélicoptère continua à s'enfoncer vers l'intérieur des terres, survolant un paysage qui devenait de plus en plus verdoyant et boisé à mesure que l'océan rapetissait derrière lui. Il s'éleva encore plus haut, pour accélérer jusqu'à ce que les arbres ne soient plus qu'une brume verte en contrebas. Seuls quelques endroits semblaient avoir été touchés par les fleurs blanches dans cette région.

Se tenant solidement, Tally arracha ses gants pour examiner ses mains. Elle avait les paumes brûlées, avec des morceaux de plastique fondu collés dessus, mais ses tatouages pulsaient toujours, même ceux barrés par sa coupure. Sa bombe cicatrisante avait disparu avec sa planche, ainsi que le reste de son équipement ; elle ne gardait plus que ses bracelets anticrash, son couteau de cérémonie et sa combinaison furtive.

Mais elle avait réussi. Tally s'autorisa enfin un long soupir de soulagement. En regardant le paysage défiler sous elle, elle connut la satisfaction d'avoir accompli un exploit authentiquement glacial.

Elle effleura du bout des doigts la carlingue métallique de l'hélicoptère – Zane ne se trouvait qu'à quelques mètres. Lui aussi avait réussi un sacré tour de force. Malgré ses lésions et ses dommages cérébraux, il était presque parvenu à La Nouvelle-Fumée. Quoi que Shay puisse penser de Tally désormais, elle ne pourrait nier que Zane avait gagné le droit de rejoindre les Special Circumstances.

Après tout ce qu'elle venait de traverser, Tally n'accepterait pas un refus.

D'après le logiciel interne de Tally, c'est une heure plus tard que les premiers signes de leur destination apparurent sous eux.

Bien que la forêt reste dense, quelques champs rectangulaires commencèrent à se montrer, avec des arbres abattus et empilés pour laisser place à quelque projet de construction. Puis ce furent des chantiers, où de gigantesques pelleteuses creusaient le sol tandis que des élévateurs mettaient en place des piliers magnétiques. Tally fronça les sourcils. La Nouvelle-Fumée était folle si elle croyait pouvoir se livrer au déboisement !

Mais alors, d'autres visions plus familières défilèrent sous l'hélicoptère. Les bâtiments bas d'une ceinture industrielle, puis des rangées serrées de pavillons de banlieue. Enfin, des immeubles se profilèrent à l'horizon tandis que le ciel s'emplissait d'aérocars. Ils survolèrent un cercle de terrains de foot et de dortoirs, en tout point semblable à l'Uglyville qu'elle connaissait.

Tally secoua la tête. Ce n'étaient quand même pas les Fumants qui avaient bâti cela…

Puis elle se souvint des paroles de Shay la nuit où elles s'étaient glissées à New Pretty Town afin de voir Zane, comme quoi David et ses copains avaient obtenu leurs combinaisons furtives auprès de mystérieux alliés, et la vérité la frappa soudainement.

La Nouvelle-Fumée n'était pas un vulgaire campement caché dans la nature, où les gens chiaient dans des fosses, se nourrissaient de lapins crevés et brûlaient des arbres pour se chauffer. La Nouvelle-Fumée était juste là, étalée sous elle.

Une ville entière s'était jointe à la rébellion.

ATTERRISSAGE BRUTAL

Tally devait descendre avant l'atterrissage de l'hélicoptère.

Elle ne tenait pas à ce qu'on la découvre quand il se poserait. Zane la verrait, et les rangers sauraient probablement que sa beauté cruelle faisait d'elle un agent d'une autre ville. Mais alors que l'hélicoptère s'engageait dans une large boucle en direction d'une piste d'atterrissage, Tally ne vit aucun endroit où sauter.

Dans sa propre ville, un fleuve entourait l'île de New Pretty Town. Mais elle n'aperçut aucun cours d'eau à proximité, et ils étaient trop haut pour qu'elle puisse recourir sans danger à ses bracelets anticrash. Le blindage de sa combinaison la protégerait peut-être, mais la piste d'atterrissage était nichée entre deux grands immeubles, entourés de trottoirs où grouillaient une multitude de piétons fragiles.

Tandis que l'appareil entamait son approche finale, elle remarqua les grandes haies bordant la piste – assez denses pour contenir le vent brassé par les pales de l'hélicoptère. Elles semblaient hérissées d'épines, mais quelques ronces ne devraient pas poser de difficultés au blindage de sa combinaison.

L'hélicoptère ralentit en arrivant au-dessus de la piste, et Tally rabattit son capuchon pour se protéger le visage. Quand l'appareil se cabra pour s'immobiliser, elle se laissa tomber en se roulant en boule, comme une gamine qui fait la bombe à la piscine.

Son épaule gauche heurta la haie avec un grand bruit de branches cassées, et elle rebondit dans une explosion de feuilles, tournoyant dans les airs. Elle parvint à se réceptionner sur ses pieds, mais trébucha sur une surface instable… le trottoir roulant qu'elle avait aperçu d'en haut.

Tally agita les bras, faillit retrouver son équilibre, mais son dernier pas l'amena sur un autre trottoir filant dans la direction opposée et elle pivota avant de basculer sur le dos, les jambes écartées, fixant le ciel avec un air abasourdi.

— Ouille, murmura-t-elle.

Les Specials avaient peut-être des os en céramique incassables, mais il leur restait assez de chair pour se faire des bleus et suffisamment de terminaisons nerveuses pour protester.

Deux grands immeubles occultaient le ciel au-dessus d'elle ; ils semblaient s'éloigner gracieusement… Le trottoir continuait à l'emporter.

Un grand Pretty vint se pencher sur elle avec une expression sévère.

— Jeune demoiselle ! Est-ce que ça va ?

— Ouais. Plus ou moins.

— Eh bien, je me suis laissé dire que les comportements avaient changé, mais on pourrait tout de même vous signaler aux gardiens pour une cascade pareille !

— Oh, désolée, dit Tally en se relevant avec difficulté.

— Je suppose que cette combinaison était censée
vous protéger, poursuivit l'homme d'un ton rude. Mais
avez-vous pensé à nous ?

Tally frotta son dos probablement couvert de meurtrissures tout en levant l'autre main en signe de défense.
Pour un grand Pretty, ce gars-là ne se montrait pas très
compréhensif.

— J'ai dit que j'étais désolée. Il fallait que je des-
cende de cet hélicoptère.

L'homme renifla.

— Eh bien, la prochaine fois, si vous ne pouvez pas
attendre qu'il se pose, utilisez un gilet de sustentation !

Tally sentit monter en elle une vague d'irritation. Ce
Pretty banal et entre deux âges ne voulait donc pas se
taire ? Lasse de cette conversation, elle rejeta son capuchon en arrière et montra les crocs.

— La prochaine fois, peut-être bien que c'est *vous*
que je viserai !

L'homme contempla sans ciller les prunelles noires
de ses yeux de louve, ses tatouages entrelacés, son sourire carnassier, et se contenta de renifler encore une
fois.

— Ou peut-être que vous briserez votre joli cou !

Il émit un petit bruit de satisfaction et, sans plus
accorder d'attention à Tally, posa le pied sur un autre
couloir du trottoir qui l'entraîna rapidement.

Elle cligna des yeux. Ce n'était pas la réaction
à laquelle elle s'attendait. Elle vit passer son reflet
déformé sur les vitres de l'immeuble en face d'elle. Elle
était toujours une Special, aux traits marqués par tous

les signes d'une beauté cruelle, conçue pour ranimer les peurs ancestrales de l'humanité. Pourtant, l'homme l'avait à peine remarquée.

Peut-être que, dans cette ville, les agents des Special Circumstances ne se dissimulaient pas et qu'il avait déjà vu des Pretties à la beauté cruelle. Mais à quoi bon avoir l'air terrifiant si vous permettez à tout le monde de s'y habituer ?

Elle se repassa la conversation dans son esprit, réalisant à quel point l'accent de l'homme lui rappelait celui des rangers – rapide, sec et précis. Ce devait être la ville dont ils venaient.

Mais si ce lieu était bien La Nouvelle-Fumée, où donc demeurait Shay ? Tally augmenta la portée de son antenne dermique, mais ne capta aucune réponse. Bien sûr, les villes étaient immenses – peut-être se trouvait-elle tout simplement hors de portée. À moins qu'elle n'ait coupé sa propre antenne, encore furieuse de la dernière trahison de Tally.

Tally jeta un coup d'œil en direction de la piste d'atterrissage. Les moteurs de l'hélicoptère continuaient à tourner. Et si cette ville n'était *pas* La Nouvelle-Fumée, mais seulement une étape destinée à refaire le plein ? Passant sur le trottoir opposé, elle repartit en direction de la piste.

Deux nouveaux Pretties glissèrent devant elle, et Tally remarqua qu'ils portaient de la chirurgie cosmétique. L'une avait la peau trop pâle selon les critères de n'importe quel Beau Comité, avec des cheveux roux et des taches de son sur le visage, comme ces gamines qui doivent prendre garde aux coups de soleil. L'autre avait la peau si sombre qu'elle en devenait presque noire, et ses muscles étaient beaucoup trop saillants.

Voilà qui expliquait la réaction du grand Pretty – ou son absence de réaction. Il y avait sans doute une fête costumée ce soir, à laquelle tous les Pretties arriveraient opérés. Une chirurgie aussi extrême n'aurait jamais été autorisée dans la ville de Tally, mais au moins pouvait-elle chercher à comprendre ce qui se passait sans craindre d'attirer tous les regards.

Bien sûr, le blindage noir de sa combinaison furtive n'était pas ce qui se faisait de plus seyant. En tâtonnant un peu, elle régla le vêtement à l'image de ceux que portaient les Pretties qu'elle avait croisés : avec de larges rayures colorées, comme elle avait l'habitude de voir habillés les gamins. Ces teintes vulgaires lui donnaient l'impression d'être encore plus voyante, mais quand elle eut croisé d'autres Pretties – avec une peau pâle translucide, des nez surdimensionnés et des vêtements aux couleurs vives –, elle eut presque l'impression de se fondre dans le paysage.

Les immeubles qui l'entouraient ne différaient guère de ceux à l'ombre desquels elle avait grandi. Les deux qui se dressaient de part et d'autre de la piste d'atterrissage avaient l'air de monolithes gouvernementaux classiques. En fait, le plus proche comportait les mots TOWN HALL gravés en lettres de pierre sur la façade, et la plupart de ses portes étaient surmontées de panneaux aux noms des différents services municipaux. Plus loin s'étendaient les tours de fête élancées ainsi que les immenses résidences de ce qui devait être New Pretty Town, et elle apercevait dans le lointain des dortoirs d'Uglies et des terrains de football.

Cela lui semblait étrange, cependant, de ne pas voir de fleuve entre New Pretty Town et Uglyville. Ce devait être des plus facile de passer de l'une à l'autre. Comment empêchaient-ils les petits Uglies de s'inviter aux soirées ?

Elle n'avait encore aperçu aucun gardien jusqu'à présent. Y avait-il seulement *quelqu'un* ici qui comprendrait la signification de sa beauté cruelle ?

Une jeune Pretty monta sur le trottoir à côté d'elle, et Tally décida de vérifier si elle pourrait passer pour une fille du coin.

— Où a lieu la teuf de ce soir ? demanda-t-elle, soucieuse d'imiter l'accent local en espérant ne pas avoir l'air trop aléatoire avec cette question.

— La teuf ? La soirée, tu veux dire ?

Tally haussa les épaules.

— Ouais, c'est ça.

La jeune femme s'esclaffa.

— Tu n'as qu'à faire ton choix. Ce ne sont pas les fêtes qui manquent.

— D'accord. Mais celle pour laquelle les gens affichent toute cette chirurgie cosmétique ?

— Chirurgie cosmétique ? (La femme dévisagea Tally comme si elle venait de proférer une absurdité totale.) Tu descends à peine de l'hélicoptère, ou quoi ?

Tally arqua les sourcils.

— Hmm, l'hélicoptère ? En fait, oui.

— Avec une tête pareille ?

La femme fronça les sourcils. Elle-même avait la peau brun foncé, et les ongles ornés de minuscules écrans vidéo montrant chacun une image différente.

Tally ne put que hausser les épaules.

— Oh, je vois. Tu étais impatiente de ressembler à l'une d'entre nous ? (Elle rit de nouveau.) Écoute, petite, pour commencer tu devrais rester avec les nouveaux, le temps de comprendre un peu comment ça marche par ici. (Elle plissa les yeux, et ses doigts effectuèrent un geste d'interface.) Diego dit qu'ils seront tous au Panorama ce soir.

— Diego ?

— La ville. (Elle rit de plus belle ; ses ongles scintillaient en rythme avec le son.) Sans blague, petite, on dirait vraiment que tu débarques.

— Eh oui. Merci, dit Tally, qui se sentait soudain très ordinaire, impuissante, et pas spéciale pour deux sous.

Pour naviguer dans cette ville inconnue, sa force et sa vitesse ne lui servaient à rien et, à l'évidence, sa beauté cruelle n'impressionnait personne. C'était comme si elle était redevenue Pretty, au temps où participer aux meilleures soirées et décider de sa tenue semblaient des choses plus importantes que le fait d'être surhumaine.

— Pas de quoi. Bienvenue à Diego ! lui lança la jeune Pretty avant de passer sur un couloir à grande vitesse en la saluant du bras, vaguement gênée, comme lorsque l'on se débarrasse d'un enquiquineur.

En approchant de la piste d'atterrissage, Tally s'assura qu'aucun Crim fugitif ne venait à sa rencontre. Elle s'écarta du trottoir roulant à l'endroit où la haie montrait les traces de sa chute et glissa un œil par l'une des brèches qu'elle avait causées.

Les fugitifs étaient descendus de l'hélicoptère mais ils traînaient encore autour de l'appareil. En braves petites têtes vides, ils avaient du mal à retrouver chacun sa planche parmi celles des autres. Ils grouillaient autour du ranger qui essayait d'organiser les choses comme une bande de gamins autour du marchand de glaces.

Zane attendait patiemment ; Tally ne l'avait pas vu aussi heureux depuis qu'ils avaient fui la ville. Plusieurs autres Crims se tenaient auprès de lui, à lui taper dans le dos en se congratulant les uns les autres.

L'un des Crims apporta sa planche à Zane, après quoi ils partirent tous les huit en direction du gigantesque immeuble en face du Town Hall.

Il s'agissait d'un hôpital. C'était logique : il fallait s'assurer que les nouveaux arrivants ne souffraient pas de maladies, ni de blessures ou d'empoisonnement alimentaire à la suite de leur voyage. Et puisque cette ville constituait La Nouvelle-Fumée, on leur supprimerait également leurs lésions cérébrales.

Bien sûr, songea Tally. Les pilules de Maddy n'avaient plus besoin de fonctionner à la perfection ; il suffisait qu'elles permettent aux fugitifs d'arriver jusqu'ici, où le personnel soignant d'un véritable hôpital pouvait s'occuper de leurs lésions.

Elle recula d'un pas, respirant profondément avant de s'avouer enfin la vérité : La Nouvelle-Fumée était mille fois plus vaste et plus puissante que Shay et elle ne s'y attendaient.

Les autorités de cette ville accueillaient les fugitifs des villes voisines, et les soignaient de la belle mentalité. En y réfléchissant, *aucune* des personnes qu'elle avait rencontrées jusqu'ici ne souffrait de lésions. Toutes avaient exprimé leur opinion posément, jamais à la manière des têtes vides.

Cela expliquerait pourquoi cette ville – Diego, l'avait

appelée la femme – avait envoyé promener les critères du Beau Comité afin de laisser ses habitants se donner l'apparence qu'ils voulaient. Ils avaient même commencé à construire de nouveaux bâtiments dans les forêts environnantes, pour s'étendre dans la nature.

Si tout cela était vrai, il n'y avait rien d'étonnant à ce que Shay ne soit plus ici. Elle était probablement retournée faire son rapport au docteur Cable et aux Special Circumstances.

Mais que pouvaient-elles tenter contre une telle situation ? Il n'appartenait pas à une ville d'indiquer à une autre comment diriger ses affaires, après tout.

Cette Nouvelle-Fumée pouvait durer éternellement.

ALÉATOIRE-VILLE

Tally passa la journée à se promener en ville.

On y voyait des nouveaux Pretties et des Uglies flâner ensemble, des amis que l'Opération n'avait pas séparés. Ainsi que des gamins pendus aux basques de leurs grands frères ou de leurs grandes sœurs moches, au lieu d'être confinés à Crumblyville en compagnie de leurs parents. Ces menus détails étaient presque aussi surprenants que l'incroyable diversité des structures faciales, des textures de peau et des modes corporelles que Tally croisait. *Presque.* Il lui faudrait peut-être un moment avant de s'habituer aux plumages duveteux, aux doigts roses remplacés par de minuscules serpents, aux peaux de toutes les couleurs allant du noir mat à l'albâtre, ou aux cheveux qui ondulaient pareils à quelque créature reptilienne au fond de l'océan.

On voyait des bandes entières avec la même couleur de peau, ou des similitudes faciales, comme les familles avant l'Opération. Cela rappelait désagréablement la manière dont les gens se regroupaient à l'ère pré-rouillée, en tribus, en clans, en soi-disant races, dont les membres se ressemblaient tous plus ou moins et mettaient un point d'honneur à détester tous ceux dont ils se distinguaient. Mais la population paraissait s'entendre, autant qu'elle puisse le voir – pour chaque groupe de personnes similaires, on en voyait un autre de personnes toutes différentes.

Les grands Pretties de Diego semblaient plus mesurés dans leur approche de la chirurgie. La plupart d'entre eux ressemblaient plus ou moins aux parents de Tally, et elle en entendit plusieurs grommeler à propos des « nouveaux critères », de la manière dont les vogues actuelles constituaient une atteinte au bon goût. Mais ils parlaient avec une telle franchise que Tally ne doutait pas qu'eux-mêmes étaient débarrassés de leurs lésions.

Curieusement, les Crumblies étaient les moins raisonnables de tous. Quelques-uns affichaient le visage intelligent, calme et digne de confiance que le Beau Comité imposait chez Tally, mais les autres avaient l'air incroyablement jeune. La moitié du temps, Tally aurait été incapable de donner un âge aux personnes qu'elle croisait, comme si les chirurgiens de la ville avaient décidé de brasser ensemble toutes les étapes de la vie.

Elle entendit même quelques passants qui, à en juger par leur conversation, étaient demeurés des têtes vides. Quelle qu'en soit la raison – conviction philosophique ou profession de foi politique –, ils avaient choisi de conserver leurs lésions cérébrales.

Apparemment, chacun faisait ce qu'il voulait par ici. On aurait cru que Tally avait atterri à Aléatoire-Ville. Tout le monde était si différent que son visage de Special se fondait dans… l'anonymat.

Comment en était-on arrivé là ?

Cela ne pouvait remonter très loin dans le temps.

Les transformations semblaient encore se propager tout autour d'elle.

Lorsqu'elle réussit à caler son antenne dermique sur les informations de la ville, Tally les trouva bruissantes de discussions. On débattait de l'opportunité d'accueillir chacun des fugitifs, des critères de beauté, et surtout des nouvelles constructions à l'orée de la ville – et tout le monde ne se donnait pas la peine d'y mettre les formes. Tally n'avait jamais entendu des adultes se quereller de cette manière, pas même en privé. On aurait dit qu'une foule d'Uglies avait envahi les ondes. Faute de lésions pour mettre les uns et les autres d'accord, la société était secouée par une bataille continuelle de mots, d'images, et d'idées.

C'était écrasant, presque semblable à la manière dont les Rouillés avaient vécu, de débattre ainsi sur tous les sujets en public au lieu de laisser le gouvernement faire son travail.

Et les changements déjà visibles ici à Diego n'étaient que le commencement, réalisa Tally. Elle sentait comme un bouillonnement partout, un magma d'opinions contradictoires que des esprits sans entraves se renvoyaient à la figure ; la ville était prête à exploser.

Ce soir-là, elle se rendit au Panorama.

L'interface municipale la guida jusqu'au point le plus élevé de la ville, dans un grand parc au sommet d'une falaise de craie qui surplombait le centre. La première jeune Pretty qu'elle avait rencontrée ne lui avait pas menti : le parc grouillait de fugitifs, pour moitié Uglies, l'autre moitié nouveaux Pretties. La plupart avaient conservé le visage avec lequel ils étaient venus, n'étant pas encore résolus à plonger dans les abîmes de la mode chirurgicale. Tally comprit pourquoi les nouveaux venus se retrouvaient là ; après une journée à sillonner les rues de Diego, c'était un soulagement de voir tous ces visages en conformité avec les critères du Beau Comité.

Tally espérait que Zane serait présent. C'était la première fois qu'elle le perdait de vue aussi longtemps depuis son évasion, et elle se demandait ce qu'il avait subi exactement à l'hôpital de la ville. Le fait de lui supprimer ses lésions mettrait-il un terme à ses tremblements ? Quelle apparence choisirait-il, en cet endroit où chacun pouvait prendre l'apparence qu'il voulait, où seule la *possibilité* de paraître ordinaire avait disparu ?

Il était probable qu'on saurait mieux le guérir ici. Avec l'expérience qu'ils devaient avoir en chirurgie extrême, les praticiens de Diego étaient sans doute presque aussi bons que le docteur Cable.

Peut-être qu'à leur prochain baiser, les choses seraient différentes. Et même si Zane restait exactement le même, au moins Tally pourrait-elle lui montrer à quel point *elle* avait changé. Son voyage à travers les terres sauvages comme ce qu'elle avait vu à Diego avaient déjà produit une différence. Peut-être pourrait-elle enfin lui montrer ce qu'elle valait au fond d'elle-même, là où aucune opération n'irait jamais.

Tally progressait dans l'ombre, hors du cercle de lumière des globes magnétiques, prêtant l'oreille aux conversations. La musique n'était pas très forte – la fête était plus un prétexte à se connaître qu'à boire et à danser – et Tally entendit toutes sortes d'accents, y compris dans des langues étrangères du grand Sud.

Les fugitifs racontaient surtout le voyage qui les avait amenés là – voyage parfois comique, ardu ou terrifiant parmi la nature sauvage, afin de gagner des lieux de ramassage disséminés à travers tout le continent. Certains étaient venus en planches magnétiques, d'autres avaient marché, d'autres encore prétendaient avoir volé des aérocars de gardiens équipés de rotors de sustentation, qui leur avaient permis de voler tranquillement du début à la fin.

La fête s'agrandit sous ses yeux, comme Diego elle-même, tandis que de nouveaux fugitifs arrivaient sans arrêt. Tally repéra bientôt Peris et quelques autres Crims près de la falaise. Zane n'était pas avec eux.

Elle battit en retraite dans l'ombre et fouilla la foule du regard, se demandant où il était. Peut-être n'aurait-elle pas dû s'éloigner ; cette ville était si étrange. Bien sûr, il devait s'imaginer que l'hélicoptère l'avait semée et qu'elle était encore perdue dans la nature. Il était probablement soulagé d'être débarrassé d'elle…

— Salut, je m'appelle John, fit une voix dans son dos.

Tally pivota pour se retrouver face à face avec un nouveau Pretty ordinaire. Ses sourcils s'arquèrent devant sa beauté cruelle et ses tatouages, mais sa réaction resta mesurée. Il s'était déjà habitué aux extravagances chirurgicales à la mode par ici, à Diego.

— Et moi Tally, répondit-elle.

— Drôle de nom.

Tally fronça les sourcils. Elle-même trouvait que « John » sonnait un rien aléatoire, pourtant son accent ne lui semblait pas tellement différent du sien.

— Tu es une fugitive, pas vrai? s'enquit-il. Je veux dire, c'est une nouvelle chirurgie que tu essaies?

— Quoi donc, ça?

Elle porta les doigts à son visage. Depuis qu'elle s'était réveillée au quartier général des Special Circumstances, la beauté cruelle lui semblait être un élément qui la définissait, et voilà que ce garçon ordinaire lui demandait si elle *l'essayait*, comme une nouvelle coupe de cheveux?

Mais il aurait été inutile de se trahir.

— Ouais, si tu veux. Tu aimes?

Il haussa les épaules.

— Les copains disent qu'il vaut mieux attendre de bien connaître les tendances. Je n'ai pas envie de passer pour un plouc.

Tally expira lentement, tâchant de rester calme.

— Tu trouves que j'ai l'air d'une plouc?

— Que veux-tu que j'en sache? Je viens à peine d'arriver. (Il rit.) Je n'ai pas encore décidé de ma future apparence. Mais je pense que je prendrai quelque chose de moins, je ne sais pas, *effrayant*.

Effrayant? songea Tally, gagnée par la colère. Elle allait montrer à ce petit Pretty arrogant ce qu'était l'effroi.

— Je ne garderai pas ces cicatrices, à ta place, ajouta-t-il. Elles font un peu macabre.

Les mains de Tally jaillirent d'elles-mêmes pour empoigner le garçon par son blouson tout neuf aux couleurs vives. Ses ongles s'enfoncèrent dans le tissu tandis qu'elle le soulevait du sol, dévoilant son sourire le plus carnassier.

— Écoute, pauvre tête qui-était-encore-vide-il-n'y-a-pas-cinq-minutes, il ne s'agit pas d'une *tendance* ! Ces cicatrices représentent quelque chose que tu ne pourrais même pas…

Une légère sonnerie résonna sous son crâne.

— Tally-wa, fit une voix familière. Repose le gosse par terre.

Elle cligna des yeux, et s'exécuta.

Son antenne dermique venait de capter un autre Scarificateur.

Le garçon gloussait.

— Hé, chouette, ton truc! Je n'avais pas encore remarqué les dents.

— La ferme!

Tally lâcha les lambeaux de son blouson et fit volte-face pour scruter la foule.

— Tu es venue en bande? continua le Pretty. Ce type là-bas a exactement la même tête que toi!

Elle suivit la direction de son doigt et aperçut un visage familier qui s'approchait parmi la foule, ses tatouages tournoyant de plaisir.

C'était Fausto, souriant et toujours Special.

RÉUNION

— Fausto! s'écria-t-elle, avant de réaliser qu'elle n'avait pas besoin de crier.

Leurs antennes s'étaient déjà connectées, établissant un réseau entre eux deux.

— Tu te souviens de moi? plaisanta-t-il, d'une voix comme un murmure au creux de son oreille.

L'intimité qui lui avait tant manqué ces dernières semaines – le sentiment d'être une Scarificatrice, d'appartenir à un groupe – lui donna le frisson, et Tally courut à la rencontre de Fausto, oubliant le Pretty qui l'avait insultée.

Elle le serra entre ses bras.

— Tu vas bien!

— Et même mieux que ça, dit-il.

Tally se recula. Elle se sentait submergée, le cerveau épuisé par tout ce qu'il avait absorbé au cours de la journée – et voilà que Fausto se tenait devant elle, sain et sauf.

— Que t'est-il arrivé? Comment t'es-tu échappé?

— C'est une longue histoire.

— Je suis un peu larguée, Fausto. Cet endroit est totalement aléatoire. Que se passe-t-il?

— Quoi, ici, à Diego?

— Oui. Ça n'a pas l'air réel.

— Ça l'est, pourtant.

— Mais comment est-ce arrivé? Qui l'a *laissé* se produire?

Il se tourna vers la falaise, regardant les lumières de la ville d'un air pensif.

— Pour autant que je le sache, cette histoire dure depuis longtemps. Cette ville n'a jamais été comme la nôtre. Ils n'ont pas les mêmes barrières entre les Pretties et les Uglies.

Elle hocha la tête.

— Pas de rivière.

Il rit.

— Ça a peut-être un rapport. Mais ils ont toujours eu moins de têtes vides que chez nous.

— Comme les rangers que j'avais rencontrés l'année dernière. Eux non plus n'avaient pas les lésions.

— Même les *enseignants* en sont dépourvus, Tally. Les gens d'ici sont éduqués par des têtes pleines.

Tally cilla. Pas étonnant que le gouvernement de Diego ait témoigné de la sympathie envers La Fumée. Une petite colonie de libres penseurs n'avait pas dû lui sembler une menace.

Fausto se pencha plus près.

— Tu sais le plus bizarre, Tally? Ils n'ont même pas de Special Circumstances. Si bien que quand les pilules sont arrivées, ils ne possédaient aucun moyen de s'y opposer. Ils n'ont pas réussi à conserver le contrôle.

— Tu veux dire que les Fumants ont *pris le pouvoir*?

— Pas exactement. (Fausto rit de plus belle.) Les autorités sont toujours en place. Mais le changement a été beaucoup plus rapide ici que chez nous. Un mois après la distribution des premières pilules, la plupart des gens étaient déjà en train de se réveiller, et le système commençait à s'écrouler. Il *continue* de s'écrouler, d'ailleurs.

Tally hocha la tête, se rappelant tout ce qu'elle avait vu depuis les douze dernières heures.

— Tu as raison là-dessus. Tout le monde est devenu cinglé par ici.

— On s'y habitue, dit-il avec un sourire qui s'élargit.

Tally plissa les paupières.

— Tout ça ne t'embête pas? As-tu remarqué qu'ils avaient entrepris de déboiser les abords de la ville?

— Bien sûr, Tally-wa. Ils ont besoin de s'étendre. La population grossit très vite.

Ces mots la frappèrent comme un coup de poing à l'estomac.

— Fausto... une population ne *grossit pas*. Ce n'est pas possible.

— Je ne suis pas en train de parler de reproduction, Tally. C'est simplement à cause des fugitifs.

Il haussa les épaules, comme si cela n'avait guère d'importance, et Tally sentit quelque chose monter en elle. La beauté cruelle de Fausto, la familiarité de sa voix, ses tatouages faciaux et ses dents taillées en pointes, tout cela n'excusait pas ce qu'il disait. Il était question de la *nature*, qu'on mâchonnait avant de la recracher pour faire de la place à une bande de Pretties impatients.

— Que t'ont fait les Fumants? demanda-t-elle, d'une voix soudain sèche.

— Rien que je n'ai pas demandé.

Elle secoua la tête, furieuse, n'en croyant pas ses oreilles.

Fausto soupira.

— Viens avec moi. Je ne veux pas que des gosses de la ville nous entendent – ils ont un drôle de règlement par ici, concernant les Specials. (Il posa la main sur l'épaule de Tally, et la poussa vers le fond du parc.) Te souviens-tu de notre grande évasion, l'année dernière ?

— Bien sûr que je m'en souviens. Ai-je l'air d'une tête vide ?

— Pas vraiment. (Il sourit.) Eh bien, il s'est passé quelque chose quand ce mouchard s'est déclenché dans la dent de Zane et que tu as insisté pour rester auprès de lui. Pendant que tout le monde prenait la fuite, nous autres Crims avons passé un pacte avec les Fumants.

Il s'interrompit au passage d'une bande de jeunes Pretties en train de commenter leur dernière opération – une peau qui passait alternativement du blanc éclatant au noir intense en suivant le rythme de la musique.

Confiant à leurs antennes dermiques le soin de porter ses paroles, Tally cracha :

— Comment ça, un pacte ?

— Les Fumants savaient que les Special Circumstances étaient en train de recruter. Ils voyaient de nouveaux Specials tous les jours, pour la plupart d'ex-Uglies qui avaient fait un passage par l'ancienne Fumée.

Tally acquiesça.

— Tu connais la règle ; seuls les fauteurs de troubles deviennent Specials.

— Exact. Sauf que les Fumants venaient tout juste de le comprendre. (Ils avaient presque atteint la lisière de la fête, où un bosquet d'arbres jetait de grandes ombres.) Et Maddy, qui possédait toujours les données du docteur Cable, pensait être en mesure de concocter un remède pour Special.

Tally se figea sur place.

— Un… quoi?

— Un remède, Tally. Mais ils avaient besoin d'un volontaire pour le tester. Quelqu'un qui leur donnerait son libre consentement. Comme toi, avant de te livrer pour devenir Pretty.

Elle plongea son regard dans ses yeux, tâchant de percer leur noirceur. Quelque chose avait changé en eux… ils étaient ternes, pareils à du champagne sans bulle.

Tout comme Zane, Fausto aussi avait perdu quelque chose.

— Fausto, dit-elle doucement. Tu n'es plus Special.

— J'ai donné mon consentement pendant que nous étions en train de fuir, dit-il. Nous l'avons tous donné. Au cas où nous serions repris et changés en Specials, Maddy pouvait essayer de nous soigner.

Tally avala sa salive. Ainsi, voilà pourquoi ils avaient gardé Fausto et laissé Shay s'échapper. Son consentement éclairé… l'excuse de Maddy pour jouer avec la cervelle des gens.

— Tu as accepté d'être cobaye? Avais-tu oublié ce qui est arrivé à *Zane*?

— Il fallait bien que quelqu'un s'y risque, Tally. (Il brandit une seringue.) Ça marche, et c'est sans danger.

Tally montra les crocs; elle avait la chair de poule à l'idée de nanos en train de lui grignoter le cerveau.

— Ne me touche pas, Fausto. Je te ferai du mal si tu m'y obliges.

— Non, je ne crois pas, dit-il doucement, avant de détendre soudain son bras.

La main de Tally jaillit, attrapant la seringue à quelques centimètres de sa gorge. Elle la tordit sèchement et entendit un craquement entre ses doigts. Puis Fausto brandit son autre main : il tenait une deuxième seringue. Tally plongea au sol ; le coup la rata encore de quelques centimètres. Elle recula à quatre pattes dans l'herbe, se maintenant tout juste hors de portée ; il chercha à l'atteindre, mais elle le repoussa d'un coup de pied à la poitrine, puis d'un deuxième en plein menton qui le fit tituber en arrière. Il n'était plus le même : plus rapide qu'un aléatoire, sans doute, mais pas aussi vif que Tally. Une part de brutalité et d'assurance lui avait été retirée.

Tally vit alors une ouverture ; elle lui asséna un coup de pied bien placé qui arracha de la main l'une de ses seringues.

Décelant une flambée de son niveau d'adrénaline, la combinaison furtive de Tally se durcit en mode blindage. Tally roula sur ses pieds et se jeta directement sur Fausto. Le coup suivant la toucha au niveau du coude, brisant la seringue contre l'armure, et Tally en profita pour le frapper sur la joue avec sa paume ouverte. Il trébucha en arrière ; ses tatouages pulsaient avec fureur.

Tally perçut des bruits légers dans les ténèbres – plusieurs projectiles arrivaient dans sa direction. Elle activa son filtre infrarouge et se laissa tomber au sol, tous les sens en alerte. Une douzaine de silhouettes brillantes apparurent entre les arbres, la moitié en position d'archers.

Des bruissements de plumes passèrent au-dessus d'elle – des flèches équipées d'aiguilles étincelantes en guise de pointes – mais Tally s'enfuyait déjà à quatre pattes vers la fête. Elle s'enfonça dans la foule, renversant tous ceux qui se trouvaient sur son chemin, jusqu'à former un rempart de personnes innocentes derrière elle. Elle reçut plusieurs bières sur la tête et entendit des cris de stupeur commencer à couvrir la musique.

Se relevant d'un bond, Tally se glissa au cœur de la foule. Il y avait des Fumants dans toutes les directions, qu'on voyait progresser avec assurance parmi les fugitifs décontenancés – assez pour la submerger sous le nombre. Bien sûr qu'ils se trouvaient par dizaines au Panorama ; ils avaient fait de Diego leur camp de base ! Qu'ils réussissent à planter une seringue, et la traque serait terminée.

Quelle imbécile elle avait été de baisser sa garde, en se promenant tranquillement en ville, comme une touriste. Maintenant, elle était piégée... coincée entre ses ennemis et la falaise qui valait son nom au Panorama.

Tally courut vers le bord de la falaise.

D'autres flèches volèrent dans sa direction quand elle dut franchir un espace découvert mais elle esquiva, para, roula sur elle-même, mobilisant tous ses sens et tous ses réflexes. Et chaque nouveau mouvement effectué sans à-coup la persuadait un peu plus qu'elle ne tenait pas à devenir comme Fausto – à moitié Special seulement, vide et terne, *guéri*.

Elle y était presque.

— Tally, attends ! (La voix de Fausto lui parvint par le réseau. Il avait l'air hors d'haleine.) Tu n'as pas de gilet de sustentation !

Elle sourit.

— Pas besoin.

— Tally !

Une dernière volée de flèches partit mais Tally plongea, effectuant une roulade qui l'amena presque au bord du précipice. Elle se releva entre deux fugitifs en train de contempler leur nouvelle ville et s'élança dans le vide…

— Tu es *cinglée* ! cria Fausto.

Elle tomba, en fixant les lumières de Diego. La pente de la falaise défilait dans son dos, bardée de métal destiné aux harnais magnétiques des grimpeurs. Juste en dessous s'étalait la tache sombre d'un autre parc, éclairé ici et là par quelques lampadaires, probablement parsemé d'arbres et autres objets sur lesquels s'empaler.

Plaçant ses mains en coupe dans le vent, Tally pivota sur elle-même afin de jeter un coup d'œil à ses poursuivants, rangée de silhouettes arrêtées au bord du gouffre. Aucun d'eux ne bondit à sa suite – trop confiants dans leur embuscade, ils n'avaient pas apporté de gilets de sustentation. Leurs planches ne devaient pas être loin, mais le temps qu'ils les récupèrent, il serait trop tard.

Tally se retourna face au sol pour les dernières secondes de sa chute, serrant les dents…

Au dernier moment, elle lâcha :

— Hé, Fausto, que dis-tu de ce coup-là ? *Bracelets anticrash !*

Cela lui fit un mal de tous les diables.

Les bracelets pouvaient stopper une chute au-dessus d'une grille municipale, mais ils étaient conçus pour fonctionner à faible hauteur, pas pour sauter d'une falaise. Au lieu de répartir les forces sur l'ensemble du corps, à l'instar d'un gilet de sustentation bien attaché, ils se contentaient de vous attraper par les poignets et de vous faire tournoyer sur vous-même jusqu'à la perte totale de votre élan.

Tally avait connu quelques mauvaises chutes du temps de sa période Ugly – des culbutes à se désarticuler les épaules et se fouler les poignets, à regretter d'avoir jamais mis les pieds sur une planche, qui donnaient l'impression qu'un géant cherchait à vous arracher les bras.

Mais jamais rien d'aussi douloureux.

Les bracelets anticrash entrèrent en action cinq mètres avant le sol. Sans avertissement, sans amortissement graduel. Tally eut l'impression d'avoir deux câbles attachés aux poignets, juste assez longs pour *claquer* sèchement au tout dernier moment.

Ses poignets et ses épaules hurlèrent de douleur, une sensation si brusque et si violente qu'un voile noir s'abattit un instant sur sa conscience. Mais la chimie de son cerveau spécial la ranima aussitôt, l'obligeant à affronter les protestations de son corps meurtri.

Suspendue par les poignets, elle vit le paysage rouler autour d'elle ; la ville entière tournoyait sous l'impact. La souffrance croissait à chaque nouvelle rotation, jusqu'à ce que Tally, ayant perdu tout élan, soit lentement ramenée au sol par ses bracelets.Sous ses jambes flageolantes, l'herbe était d'une douceur insolente. Quelques arbres se dressaient à proximité, et Tally entendit le bruissement d'un ruisseau. Ses bras pendaient contre ses flancs, inertes, douloureux.

— Tally? fit la voix de Fausto à son oreille. Tu vas bien?

— À ton avis? cracha-t-elle, avant de couper son antenne.

Voilà comment les Fumants avaient su où la trouver, bien sûr. Avec Fausto de leur côté, ils avaient pu la suivre dès le premier instant de son arrivée en ville...

Ce qui voulait dire qu'ils avaient dû repérer Shay également. L'avaient-ils déjà capturée? Tally ne l'avait pas vue parmi ses poursuivants...

Elle fit quelques pas; le moindre mouvement mettait ses épaules à la torture. Elle se demanda si ses os de céramique ne s'étaient pas brisés, si ses muscles à monofilaments ne s'étaient pas déchirés à jamais.

Serrant les dents, elle s'efforça de lever une main. Ce simple geste lui fit si mal qu'elle poussa un petit cri, et lorsqu'elle voulut fermer les doigts, sa faiblesse lui parut pathétique. Au moins son corps répondait-il encore à ses sollicitations.

Le temps manquait pour qu'elle se félicite d'avoir pu mobiliser ses membres. Les Fumants ne tarderaient pas, et si l'un d'eux avait suffisamment d'estomac pour sauter de la falaise en planche magnétique, elle n'avait guère de temps devant elle.

Tally courut jusqu'aux arbres, éprouvant de nouvelles souffrances à chaque foulée. Dans l'ombre des sous-bois, elle régla sa combinaison furtive en mode camou-flage. La seule ondulation des écailles sur ses poignets et ses épaules la brûla comme une flamme.

Un picotement dans les bras lui indiqua que les nanos de guérison s'étaient mis au travail, mais il leur faudrait plusieurs heures pour soigner de telles meurtrissures. Elle leva les mains tant bien que mal afin de rabattre son capuchon sur son visage ; elle faillit tourner de l'œil, mais une fois encore, son cerveau de Special lui permit de rester consciente.

Pantelante, elle trébucha vers un arbre dont les branches basses traînaient non loin du sol. Elle bondit, se reçut en équilibre précaire sur un seul pied, puis s'adossa au tronc le temps de reprendre son souffle. Après un long moment, elle entama une délicate escalade sans se servir de ses bras, grimpant d'une branche à l'autre avec l'aide de ses semelles agrippantes.

Ce fut lent et laborieux. Dents serrées, cœur battant, Tally parvint néanmoins à s'élever dans l'arbre. Un mètre, puis un mètre encore…

Dès qu'elle perçut quelque chose à l'infrarouge à travers les frondaisons, elle s'immobilisa.

Une planche approchait en silence, tout juste à sa hauteur. Elle voyait la silhouette éclatante de la planchiste tourner de gauche à droite, prêtant l'oreille au moindre bruit dans les arbres.

Tally respira plus doucement, et s'autorisa un sourire. Les Fumants s'étaient attendus à ce que Fausto, leur petit Special apprivoisé, leur serve Tally sur un plateau – ils ne s'étaient même pas donné la peine de revêtir leurs combinaisons furtives. Cette fois-ci, c'était *elle* l'invisible.

Bien sûr, le fait que l'invisible soit incapable de lever les bras équilibrait sensiblement les choses.

Sa douleur fut enfin remplacée par le grouillement des nanos rassemblés dans ses épaules, lesquels entamaient le processus de guérison en diffusant de l'anesthésique un peu partout. Tant qu'elle ne bougerait pas trop, les micromachines réduiraient ses souffrances à un élancement sourd.

À distance, Tally entendait d'autres poursuivants battre les fourrés, dans l'intention de la faire sortir de là comme une volée de moineaux. Mais la Fumante la plus proche chassait en silence, ouvrant les yeux et les oreilles. Debout, de profil sur sa planche, elle tournait la tête de part et d'autre pour scruter les arbres. Sa silhouette révélait des lunettes à infrarouges.

Tally sourit. La vision nocturne ne leur servirait à rien. Pourtant, l'autre s'immobilisa, le regard braqué droit sur elle. Sa planche magnétique s'arrêta.

Osant à peine remuer la tête, Tally baissa les yeux. Qu'avait-elle donc vu ?

Puis elle comprit. Après tant de journées sans ôter sa combinaison, tant de péripéties traversées… ce dernier saut du haut du Panorama avait fini par vaincre la résistance du vêtement.

La couture avait éclaté sur son épaule droite. La fente brillait d'un éclat presque blanc aux infrarouges ; la chaleur corporelle de Tally brillait à travers, tel le soleil.

L'autre se rapprocha dans les airs, lentement, prudemment.

— Hé, lança-t-elle d'une voix nerveuse. Je crois que j'ai repéré quelque chose.

— Quoi donc ? lui répondit-on.

Tally reconnut aussitôt cette deuxième voix. *David*, songea-t-elle, parcourue d'un léger frisson. Si proche, alors que Tally pouvait à peine fermer le poing.

La Fumante marqua une pause, fixant toujours l'épaule de Tally.

— Il y a un point chaud dans cet arbre. Gros comme une balle de base-ball.

Un rire éclata dans la direction de David, et quelqu'un d'autre cria :

— Probablement un écureuil.

— Beaucoup trop chaud pour un écureuil. À moins qu'il ne soit en train de brûler.

Tally attendit, ferma les yeux et se concentra pour ralentir son métabolisme et ne plus générer autant d'énergie. Mais la Fumante avait vu juste : entre son cœur qui s'emballait et les nanos qui s'affairaient dans ses épaules, elle avait l'impression d'être en feu.

Elle essaya de lever sa main gauche pour couvrir la déchirure, mais ses muscles refusaient de répondre. Elle pouvait simplement se tenir là, s'efforçant de ne pas bouger.

D'autres silhouettes brillantes s'approchèrent.

— David ! appela une voix au loin. Ils arrivent !

David jura et fit pivoter sa planche.

— Ça risque de ne pas leur plaire. Allez, fichons le camp d'ici !

La fille qui avait repéré Tally renifla avec amertume, puis inclina sa planche pour filer derrière lui. Les autres Fumants suivirent, rasant la cime des arbres avant de disparaître dans le lointain.

Qui arrive ? se demanda Tally. Pourquoi les Fumants abandonnaient-ils si près du but ? De qui avaient-ils donc peur à Diego ?

Des bruits de course retentirent alors entre les arbres, et Tally vit arriver des formes jaune vif. Elle avait déjà remarqué cette couleur sur l'uniforme des agents de sécurité et des gardiens, plus tôt dans la journée – jaune avec de larges bandes noires, comme un déguisement d'abeille.

Elle se souvint de ce que lui avait dit Fausto : les autorités de Diego étaient toujours en place, et elle sourit. La présence des Fumants était peut-être tolérée par ici, mais les gardiens ne devaient pas apprécier les tentatives de kidnapping en pleine fête.

Tally se plaqua encore plus fort contre le tronc, très éprouvée de la déchirure dans sa combinaison. S'ils étaient équipés de vision nocturne, ils la repéreraient aussi sûrement que les Fumants. Une fois de plus, Tally chercha à lever la main pour couvrir la fente...

Une douleur atroce la saisit et Tally, prise de vertige, ne put retenir une exclamation. Elle plissa les paupières et s'efforça de ne plus crier.

Tout à coup, le monde s'inclina d'un côté. Ouvrant les yeux, Tally réalisa trop tard que son pied avait glissé de la branche. Ses mains cherchèrent instinctivement où se raccrocher, mais cela ne fit que déclencher de nouvelles souffrances. Puis elle bascula tout à fait et dégringola de l'arbre, en se cognant avec brutalité à chaque branche qui la séparait du sol.

Elle atterrit bras et jambes écartés.

Un cercle de gardiens en uniforme jaune se forma aussitôt autour d'elle.

— Pas un geste ! ordonna l'un d'eux d'un ton bourru.

Tally leva les yeux avec un gémissement. Les gardiens étaient des grands Pretties, sans armes, tremblant comme une bande de chats autour d'un doberman enragé.

La situation étant ce qu'elle était, les gardiens considérèrent son immobilité comme une reddition.

VIOLATIONS
DE MORPHOLOGIE

Elle se réveilla dans une cellule capitonnée.

L'endroit avait exactement la même odeur que le grand hôpital de sa ville : une senteur âcre de désinfectant, avec des relents de personnes lavées par des robots. Et quelque part, hors de vue, des effluves d'urine flottaient, comme si elle bouillait à feu doux.

D'ordinaire, les chambres d'hôpital n'avaient pas de murs capitonnés, et la plupart comportaient une porte. Celle de cette cellule était probablement dissimulée sous le capitonnage, invisible de l'intérieur. Une lumière douce filtrait de filaments accrochés au plafond, dans des couleurs pastel sans doute choisies pour leurs vertus apaisantes.

Tally s'assit, plia les bras et se massa les épaules. Ses muscles étaient encore raides et douloureux, mais avaient retrouvé leur vigueur habituelle ; quelle que soit la manière dont les gardiens s'y étaient pris, elle était demeurée inconsciente un bon moment. Une fois, à l'entraînement, Shay lui avait cassé la main afin de lui faire la démonstration de ses capacités de récupération, et elle avait mis des heures à guérir.

Tally repoussa ses couvertures à coups de pied, puis marmonna :

— Pas possible, c'est une blague !

On avait remplacé sa combinaison furtive par une fine chemise de nuit jetable à fleurs roses.

Tally se leva et déchira le vêtement avant de le froisser en boule, de le lâcher par terre et de l'envoyer sous son lit avec rage. Elle préférait être nue qu'avoir l'air ridicule.

Cela lui faisait un bien fou de se retrouver enfin hors de sa combinaison. Les écailles évacuaient peut-être la sueur et les cellules mortes, mais rien ne valait une bonne douche de temps en temps. Tally se gratta, se demandant si elle pourrait en prendre une dans cet endroit.

— Ohé ? lança-t-elle.

Puisque aucune réponse ne venait, elle s'approcha du mur pour l'examiner de plus près. Des microlentilles disposées en motif hexagonal brillaient sur le revêtement du capitonnage – des milliers de caméras intégrées au tissu. Les médecins pouvaient observer le moindre de ses gestes sous n'importe quel angle.

— Allez, les gars, je sais que vous m'entendez, dit Tally à haute voix, avant de fermer le poing et de cogner le mur de toutes ses forces.

« Aïe ! »

Elle jura plusieurs fois, secouant la main en l'air. Le capitonnage avait un peu amorti le choc, mais la cloison qui se trouvait derrière était faite d'un matériau plus dur que le bois ou la pierre – de la céramique de construction, sans doute. Tally ne le défoncerait certainement pas à mains nues.

Elle retourna s'asseoir sur son lit, se frottant les mains avec un soupir.

— Faites attention, jeune fille, dit une voix. Vous allez vous blesser.

Tally jeta un coup d'œil sur ses doigts. Les phalanges n'étaient même pas rouges.

— Je voulais simplement capter votre attention.

— Notre attention ? Hmm. Est-ce donc de cela qu'il s'agit ?

Tally grommela. S'il y avait quelque chose de plus irritant que se retrouver enfermée dans une cellule de cinglée, c'était bien de s'entendre traiter comme une gamine surprise à balancer une bombe puante. La voix avait un ton grave, apaisant, générique, on eût dit un drone de thérapie. Elle s'imagina un comité de médecins derrière le mur, en train de taper les réponses que devait donner la voix doucereuse de l'ordinateur.

— En fait, il s'agit de ma chambre qui n'a pas de *porte*, rétorqua-t-elle. Ai-je enfreint une loi quelconque ?

— Vous êtes retenue en observation contrôlée. Vous représentez une menace potentielle pour vous-même ainsi que pour les autres.

Tally leva les yeux au ciel. Quand elle sortirait d'ici, elle deviendrait beaucoup plus qu'une menace *potentielle*. Mais elle se contenta de dire :

— Qui ça, moi ?

— Vous avez sauté de la falaise du Panorama sans équipement adéquat, pour commencer.

Tally en resta bouche bée.

— Vous êtes en train de me dire que c'était *ma faute* ? J'étais juste occupée à discuter avec un vieux copain, et voilà que d'un coup, tous ces cinglés aléatoires commencent à me tirer dessus avec des arcs et des flèches. Que vouliez-vous que je décide ? Que je reste sur place pour me faire kidnapper ?

La voix marqua une pause.

— Nous sommes en train d'étudier la vidéo de l'incident. Nous devons reconnaître que certains éléments immigrés peuvent causer des difficultés, ici, à Diego. Nous nous en excusons. Ils ne s'étaient encore jamais comportés de cette manière. Soyez assurée qu'une médiation est en cours.

— Une médiation ? Ça veut dire que vous avez engagé un *dialogue* avec eux ? Pourquoi vous n'en enfermez pas quelques-uns ici, à ma place ? C'est *moi* la victime, après tout.

Il y eut une autre pause.

— Cela reste à déterminer. Puis-je vous demander votre nom, votre ville d'origine, et la manière exacte dont vous avez connu ce « vieux copain » dont vous parlez ?

Tally palpa les draps entre ses doigts. À l'instar des murs, ils étaient truffés de microcapteurs, minuscules machines qui analysaient minutieusement son pouls, sa sueur et la réaction galvanique de sa peau. Elle prit plusieurs inspirations afin de maîtriser sa colère. Si elle demeurait concentrée, ils pourraient la passer au polygraphe toute la journée sans déceler l'ombre d'un mensonge.

— Je m'appelle Tally, répondit-elle prudemment. Je viens du nord. J'avais entendu dire que vous étiez *gentils* envers les fugitifs.

— Nous accueillons les immigrants. Sous le nouveau système en vigueur, tout le monde est autorisé à réclamer la citoyenneté de Diego.

— Le nouveau système? (Tally leva les yeux au ciel.) Eh bien, le nouveau système est foireux si vous enfermez les gens uniquement parce qu'ils prennent la fuite devant des cinglés. Ai-je mentionné qu'ils avaient des arcs et des flèches?

— Si cela peut vous rassurer, Tally, vous n'êtes pas en observation en raison de vos agissements. Nous sommes surtout préoccupés par certaines de vos violations morphologiques.

En dépit de sa concentration, un frisson nerveux courut le long de l'échine de Tally.

— Mes… quoi?

— Tally, votre corps a été construit autour d'un squelette en céramique renforcée. Vos ongles et vos dents sont des armes, quant à vos muscles et vos réflexes, ils ont été augmentés de façon très importante.

Tally comprit, avec un sentiment de nausée, ce qui s'était passé. La croyant sérieusement blessée, les gardiens l'avaient amenée à l'hôpital pour qu'elle subisse un examen complet, et les découvertes des médecins avaient rendu les autorités nerveuses.

— Je ne vois pas de quoi vous parlez, dit-elle en prenant un air innocent.

— Il existe également certaines structures dans votre cortex supérieur, apparemment artificielles, qui semblent destinées à modifier votre comportement. Tally, vous arrive-t-il de souffrir de brusques flambées de colère ou d'euphorie, d'impulsions antisociales, ou d'un sentiment de supériorité?

Tally respira profondément, luttant pour conserver son sang-froid.

— Ce dont je souffre pour l'instant, c'est d'être enfermée, dit-elle d'une voix lente et délibérée.

— D'où viennent ces cicatrices que vous avez sur les bras, Tally ? Est-ce quelqu'un qui vous les a faites ?

— Quoi, ça ? (Elle s'esclaffa, passant les doigts sur la rangée de cicatrices.) C'est simplement la mode, là d'où je viens !

— Tally, vous n'êtes peut-être pas consciente de ce qu'on a fait à votre cerveau. Il vous semblerait alors naturel de vous taillader…

— Mais puisque je vous dis que c'est juste… (Tally geignit et secoua la tête.) Avec toute la chirurgie délirante que j'ai vue par ici, vous vous inquiétez de quelques *cicatrices* ?

— Nous sommes surtout inquiets de ce qu'elles révèlent en termes de déséquilibre mental.

— Ne me parlez pas de déséquilibre mental, gronda Tally, renonçant à feindre le calme. Ce n'est pas moi qui enferme les gens !

— Comprenez-vous les différends politiques qui opposent votre ville à la nôtre, Tally ?

— Des différends politiques ? demanda-t-elle. Qu'ai-je à voir là-dedans ?

— Votre ville possède une longue histoire de pratiques chirurgicales dangereuses, Tally. Cette histoire, ainsi que la politique de Diego vis-à-vis des fugitifs, a souvent été une source de conflits diplomatiques. L'avènement du nouveau système n'a fait qu'aggraver les choses.

Tally renifla.

— Alors, vous m'enfermez à cause de l'endroit d'où je viens ? Vous êtes complètement *Rouillés* !

Il y eut une longue pause après cela. Tally s'imaginait les médecins en train de débattre de ce qu'il convenait de taper sur leur logiciel vocal.

— Pourquoi me torturez-vous? cria-t-elle, prenant un air de Pretty geignarde et inoffensive. Montrez-vous donc!

Elle se pelotonna sur son lit et se mit à pleurnicher, tout en se préparant à bondir dans n'importe quelle direction. Ces idiots ne réalisaient sans doute pas que ses bras s'étaient totalement remis pendant son sommeil. Il lui suffisait qu'ils entrebâillent la porte d'un demi-centimètre et elle se retrouverait hors de cet hôpital en un clin d'œil, nue ou non.

Après un moment de silence, la voix revint :

— J'ai bien peur, Tally, que nous ne puissions pas vous autoriser à circuler librement. Selon nos critères, vos modifications corporelles font de vous une arme dangereuse. Et les armes dangereuses sont illégales à Diego.

Tally, bouche bée, s'arrêta de feindre les larmes.

— Vous voulez dire que je suis *illégale*? s'écria-t-elle. Comment une personne peut-elle être illégale?

— Vous n'êtes accusée de rien, Tally. Nous pensons que ce sont les autorités de votre ville les responsables. Mais avant de vous laisser quitter cet hôpital, nous devons rectifier vos violations morphologiques.

— Oubliez ça! Je refuse que vous me touchiez!

Ignorant sa colère, la voix poursuivit sur le même ton apaisant :

— Tally, votre ville s'est souvent mêlée des affaires de ses voisines, en particulier la question des fugitifs. Nous pensons que vous avez été altérée à votre insu et envoyée ici pour semer le trouble au sein de notre population d'immigrants.

Ils la prenaient pour une dupe, non pour un agent des Special Circumstances. Bien sûr, ils étaient loin de se douter de la complexité de la situation.

— Dans ce cas, laissez-moi retourner chez moi, dit-elle doucement, s'efforçant de changer sa frustration en sanglots. Je m'en irai, je vous le promets. Mais laissez-moi partir.

Elle se mordit la lèvre inférieure jusqu'au sang. Ses yeux la piquèrent, mais comme d'habitude, aucune larme ne lui vint.

— Il nous est impossible de vous relâcher dans votre configuration morphologique actuelle, Tally. Vous êtes tout simplement trop dangereuse.

Vous ignorez à quel point, songea-t-elle.

— Vous êtes libre de quitter Diego si vous le souhaitez, continua la voix, mais pas avant que nous ayons procédé à quelques modifications physiques.

— Non !

Un froid glacial l'envahit. Ils ne pouvaient pas faire cela.

— Légalement, il nous est impossible de vous laisser sortir avant de vous avoir désarmée.

— Vous ne pouvez pas m'opérer si je refuse. (Elle se vit de nouveau faible, pathétique, chétive et *ordinaire*.) Qu'en est-il de mon... consentement éclairé ?

— Si vous préférez, nous pouvons renoncer à toute tentative expérimentale de rectifier les altérations chimiques de votre cerveau. Avec un suivi psychologique adéquat, vous devriez pouvoir apprendre à contrôler votre comportement. Mais vos modifications corporelles dangereuses seront corrigées grâce à des techniques chirurgicales éprouvées. Votre consentement n'est pas nécessaire.

Tally rouvrit la bouche, mais pas un mot n'en sortit. Ils voulaient la rendre de nouveau ordinaire sans même lui réparer le *cerveau*? Quelle était cette logique cauchemardesque?

Les quatre murs impénétrables qui l'entouraient devinrent subitement oppressants, et leurs yeux scintillants, avides et moqueurs. Tally voyait déjà des instruments en métal froid s'enfoncer en elle pour arracher tout ce qu'elle possédait de spécial à l'intérieur.

Pendant quelques secondes au cours desquelles elle avait embrassé Zane, elle avait cru vouloir être normale. Maintenant qu'on menaçait de la réduire à la normalité, l'idée lui était intolérable.

Elle voulait pouvoir regarder Zane sans dégoût, le toucher, l'embrasser. Mais pas s'il fallait se faire transformer *une fois de plus* contre sa volonté…

— Laissez-moi seulement partir, murmura-t-elle.

— J'ai bien peur que nous ne le puissions pas, Tally. Mais quand nous en aurons terminé, vous serez aussi belle et vigoureuse que n'importe qui. Pensez-y: ici, à Diego, vous pouvez ressembler à tout ce que vous voulez.

— Ce n'est pas une question *d'apparence*!

Tally bondit sur ses pieds et courut jusqu'au mur le plus proche. Elle arma le poing et frappa avec frénésie. La douleur remonta dans son bras.

— Tally, arrêtez, s'il vous plaît.

— Tu parles!

Dents serrées, elle cogna de plus belle contre le mur.

Si elle se blessait, quelqu'un finirait bien par ouvrir cette porte.

Et alors, ils verraient à quel point elle était dangereuse.

— Tally, je vous en prie.

Une fois encore, elle arma le bras et frappa le mur ; elle sentit ses phalanges menacer de se briser contre la paroi dure comme l'acier derrière le rembourrage. Un petit cri de douleur s'échappa de ses lèvres, et des traces de sang zébrèrent le tissu, mais Tally ne pouvait pas retenir ses coups. Ils connaissaient sa force, et cela devait paraître vrai.

— Vous ne nous laissez pas le choix.

Tant mieux, songea-t-elle. *Venez donc ! Essayez de m'arrêter.*

Elle cogna encore, poussa un autre cri… laissa d'autres traces de sang.

Puis Tally ressentit quelque chose à travers la douleur : un sentiment d'étourdissement qui l'envahissait.

— Non, protesta-t-elle. Ce n'est pas du jeu.

Sous les odeurs de désinfectant et d'urine, si infime qu'un odorat ordinaire n'aurait jamais pu le humer, elle sentit le gaz s'insinuer dans ses narines. En principe, les Specials étaient invulnérables aux gaz soporifiques, mais Diego connaissait ses petits secrets désormais ; peut-être avait-on concocté celui-là spécialement pour elle…

Tally tomba à genoux. Elle ralentit sa respiration au maximum, s'efforçant désespérément de se calmer, d'inspirer le moins d'air possible. Peut-être ignoraient-ils à quel point elle était conçue pour répondre à toute forme d'agression, à quelle vitesse elle était capable de métaboliser les toxines.

Plus faible à chaque seconde qui s'écoulait, elle s'adossa contre le mur. Le capitonnage lui parut soudain *très* confortable, comme si quelqu'un avait placé des oreillers partout ; elle réussit à effectuer quelques gestes d'interface avec sa main gauche, réglant son logiciel pour sonner toutes les dix minutes. Elle devait se réveiller avant qu'ils soient sur le point de l'opérer.

Elle tâcha de rester concentrée, de tirer des plans, mais le scintillement des minuscules lentilles du capitonnage était joli à regarder... Ses paupières se fermèrent malgré elle. Tally devait certes s'évader, mais auparavant elle avait besoin de dormir.

Dormir n'était pas si mal, d'ailleurs, c'était un peu comme redevenir une tête vide, sans souci, sans colère qui couve...

VOIX

Elle était bien, ici. Au calme.

Pour la première fois depuis longtemps, Tally n'éprouvait ni fureur ni frustration. La tension avait disparu de ses muscles, comme la notion qu'elle devait *être* quelque part, *faire* quelque chose, *prouver* son existence. Ici, elle n'était que Tally et ce savoir tout simple s'écoulait sur sa peau comme une brise légère. Sa main droite en particulier éprouvait de bonnes sensations. Elle était toute pétillante : on aurait dit que quelqu'un versait du champagne tiède dessus.

Tally ouvrit les yeux à demi. Tout lui apparut délicieusement flou. En fait, elle n'apercevait que des nuages autour d'elle, blancs et moutonneux. Elle y voyait ce qu'elle désirait, telle une gamine qui contemple le ciel. Elle essaya d'imaginer un dragon, mais son cerveau se refusait à figurer des ailes... et les crocs étaient trop compliqués. Par ailleurs, les dragons faisaient trop peur. Tally, ou en tout cas quelqu'un qu'elle connaissait, avait eu autrefois une mauvaise expérience avec l'un d'eux.

Mieux valait penser à ses amis : Shay-la et Zane-la, tous ceux qu'elle aimait. Elle ne voulait rien d'autre qu'aller les retrouver après avoir dormi encore un peu.

Elle referma les yeux.

Dring.

Encore ce son. Il revenait à intervalles réguliers, comme un vieil ami qui passait voir comment elle allait.

— Salut, dring-la, dit-elle.

Le dring ne répondait jamais. Mais Tally ne voulait pas être impolie.

— Ne vient-elle pas de dire quelque chose, docteur ? demanda quelqu'un.

— Impossible. Pas avec ce que nous lui avons administré.

— Avez-vous *vu* son bilan métabolique ? intervint une troisième voix. Ne prenons pas de risques. Vérifiez-moi ces sangles.

Quelqu'un grommela, puis se mit à remuer les mains et les pieds de Tally l'un après l'autre, dans un cercle qui démarrait par sa pétillante main droite pour se poursuivre dans le sens des aiguilles d'une montre. Tally se vit étendue là comme une horloge, à tictaquer doucement.

— Ne vous en faites pas, docteur. Elle n'ira nulle part.

La voix se trompait là-dessus, car quelques instants plus tard Tally se sentit partir, flottant sur le dos. Incapable d'ouvrir les yeux, elle devina néanmoins qu'on l'emportait sur une sorte de brancard magnétique. Des lumières pulsaient au-dessus de sa tête, suffisamment fort pour qu'elle les voie à travers ses paupières closes. Son oreille interne lui indiqua un virage à gauche, un ralentissement, puis un léger choc au-dessus d'une interruption du réseau magnétique.

Ensuite, une accélération vers le haut se produisit, si rapide qu'elle sentit ses oreilles se boucher.

— Très bien, dit l'une des voix. Attendez l'équipe de préparation. Ne la laissez pas seule, et appelez-moi si elle fait mine de bouger.

— O.K., docteur. Mais elle ne bougera pas.

Tally sourit. Elle décida de jouer l'immobilité. Au fond d'elle-même, elle pensait que mystifier le propriétaire de la voix serait on ne peut plus amusant.

Dring.

— Salut, répondit-elle, avant de se rappeler de ne pas bouger.

Tally demeura immobile un moment, puis se demanda d'où provenait cette sonnerie. Ça commençait à devenir agaçant.

Elle remua les doigts pour faire descendre une interface à l'intérieur de ses paupières. Son logiciel interne n'était pas dans le brouillard, lui, et il lui suffisait d'un infime mouvement des doigts pour le mettre en marche.

La sonnerie correspondait à un rappel de réveil. Tally était supposée se lever et faire quelque chose.

Elle soupira lentement. C'était *si bon* d'être couchée là. De toute manière, elle ne se rappelait plus pourquoi elle avait programmé ce réveil. Ce qui rendait ces sonneries parfaitement inutiles. En fait, la sonnerie elle-même était ridicule. Tally aurait gloussé, si cela n'avait pas été si difficile. Soudain, toutes les sonneries lui parurent stupides.

Elle remua un doigt pour interrompre le cycle du réveil, afin de ne plus être dérangée.

Mais la question continuait à tenailler Tally : qu'était-elle censée faire ? Peut-être que l'un des Scarificateurs saurait lui répondre. Elle alluma son antenne dermique.

— Tally ? demanda aussitôt une voix. Enfin !

Tally sourit. Shay-la savait toujours ce qu'il fallait faire.

— Tu vas bien ? dit Shay. Où étais-tu *passée* ?

Tally tenta de répondre, mais parler lui était trop pénible.

— Ça va, Tally ? s'alarma Shay au bout d'un moment.

Tally se souvint que Shay était furieuse contre elle, et son sourire s'élargit. Shay n'avait plus l'air fâchée du tout, désormais – seulement inquiète.

Tally fit un gros effort, et parvint à bredouiller :

— Je dors.

— Oh, mince.

Ça, c'est drôle, songea Tally. Elle avait entendu deux voix dire « Oh, mince ! » exactement au même instant, sur le même ton soucieux. L'une était celle de Shay, à l'intérieur de son crâne, l'autre était celle qu'elle entendait depuis un moment déjà.

La situation devenait compliquée, tout comme les crocs du dragon qu'elle avait essayé d'imaginer.

— Il faut que je me réveille, dit-elle.

— Oh, *mince* ! s'exclama l'autre voix.

Dans le même temps, Shay lui disait :

— Reste où tu es, Tally. Je crois avoir localisé ton antenne. Tu es à l'hôpital, pas vrai ?

— Hon-hon, murmura Tally.

Elle reconnaissait l'odeur de désinfectant, même si elle avait du mal à se concentrer à cause de l'autre voix qui criait à tue-tête : « J'ai l'impression qu'elle se réveille ! Apportez-moi de quoi la faire se tenir tranquille ! » Et blablabla…

— Nous sommes tout près, dit Shay. Nous pensions bien te trouver là-dedans. Ta déspécialisation est programmée pour dans une heure.

— Oh, c'est vrai, dit Tally (qui se rappelait maintenant ce qu'elle était supposée faire : s'échapper de cet endroit. Cela s'annonçait éminemment ardu. Bien plus ardu que remuer les doigts.) Au secours, Shay-la.

— Accroche-toi, Tally, et essaie de te *réveiller* ! Je viens te chercher.

— O.K., Shay-la, murmura Tally.

— Mais coupe ton antenne, tout de suite. S'ils t'ont passée au scanner, ils sont peut-être en train d'écouter notre…

— D'accord, dit Tally.

Elle fit un petit geste des doigts, et la voix se tut dans sa tête. L'autre voix continuait à crier, cependant, à vociférer. Tally commençait à avoir la migraine.

— Docteur ! Elle vient de dire quelque chose ! Malgré cette dernière dose ! En *quoi* est-elle faite ?

— Je n'en sais rien, mais voici qui devrait la faire taire, répondit quelqu'un d'autre.

Le sommeil l'emporta de nouveau, et Tally cessa de penser.

LUMIÈRE

Elle reprit conscience dans une explosion de lumière.

Un flot d'adrénaline courait dans ses veines, comme lorsqu'on émerge d'un cauchemar en hurlant. Le monde lui apparut soudain clair comme de l'eau de roche, plus tranchant que ses incisives, aussi éblouissant qu'un spot en pleine figure.

Elle s'assit brusquement dans son lit d'hôpital, le souffle court et les poings serrés. À ses pieds, Shay s'affairait à dénouer les sangles qui lui maintenaient les chevilles.

— Shay ! s'écria Tally.

Elle ressentait tout de manière si vive qu'elle ne *pouvait* s'empêcher de crier.

— Ça t'a réveillée, hein ?

— Shay !

Son bras gauche lui faisait mal ; on venait de lui administrer une injection. Débordante d'énergie, Tally avait recouvré toute sa fureur et sa force. Elle tira sèchement sur son pied encore attaché, mais le bracelet de la sangle tint bon.

— Calme-toi, Tally-wa, lui dit Shay. Je vais te l'enlever.

— Que je me *calme*? marmonna Tally, balayant la pièce d'un regard.

Les murs étaient pleins de machines crépitantes d'activité. Au centre de la pièce se trouvait une cuve d'opération où bouillonnait lentement un liquide de survie artificielle; accroché à côté, un tube respiratoire suspendu, prêt à servir. Des scalpels et des vibroscies attendaient sur une table voisine.

Deux hommes en tenue d'hôpital gisaient inconscients sur le sol – un grand Pretty, l'autre assez jeune pour porter des taches de léopard sur son pelage duveteux. En les voyant, Tally sentit les vingt-quatre dernières heures lui revenir en mémoire : Aléatoire-Ville, sa capture, l'opération dont on l'avait menacée afin de la rendre banale.

Elle secoua sa sangle de cheville. Elle avait besoin de s'échapper de cette pièce *tout de suite*.

— J'ai presque fini, dit Shay sur un ton apaisant.

Le bras droit de Tally la démangeait, et elle vit une foison de câbles et de tuyaux qui en sortaient – survie artificielle en vue d'une opération majeure. Feulant comme un chat, elle les arracha tous. Un peu de sang éclaboussa le sol blanc immaculé, mais cela ne lui fit pas mal – le mélange de l'anesthésique et du produit dont Shay s'était servie pour la ranimer avait empli Tally d'une telle rage qu'elle ne sentait plus la douleur.

Quand Shay parvint finalement à détacher sa deuxième cheville, Tally se releva d'un bond, poings serrés.

— Heu, tu devrais peut-être enfiler ça, dit Shay en lui jetant une combinaison furtive.

Tally baissa les yeux. On lui avait enfilé une nouvelle chemise de nuit : rose avec des dinosaures bleus.

— Mais c'est *quoi*, cet hôpital? s'écria-t-elle en déchirant la chemise de nuit avant d'introduire un pied dans la combinaison.

— Moins fort, Tally-wa, siffla Shay. J'ai débranché les capteurs, mais même un aléatoire pourrait t'entendre brailler, tu sais? Et n'allume pas ton antenne dermique pour l'instant. Elle nous trahirait.

— Désolée, chef.

Un vertige s'empara de Tally; elle s'était levée trop vite. Elle parvint néanmoins à glisser les deux jambes dans sa combinaison et à la remonter jusqu'à ses épaules. Percevant la violence de son pouls, le vêtement adopta directement le mode blindage; ses écailles ondulèrent, puis s'aplatirent et se durcirent.

— Non, règle-la comme moi, murmura Shay, une main sur la porte.

Elle-même était en bleu pâle, la couleur des tenues du personnel soignant.

Tout en réglant sa combinaison afin de parvenir à la teinte voulue, Tally sentit une énergie sauvage lui battre aux tempes.

— Tu es venue me délivrer, dit-elle, tâchant de parler à voix basse.

— Je n'allais pas les laisser te faire ça.

— Mais je croyais que tu me détestais.

— Je te déteste *par moments*, Tally. Plus que je n'ai jamais détesté personne. (Shay renifla.) C'est peut-être pour ça que je reviens toujours vers toi.

Tally avala sa salive, puis regarda une fois de plus la cuve d'opération, la table couverte d'instruments tranchants, tous les outils qui l'auraient rendue de nouveau ordinaire – *déspécialisée*, ainsi que Shay l'avait dit.

— Merci, Shay-la.

— No problem. Prête à filer d'ici ?

— Une minute, chef. J'ai vu Fausto.

— Moi aussi.

Il n'y avait aucune colère dans la voix de Shay ; elle énonçait juste un fait.

— Mais il…

— Je sais.

— Tu sais… (Tally avança d'un pas, l'esprit encore embrumé par le sommeil, dépassé par la situation.) Mais qu'allons-nous faire pour lui, Shay ?

— Nous devons *foutre le camp*, Tally. Le reste des Scarificateurs nous attend sur le toit. Il va se produire un gros truc. Beaucoup plus gros que les Fumants.

Tally fronça les sourcils.

— Quoi donc… ?

Le mugissement d'une sirène fendit l'air.

— Ils arrivent ! cria Shay. Foutons le camp !

Elle attrapa Tally par la main et la tira d'un coup.

Tally suivit, prise de vertige, les jambes flageolantes. À l'extérieur de la salle, un long couloir droit partait dans les deux directions ; l'alarme résonnait d'un bout à l'autre. Des personnes en tenue d'hôpital se déversèrent des portes de part et d'autre, emplissant le couloir d'un bavardage confus.

Shay piqua un sprint, se faufilant entre les médecins et les infirmiers abasourdis. Elle avait le pied si léger, elle était si rapide que les gens virent à peine sa combinaison bleu pâle leur passer sous le nez.

Tally remit les questions à plus tard et lui emboîta le pas, mais les brumes de son sommeil artificiel se dissipaient très lentement. Elle eut beau faire de son mieux, elle ne put esquiver tous ceux qui se dressaient sur son chemin. Elle rebondissait contre les gens, les murs, mais continuait néanmoins à avancer, portée par son énergie.

— Stop ! cria une voix. Toutes les deux !

Devant Shay se dressait un groupe de gardiens en uniformes jaune et noir. Leurs matraques électriques luisaient doucement sous l'éclairage tamisé.

Shay n'eut pas un moment d'hésitation ; sa combinaison vira au noir, et elle se jeta au milieu des gardiens, projetant ses mains et ses pieds en tous sens. L'air s'emplit d'une odeur d'électricité quand les matraques s'abattirent sur son blindage, en grésillant comme des moustiques sur une ampoule anti-insectes. Elle tournoya sauvagement au centre de la mêlée, envoyant des silhouettes jaunes tituber dans toutes les directions.

Le temps que Tally la rejoigne, seuls un gardien et une gardienne restaient debout. Ils reculaient dans le couloir en s'efforçant de tenir Shay à distance, fauchant l'air à grands coups de matraque. Tally vint se placer derrière la femme, lui tordit le poignet et la poussa contre son collègue ; tous deux s'étalèrent au sol.

— Pas la peine de les *casser*, Tally-wa.

Tally baissa les yeux sur sa victime, qui se tenait le poignet avec une grimace de douleur.

— Oh ! Désolée, chef.

— Ce n'est pas ta faute, Tally. Amène-toi.

Shay poussa la porte de l'escalier et fonça vers les étages, avalant les marches quatre à quatre. Tally suivit tant bien que mal ; elle avait plus ou moins réussi à contrôler ses vertiges, mais le coup de fouet que lui avait donné l'injection commençait à se dissiper. La porte de

l'escalier se referma derrière eux, atténuant le mugissement strident de la sirène d'alarme.

Elle se demanda ce qui était arrivé à Shay, où elle
était passée pendant tout ce temps. Depuis combien de
temps les autres Scarificateurs étaient-ils ici, à Diego ?

Mais ces questions pouvaient attendre. Tally était
simplement heureuse d'avoir retrouvé la liberté, de se
battre aux côtés de Shay et d'être Special. Rien ne pouvait les arrêter toutes les deux.

Quelques étages plus haut, l'escalier prenait fin. Elles
jaillirent par la dernière porte et débouchèrent sur le
toit. Au-dessus de leurs têtes, le ciel étincelait de milliers d'étoiles, d'une clarté magnifique.

Après la cellule capitonnée, c'était bon de se retrouver
à ciel ouvert. Tally voulut inspirer une grande goulée
d'air frais, mais ne respira que les odeurs d'hôpital qui
s'échappaient de la forêt de cheminées d'aération tout
autour d'elles.

— Ouf, ils ne sont pas encore là, dit Shay.

— Qui ça ? demanda Tally.

Shay l'entraîna au bord du toit, en direction de l'immeuble voisin plongé dans la pénombre – le Town Hall,
se souvint Tally. Shay se pencha au-dessus du vide.

Une foule se déversait hors de l'hôpital, le personnel
soignant en bleu pâle et blanc, les patients en robes
de chambre légères – certains marchant tout seuls, les
autres poussés sur des brancards magnétiques. Lorsque
la sirène retentit par les fenêtres en contrebas, Tally réalisa que le mugissement d'alarme avait été remplacé par
un signal d'évacuation à deux tons.

— Que se passe-t-il, Shay ? Ils ne sont pas en train
d'évacuer l'hôpital à cause de nous, quand même ?

— Non, pas à cause de nous. (Shay se tourna vers elle et lui posa la main sur l'épaule.) Il va falloir que tu m'écoutes attentivement, Tally. C'est important.

— Je suis *en train* de t'écouter, Shay. Dis-moi juste ce qui se passe !

— Très bien. Je suis au courant pour Fausto – j'ai repéré le signal de son antenne dermique à l'instant où je suis arrivée ici, voilà plus d'une semaine. Il m'a tout expliqué.

— Alors, tu sais que… qu'il n'est plus Special.

Shay marqua une pause.

— Je ne suis pas certaine que tu aies raison là-dessus, Tally.

— Mais il a changé, Shay. Il est *faible*. Je l'ai vu dans ses…

La voix de Tally mourut. Elle se pencha plus près, souffle coupé, incrédule. Dans les yeux de Shay se lisait une douceur qui ne s'y trouvait pas auparavant. Pourtant, c'était *Shay*, toujours aussi rapide – elle était passée comme une faux à travers ce groupe de gardiens.

— Il n'est pas faible, dit Shay. Et moi non plus.

Tally secoua la tête, se dégagea, recula en trébuchant.

— Ils t'ont eue, toi aussi.

Shay acquiesça.

— Ce n'est rien, Tally-wa. Ce n'est pas comme s'ils m'avaient transformée en tête vide. (Elle avança d'un pas.) Mais il faut que tu m'*écoutes*.

— N'approche pas ! cracha Tally, serrant les poings.

— Attends, Tally, il va se produire une chose très grave.

Tally secoua la tête. Elle pouvait entendre la faiblesse dans la voix de Shay maintenant. Si elle n'avait pas été assommée par les médicaments, elle l'aurait perçue depuis le début. La véritable Shay ne se serait pas souciée du poignet d'une simple gardienne. Et la véritable Shay – la Shay *spéciale* – ne lui aurait jamais pardonné aussi facilement.

— Tu veux me rendre semblable à toi ! Comme Fausto et les Fumants ont essayé de le faire !

— Non, c'est faux, dit Shay. J'ai besoin de toi telle que tu…

Avant que Shay puisse ajouter un mot, Tally pivota et se mit à courir le plus vite possible vers l'autre bout du toit. Elle n'avait ni bracelets anticrash ni gilet de sustentation, mais elle pouvait toujours escalader comme une Special ; et si Shay était devenue aussi tendre que Fausto, elle ne serait plus aussi casse-cou. Tally n'avait qu'à s'échapper de cette ville de fous, et retourner chercher de l'aide chez elle…

— Arrêtez-la ! cria Shay.

Des silhouettes sans visage apparurent entre les cheminées de ventilation et les antennes. Elles jaillirent de l'obscurité pour agripper Tally par les bras et les jambes.

Toute cette histoire n'était qu'un piège. « N'allume pas ton antenne », lui avait dit Shay, afin de pouvoir discuter tranquillement avec ses complices, et tramer sa perte dans son dos.

Tally décocha un coup de poing, et sa main blessée s'écrasa douloureusement contre une combinaison blindée. Un Scarificateur sans visage lui empoigna le bras, mais Tally rendit sa combinaison glissante et parvint à se dégager. Se laissant emporter par son élan, elle effectua une roulade arrière, bondit du toit et atterrit au sommet d'un énorme conduit de ventilation.

Tandis qu'elle s'efforçait de rabattre son capuchon sur son visage pour se rendre invisible avant que les autres ne l'attrapent, deux mains gantées l'empoignèrent par les chevilles et la firent dégringoler de son perchoir. Une autre silhouette la saisit dans sa chute ; d'autres mains lui prirent les bras, bloquant les coups furieux qu'elle décochait à l'aveuglette, et la ramenèrent en douceur sur le toit.

Tally se débattit, mais elle avait beau être Special, ses adversaires s'avéraient trop nombreux.

Ils ôtèrent leurs capuchons – Ho, Tachs et tous les autres Scarificateurs. Shay les avait eus jusqu'au dernier.

Ils lui sourirent avec, dans le regard, une gentillesse épouvantable, parfaitement ordinaire. Tally se débattit, se préparant à ressentir la brûlure d'une injection dans la nuque.

Shay se planta devant elle, secouant la tête.

— Tally, veux-tu bien te calmer ?

Tally lui cracha à la figure.

— Tu disais que tu étais venue me *sauver*.

— C'est *ce que je fais*. Si seulement tu veux bien m'écouter. (Shay poussa un soupir exaspéré.) Après que Fausto m'eut donné le remède, j'ai appelé les Scarificateurs. Je leur ai demandé de me retrouver à mi-chemin d'ici. Et pendant que nous retournions à Diego, je les ai guéris l'un après l'autre.

La colère de Tally céda la place au désespoir. Tous avaient eu le cerveau contaminé par des nanos, étaient devenus faibles et pitoyables ; elle était totalement seule désormais.

Shay écarta les mains.

— Écoute, nous venons à peine de rentrer aujour-d'hui. Je suis désolée que les Fumants te soient tombés dessus de cette manière ; je ne les aurais pas laissés faire. Ce remède n'est pas ce qu'il te faut, Tally.

— Alors, laisse-moi partir ! gronda Tally.

Shay hésita un moment, puis acquiesça.

— O.K. Lâchez-la.

— Mais, chef, objecta Tachs. Ils ont déjà franchi les défenses. Il nous reste moins d'une minute.

— Je sais. Mais Tally va nous aider. Je sais qu'elle le fera.

Un à un, les autres lâchèrent prise. Tally se retrouva libre, fixant Shay d'un regard noir, ne sachant quelle attitude adopter. Elle restait encerclée et en grave infé-riorité numérique.

— Inutile de courir, Tally. Le docteur Cable est en route pour ici.

Tally haussa un sourcil.

— Pour Diego ? Elle vient pour vous ramener ?

— Non. (La voix de Shay se brisa, presque comme celle d'une gamine sur le point de pleurer.) Tout est notre faute, Tally. À toi et à moi.

— Quoi donc ?

— Après ce que nous avons commis à l'Arsenal, personne n'a voulu croire à un coup des Crims ou des Fumants. Nous avons été trop glaciales, trop spéciales. Nous avons épouvanté la ville entière.

— Depuis cette nuit-là, dit Tachs, tout le monde passe admirer le cratère fumant que vous avez laissé. Les gamins y vont même en sortie avec leur classe.

— Et le docteur Cable vient ici ? (Tally fronça les

sourcils.) Une minute, tu veux dire qu'ils ont compris que c'était *nous* ?

— Non, ils ont une autre théorie. (Shay pointa le doigt vers l'horizon.) Regarde.

Tally tourna la tête. Dans le lointain, au-delà du Town Hall, une nuée de lumières emplissait le ciel. Tandis qu'elle les observait, ces lumières se rapprochèrent et se renforcèrent, scintillant comme des étoiles par une nuit brûlante.

Comme lorsque Tally et Shay avaient fui l'Arsenal.

— Des robots, dit Tally.

Tachs hocha la tête.

— Ils ont confié au docteur Cable le contrôle de l'armée. De ce qu'il en reste, en tout cas.

— À vos planches, ordonna Shay.

Les autres se dispersèrent aux quatre coins du toit.

Shay fourra une paire de bracelets anticrash dans les mains de Tally.

— Désormais il faut affronter ce que nous avons déclenché.

Tally ne frémit pas au contact de Shay. Elle était subitement trop confuse pour s'inquiéter qu'on la guérisse. Elle entendait approcher les machines maintenant, dans le bourdonnement sourd de leurs rotors de sustentation, comme le grondement d'un énorme moteur à l'allumage.

— Je ne comprends toujours pas.

Shay pianota sur ses propres bracelets, et deux planches magnétiques émergèrent de l'obscurité.

— Notre ville a toujours détesté Diego. Les Special Circumstances savaient qu'elle aidait les fugitifs, en les emmenant par hélicoptère jusqu'à l'ancienne Fumée.

Si bien qu'après la destruction de l'Arsenal, le docteur Cable a décidé qu'il ne pouvait s'agir que d'une agression militaire ; et elle a accusé Diego.

— Alors ces robots… sont là pour attaquer la *ville* ? murmura Tally. (Les lumières grossirent de plus en plus, jusqu'à tournoyer au-dessus de leurs têtes – des dizaines de robots, dessinant un tourbillon autour du Town Hall.) Même le docteur Cable ne ferait pas une chose pareille.

— J'ai bien peur que si. Et les autres villes se contenteront de regarder sans lever le petit doigt, tu sais. Le nouveau système leur fiche une trouille bleue. (Shay rabattit le capuchon de sa combinaison sur son visage.) Ce soir, nous allons essayer de les aider, Tally, nous allons faire ce que nous pouvons. Et demain, toi et moi rentrerons chez nous pour arrêter cette guerre que nous avons déclenchée.

— Cette *guerre* ? Mais les villes ne se font pas la…

La voix de Tally mourut. Le toit s'était mis à vibrer sous ses pieds, et par-dessus le ronronnement d'une centaine de rotors de sustentation elle entendit une légère rumeur monter des rues en contrebas.

Les gens hurlaient.

Quelques secondes plus tard, l'armada de robots ouvrait le feu, illuminant le ciel.

Troisième partie

DÉFAIRE LA GUERRE

C'est avec son passé qu'on prépare l'avenir.
Pearl S. BUCK

RETOUR DE BÂTON

Des tirs d'autocanons fusaient dans les airs, traçant des lignes de feu. Des explosions retentissaient aux oreilles de Tally, et des ondes de choc la cognaient en pleine poitrine, comme si quelque chose tentait de l'ouvrir en deux.

L'armada de robots faisait pleuvoir un déluge de feu sur le Town Hall, et, pendant un instant, le bâtiment entier disparut à sa vue. Tally distingua néanmoins un fracas de verre brisé et de métal perforé derrière ce tableau aveuglant.

Au bout de quelques secondes, le mitraillage démentiel s'interrompit : le Town Hall apparut à travers la fumée. Des trous énormes y apparaissaient – les foyers d'incendie qui s'allumaient à l'intérieur faisaient ressembler l'immeuble à une immense citrouille d'Halloween, percée de plusieurs dizaines d'yeux rougeoyants.

En bas, les cris s'élevèrent de nouveau, remplis de terreur cette fois. Pendant un bref instant vertigineux, elle entendit Shay lui déclarer : « *Tout est notre faute, Tally. À toi et à moi.* »

Elle secoua la tête, lentement. Elle ne parvenait pas à croire à ce qu'elle voyait.

On ne faisait plus la guerre depuis longtemps.

— Viens ! cria Shay, qui s'élança sur sa planche et s'éleva dans les airs. Le Town Hall est désert pendant la nuit, mais il faut faire sortir tout le monde de l'hôpital…

Tally s'arracha à sa transe et bondit sur sa propre planche tandis que le mitraillage reprenait de plus belle. Shay s'élança par-dessus le rebord du toit, se découpa brièvement contre la tempête de feu, avant de basculer hors de vue. Tally la suivit, sautant la rambarde pour planer quelques secondes et prendre le temps de découvrir le chaos en contrebas.

L'hôpital n'avait pas été touché, pas encore en tout cas, mais une foule terrorisée continuait à se déverser par ses portes. L'armada n'avait pas besoin de tirer sur qui que ce soit pour faire des victimes – la panique et la bousculade s'en chargeraient. Les autres villes n'y verraient qu'une réponse proportionnée à l'assaut contre l'Arsenal : un bâtiment vide contre un autre.

Tally coupa ses rotors de sustentation et se laissa tomber, fléchissant les genoux pour maintenir sa planche d'aplomb. Le martèlement sourd des impacts rendait l'air palpable, frissonnant comme une mer houleuse.

Les autres Scarificateurs se trouvaient déjà en bas ; ils avaient réglé leurs combinaisons furtives sur le jaune et noir des gardiens de Diego. Tachs et Ho orientaient la foule vers l'autre côté de l'hôpital, loin des débris qui giclaient du Town Hall. Les autres secouraient les piétons étendus entre les deux immeubles ; une panne générale de trottoirs les avait jetés brutalement au sol.

Tally pivota un moment dans les airs, dépassée, se

demandant quoi faire. Puis elle vit une file de gamins s'échapper de l'hôpital. Ils s'arrêtèrent en rang le long de la haie qui bordait la piste d'hélicoptère, le temps que leurs surveillants puissent les compter avant de les conduire à l'abri.

Elle dirigea sa planche vers la piste et piqua aussi vite que la gravité le lui permit. Ces hélicoptères qui emportaient les fugitifs des autres villes à l'ancienne Fumée, et désormais ici, dans le cadre du nouveau système, Tally doutait que l'assaut déclenché par le docteur Cable les laisse intacts.

Elle freina sa descente juste au-dessus de la tête des gamins dans un hurlement de rotors. Ils levèrent vers elle leurs frimousses terrifiées et la fixèrent, bouche bée.

— Fichez le camp d'ici! beugla-t-elle à l'intention des surveillants, deux grands Pretties aux visages classiques : calmes et intelligents.

Ils la dévisagèrent, incrédules, puis Tally se souvint qu'elle devait régler sa combinaison sur le jaune des gardiens.

— Les hélicoptères risquent de servir de cibles! leur cria-t-elle.

Les gardiens conservèrent leur expression perplexe. Tally jura; ils n'avaient pas encore réalisé le motif de cette guerre – les fugitifs, le nouveau système et l'ancienne Fumée –, ils savaient simplement que le ciel avait explosé au-dessus de leur tête et qu'ils devaient s'assurer de la présence de chaque enfant avant de poursuivre.

En levant la tête, elle repéra un robot scintillant qui se détacha de l'armada. Il entama une large courbe, en descendant lentement vers la piste comme un oiseau de proie paresseux.

— Emmenez-les de l'autre côté de l'hôpital, *tout de suite!* glapit-elle avant de repartir en sens inverse et de monter à la rencontre du robot.

Que pourrait-elle contre lui? Cette fois-ci, elle n'avait ni grenade ni bouillie nanotechnologique; elle se retrouvait seule et à mains nues face à un engin militaire.

Si elle était vraiment responsable de cette guerre, elle devait pourtant tenter quelque chose.

Tally rabattit son capuchon sur son visage, bascula sa combinaison en mode camouflage anti-infrarouge, puis fila en direction du Town Hall. Avec un peu de chance, le robot ne la verrait pas venir au milieu de la chaleur des tirs et des explosions.

À l'approche de l'immeuble en pleine pulvérisation, l'air se mit à trembler autour d'elle; elle percevait l'onde de choc des explosions jusque dans ses os. Elle pouvait sentir la chaleur du brasier et entendre le grondement des sols qui s'écroulaient les uns sur les autres à mesure que les piliers magnétiques cédaient. L'armada détruisait méthodiquement le Town Hall, le rasait jusqu'aux fondations, tout comme Shay et elle avaient orchestré la démolition de l'Arsenal.

Dos aux flammes, Tally se porta à la hauteur du robot puis suivit sa descente, cherchant un point faible. Il était semblable au premier qu'elle avait vu émerger de l'Arsenal: quatre rotors de sustentation portant un corps bulbeux hérissé d'armes, d'ailettes et de griffes, dont le blindage noir mat ne reflétait rien de l'incendie qui faisait rage derrière elle.

Il portait des traces d'impacts récents, et Tally réalisa

que Diego avait dû opposer une résistance à l'armada – même si le combat n'avait pas duré très longtemps.

Tally jeta un coup d'œil vers le bas. La piste d'hélicoptères n'était plus très loin, et la rangée de gamins s'en éloignait avec une lenteur navrante. Elle lâcha un juron et fonça droit sur le robot, dans l'espoir de détourner son attention.

La machine détecta son approche au tout dernier moment : elle tendit ses pinces insectoïdes vers la planche magnétique chauffée à blanc. Tally tenta de redresser sa course, mais trop tard ; les pinces du robot s'enfoncèrent dans son rotor avant, lequel se bloqua avec fracas, et elle fut propulsée dans les airs. D'autres pinces voulurent la saisir, mais dans sa combinaison furtive, Tally les survola sans mal.

Elle atterrit sur le dos de la machine, qui tangua violemment. Tally glissa le long du blindage, freinant sa chute tant bien que mal grâce à ses semelles agrippantes. Elle fléchit les genoux et se cramponna à la première prise qui lui tomba sous la main – une mince tige métallique qui dépassait du corps de l'appareil.

Sa planche accidentée les dépassa – un rotor encore en marche, l'autre détruit, elle tournoyait sur elle-même.

Tandis que le robot s'efforçait de stabiliser son assiette, la tige qui avait sauvé Tally se tortilla dans sa main et elle s'en écarta précipitamment. Une petite lentille scintillait à son extrémité, pareille à l'œil pédonculé d'un crabe. Tally se déplaça en espérant ne pas avoir été vue.

Trois autres caméras similaires se mirent à pivoter frénétiquement autour d'elle, cherchant dans toutes les directions, scrutant le ciel à la recherche de nouvelles menaces. Mais elles pointaient toutes vers l'extérieur, pas vers l'appareil lui-même.

Tally réalisa qu'elle était installée dans l'angle mort du robot. Ses yeux pédonculés ne pouvaient la voir, et son blindage ne possédait pas de nerfs capables de sentir ses pieds. Ses concepteurs, semblait-il, n'avaient jamais imaginé qu'un adversaire puisse *se tenir directement dessus.*

Néanmoins, la machine savait que quelque chose ne tournait pas rond – elle pesait trop lourd. Ses quatre rotors de sustentation tournaient à plein régime pendant que Tally passait d'un côté à l'autre, luttant pour ne pas glisser. Les pinces métalliques que la planche n'avait pas endommagées fouettaient l'air au hasard, comme les pattes d'un insecte aveugle à la recherche de sa proie.

Alourdi par ce poids supplémentaire, le robot se mit à descendre. Tally se pencha fortement vers le Town Hall, et la machine commença à dériver dans cette direction en perdant de la hauteur. Cela revenait à piloter la plus instable des planches magnétiques, mais peu à peu, Tally parvint à l'éloigner de la piste d'hélicoptères et des enfants.

Alors que le Town Hall se rapprochait, les ondes de choc de l'assaut firent vibrer la machine ; la chaleur de l'incendie pénétra la combinaison de Tally, qui sentit une fine pellicule de sueur lui recouvrir le corps. Derrière elle, les gamins semblaient enfin s'être éloignés de la piste d'atterrissage. Il ne lui restait plus qu'à trouver un moyen de descendre du robot sans se faire aussitôt repérer et mitrailler.

Lorsque le sol ne fut plus qu'à une dizaine de mètres,

Tally bondit du robot, empoigna au passage l'une des pinces endommagées, et tira de toutes ses forces afin d'entraîner la machine vers le bas en profitant de l'élan de sa chute. Le robot s'inclina au-dessus d'elle et tenta de se redresser dans un rugissement de rotors. Mais il était trop tard ; après un bref combat, le poids de Tally au bout de la pince inerte fit basculer la machine cul par-dessus tête.

Elle se laissa tomber, et ses bracelets anticrash stoppèrent sa chute avant de la déposer à terre en douceur.

Au-dessus d'elle, le robot partit en vrille en direction du Town Hall, hors de contrôle, battant désespérément des pinces. Il s'encastra dans le rez-de-chaussée du bâtiment, disparaissant dans un déluge de flammes qui engloutit Tally, dont la combinaison furtive se mit à signaler des défauts de fonctionnement un peu partout. Les écailles qui avaient absorbé le choc de l'explosion se figèrent définitivement ; Tally sentit une odeur de cheveux brûlés à l'intérieur de son capuchon.

Tandis qu'elle repartait au pas de course vers l'hôpital, plusieurs secousses violentes ébranlèrent le sol et la firent tomber. Le Town Hall était sur le point de s'écrouler. Après de longues minutes de bombardement, sa charpente en alliage ployait sous le poids de l'immeuble incendié.

Et Tally se trouvait juste en dessous.

Elle bondit sur ses pieds en allumant son antenne. Les discussions des Scarificateurs qui organisaient l'évacuation de l'hôpital résonnèrent dans sa tête.

— Le Town Hall s'écroule ! dit-elle tout en courant. J'ai besoin d'aide !

— Que fabriques-tu *là-bas*, Tally-wa? répondit la voix de Shay. Tu te fais griller des marshmallows?

— Je te raconterai plus tard!

— On arrive.

Le grondement s'amplifia, la chaleur redoubla dans son dos tandis qu'un immeuble de plusieurs dizaines de tonnes s'écroulait sur lui-même. Un énorme débris incandescent la manqua de peu, avant de mettre le feu à la surface antidérapante du trottoir.

Deux silhouettes surgirent en provenance de l'hôpital, et Tally agita les bras.

— Par ici!

— Mains en l'air, Tally-wa, dit Shay.

Les deux Scarificateurs l'attrapèrent par les poignets et l'entraînèrent en sécurité, loin du Town Hall.

— Tu n'as rien? lui cria Tachs.

— Non, mais…

Tally n'acheva pas. Emportée en arrière, elle assista bouche bée à l'effondrement final de l'immeuble. Le Town Hall parut se replier sur lui-même, comme un ballon crevé, puis souleva un énorme bouillonnement de fumée et de débris, qui engloutit les décombres incandescents à la manière d'une lame de fond.

Le bouillonnement gagnait sur eux, se rapprochait toujours davantage…

— Heu, les copains? dit Tally. Vous ne pourriez pas aller un peu plus…?

L'onde de choc les cueillit de plein fouet dans un tourbillon de vents furieux et de débris, fauchant Shay et Tachs, projetant tout le monde par terre. Tally roula dans la poussière; les écailles calcinées de sa combinaison furtive lui meurtrirent les côtes jusqu'à ce qu'elle finisse par s'immobiliser.

Elle demeura étendue au sol, souffle coupé. L'obscurité les avait engloutis.

— Ça va, tout le monde? demanda Shay.

— Ouais, glaciale, répondit Tachs.

Tally essaya de parler mais fut prise d'une quinte de toux; le filtre respiratoire de sa combinaison avait cessé de fonctionner. Elle l'arracha, les yeux piqués par la fumée, et recracha un goût de plastique brûlé.

— Plus de planche, et ma combinaison est fichue, parvint-elle à répondre. Mais je vais bien.

— Pas de quoi, dit Shay.

— Oh, c'est vrai. Merci, les copains.

— Minute, dit Tachs. Vous entendez ça?

Les tirs d'autocanons avaient cessé. Ce silence avait quelque chose d'irréel. Tally activa un calque infrarouge et leva les yeux. Un vortex scintillant de robots était en train de se former dans le ciel, à l'image d'une galaxie spirale.

— Que vont-ils faire, maintenant? demanda Tally. Détruire autre chose?

— Non, dit Shay d'une voix douce. Pas encore.

— Avant de venir ici, les autres Scarificateurs et moi-même avons pris connaissance des plans du docteur Cable, expliqua Tachs. Elle n'a pas l'intention de démolir Diego. Elle veut la remodeler. La transformer en une ville comme la nôtre : stricte et bien ordonnée, avec *uniquement* des têtes vides.

— Quand tout commencera à partir en vrille, dit Shay, elle viendra prendre le contrôle.

— Mais les villes ne s'emparent pas les unes des autres ! protesta Tally.

— En temps normal, non, mais regarde un peu autour de toi. (Shay se tourna vers les décombres du Town Hall qui continuaient à flamber.) Des fugitifs en liberté, le nouveau système en roue libre, et maintenant le siège administratif en ruine… Il s'agit bel et bien d'une circonstance spéciale.

ACCUSATION

L'hôpital était jonché de verre brisé.

Toutes les fenêtres vers le Town Hall avaient été soufflées par l'effondrement final du bâtiment. Les débris de verre craquaient sous les pieds de Tally et des autres Scarificateurs alors qu'ils vérifiaient chaque chambre à la recherche d'éventuels patients oubliés.

— J'ai un Crumbly, ici, annonça Ho deux étages plus haut.

— A-t-il besoin d'un médecin ? demanda Shay.

— Non, juste quelques égratignures. Un coup de bombe cicatrisante devrait suffire.

— Montre-le quand même à un médecin, Ho.

Tally baissa le volume de son antenne dermique et jeta un coup d'œil dans la chambre suivante, fixant du regard les décombres à travers les fenêtres brisées. Deux hélicoptères survolaient l'incendie, qu'ils arrosaient de neige carbonique.

Elle pouvait s'échapper sur-le-champ, en coupant simplement son antenne dermique avant de disparaître à la faveur du chaos. Les Scarificateurs avaient trop à faire pour la poursuivre ; quant au reste de la ville, plus rien ne fonctionnait ou presque. Elle savait où ils avaient rangé leurs planches, et les bracelets anticrash que Shay lui avait donnés étaient réglés pour les déverrouiller.

Mais après ce qui s'était produit ici cette nuit, elle n'avait plus nulle part où aller. Si les Special Circumstances se trouvaient réellement derrière cette attaque, retourner auprès du docteur Cable était hors de question.

Tally aurait pu comprendre si l'armada s'en était prise aux nouvelles extensions urbaines, afin d'apprendre à Diego ce qu'il en coûtait de ne pas respecter la nature. Quoi qu'il puisse arriver d'autre à Aléatoire-Ville, ceci devait être stoppé. Les villes ne pouvaient pas s'étendre ainsi au gré de leurs envies.

Mais elles ne devaient pas non plus s'attaquer ainsi les unes les autres, en faisant sauter des immeubles entiers. C'étaient les Rouillés qui réglaient leurs différends de cette manière. Tally se demanda comment sa propre ville avait pu oublier si facilement les leçons de l'Histoire.

D'un autre côté, elle ne remettait pas en doute ce que Tachs lui avait appris, à savoir que l'objectif du docteur Cable en détruisant le Town Hall consistait à mettre le nouveau système à genoux. De toutes les villes, seule celle de Tally s'était donné la peine de traquer l'ancienne Fumée ; elle seule estimait qu'une poignée de fugitifs méritaient un tel acharnement.

Les autres villes étaient-elles toutes dotées de Special Circumstances ou ressemblaient-elles plutôt à Diego, laissant leurs habitants libres d'aller et venir ? L'opération spéciale – celle qui avait fait de Tally ce qu'elle était – constituait peut-être une invention du docteur Cable elle-même? Ce qui ferait de Tally une aberration, une arme dangereuse, quelqu'un ayant besoin d'être guéri.

Shay et elle avaient déclenché cette foutue guerre, après tout. Des gens normaux et sains d'esprit n'auraient jamais commis une chose pareille…

La chambre suivante était vide également, jonchée des restes d'un repas du soir interrompu par l'évacuation. Les rideaux accrochés aux fenêtres s'agitaient dans le courant d'air soulevé par les hélicoptères. Les éclats de verre les avaient réduits en lambeaux et ils ressemblaient désormais à des drapeaux blancs déchirés, qu'on agitait en signe de reddition. Un équipement de respiration artificielle se trouvait dans un coin, encore allumé bien qu'il ne soit relié à personne. Tally espérait que celui ou celle qu'on avait débranché de ces tuyaux était encore en vie.

Pourquoi s'inquiétait-elle ainsi du sort d'un Crumbly anonyme à l'agonie? En fait, les répercussions de l'assaut lui donnaient le tournis: les gens ne ressemblaient plus à des anciens Pretties ou à des aléatoires. Pour la première fois depuis que Tally était devenue Scarificatrice, être *normal* ne lui semblait plus pathétique. Assister aux ravages occasionnés par sa ville la rendait à ses yeux moins spéciale, pour l'instant tout du moins.

Elle se souvint de sa période Ugly, quand les quelques semaines passées à La Fumée avaient modifié sa façon de voir le monde. La découverte de Diego, avec ses conflits et ses particularismes (ainsi que son absence de têtes vides), commençait peut-être déjà à la transformer en une personne nouvelle. Si Zane voyait juste, elle était en train de se reprogrammer encore une fois.

À leur prochaine rencontre, les choses pourraient être différentes.

Tally bascula son antenne dermique sur un canal privé.

— Shay-la ? Il faut que je te demande une chose.

— Oui, Tally.

— Quelle différence cela fait-il ? D'être guérie ?

Shay ne répondit pas tout de suite, et Tally entendit dans son antenne sa lente respiration ainsi que les craquements de verre sous ses pieds.

— Eh bien, au début, quand Fausto m'a piquée, je ne m'en suis même pas aperçue. J'ai mis deux ou trois jours à réaliser ce qui m'arrivait, à me rendre compte que je commençais à voir les choses de manière différente. Le plus drôle, c'est ceci : lorsqu'il m'a expliqué ce qu'il m'avait fait, j'ai ressenti du *soulagement*. Tout me paraît moins intense, maintenant, moins extrême ; je n'ai plus besoin de me taillader pour donner un sens à ce qui m'entoure. Aucun de nous ne fait plus ça. Les choses ne sont pas aussi glaciales qu'avant ; désormais, je ne me mets pas en colère pour un rien.

Tally acquiesça.

— C'est ainsi qu'ils ont décrit cet état quand je me trouvais dans ma cellule capitonnée : colère et euphorie. Mais pour l'instant, je me sens simplement dans les vapes.

— Moi aussi, Tally-wa.

— Il y a encore une chose que les médecins ont dite, ajouta Tally. Ils parlaient de « sentiments de supériorité ».

— Oui, c'est tout l'objet des Special Circumstances, Tally-wa. Tu te souviens de l'école, quand on nous enseignait qu'à l'époque des Rouillés certains individus étaient « riches » ? Ceux-là possédaient les meilleures choses, vivaient plus longtemps que les autres et n'avaient pas à se plier aux règles habituelles – et personne n'y trouvait à redire, même si ces gens n'avaient rien fait pour mériter tout cela hormis avoir les bons Crumblies. Penser comme un Special fait partie de la nature humaine. Pas besoin de beaucoup de persuasion pour convaincre quelqu'un qu'il vaut mieux que tous les autres.

Tally fit mine d'en convenir, puis se rappela les accusations de Shay lorsqu'elles s'étaient séparées à la rivière.

— Sauf que tu m'as dit que j'étais déjà pareille, pas vrai ? Même quand j'étais Ugly.

Shay s'esclaffa.

— Non, Tally-wa. Tu ne te crois pas *meilleure* que les autres, tu te prends seulement pour le centre de l'univers. C'est différent.

Tally eut un rire forcé.

— Alors pourquoi ne pas m'avoir guérie ? Tu en avais l'occasion, quand j'étais inconsciente.

Il y eut une longue pause, durant laquelle Tally put entendre le bourdonnement lointain de l'hélicoptère derrière sa connexion avec Shay.

— Parce que je regrette ce que j'ai fait.

— Quand ça ?

— En te rendant Special. (La voix de Shay tremblait.) C'est ma faute si tu es comme ça aujourd'hui, et je ne voulais pas t'obliger à changer encore une fois. Je crois que tu es capable de te guérir toute seule.

— Oh ! (Tally avala sa salive.) Merci, Shay.

— Il y a aussi autre chose : le fait que tu sois toujours Special pourra nous aider quand nous retournerons chez nous mettre un terme à cette guerre.

Tally fronça les sourcils. Shay ne lui avait pas encore exposé cette partie de son plan.

— En quoi le fait que je sois cinglée pourra-t-il nous aider ?

— Le docteur Cable nous passera certainement au scanner pour voir si nous disons la vérité, expliqua Shay. Ce serait mieux si l'une d'entre nous était une vraie Special.

Tally fit halte devant la porte suivante.

— Dire la vérité ? Je ne savais pas que nous allions *parler* avec elle. Je voyais plutôt un truc avec des nanos affamés. Ou des grenades, au minimum.

Shay soupira.

— Tu penses encore en Special, Tally-wa. La violence ne résoudra rien. Si nous les attaquons, ils croiront simplement à une riposte de Diego, et cette guerre ne fera qu'empirer. Nous devons avouer.

— *Avouer ?*

Tally se retrouva encore face à une chambre vide, éclairée par les seules flammes vacillantes du Town Hall. On voyait des fleurs partout, avec des vases brisés au sol ; tessons de couleur et fleurs coupées se mélangeaient aux éclats de verre.

— Mais oui, Tally-wa. Nous devons dire à tout le monde que c'est toi et moi qui avons attaqué l'Arsenal, dit Shay. Que Diego n'avait rien à voir là-dedans.

— Oh. Génial.

Tally regarda par la fenêtre.

Les foyers d'incendie continuaient à couver à l'intérieur du Town Hall, malgré les flots de neige carbonique que les hélicoptères déversaient dessus. Shay lui avait dit que les décombres brûleraient pendant plusieurs jours ; la pression de l'immeuble écroulé engendrait sa propre chaleur, comme si l'attaque avait donné naissance à un minuscule soleil.

Ce spectacle terrible était de *leur* faute – Tally ne cessait de se le répéter. Elle et Shay en étaient la cause, et elles seules avaient la capacité de l'arrêter.

Mais à l'idée de passer aux aveux devant le docteur Cable, Tally devait lutter contre une soudaine envie de fuir, de courir jusqu'à la fenêtre la plus proche et de sauter, en laissant ses bracelets anticrash la rattraper. Elle pouvait s'évaporer dans la nature où personne ne l'attraperait jamais. Ni Shay ni le docteur Cable. Elle serait de nouveau invisible.

Mais cela voulait dire abandonner Zane dans cette ville meurtrie et menacée.

— Si nous voulons qu'ils te croient, continua Shay, ton cerveau doit leur paraître intact. Voilà pourquoi il faut que tu restes Special.

Subitement, Tally eut besoin d'air frais. Mais alors qu'elle marchait vers la fenêtre, l'odeur doucereuse des fleurs mortes en train de pourrir agressa ses narines comme un parfum de Crumbly. Les larmes lui vinrent aux yeux, et elle ferma les paupières avant de traverser la pièce en se dirigeant grâce à l'écho de ses propres pas.

— Que vont-ils nous faire, Shay-la ? demanda-t-elle doucement.

— Je n'en sais rien, Tally. À ma connaissance, personne n'a jamais avoué avoir déclenché une guerre par accident. Mais que faire d'autre?

Tally ouvrit les yeux et se pencha par la fenêtre détruite. Elle inspira un grand bol d'air frais, même s'il sentait un peu le brûlé.

— Ce n'est pas comme si nous avions *voulu* que les choses aillent aussi loin, murmura-t-elle.

— Je sais, Tally-wa. Et c'était mon idée, c'est ma faute si tu es devenue Special. Si je pouvais y aller seule, j'irais. Mais ils ne me croiront pas. Dès qu'ils m'auront examiné le cerveau, ils verront que je suis différente, donc guérie. Le docteur Cable préférera penser que Diego m'a trafiqué la cervelle plutôt qu'admettre qu'elle a déclaré la guerre pour rien.

Tally ne pouvait pas dire le contraire; elle-même avait déjà du mal à croire que leur petite effraction se trouvait à l'origine de cette destruction. Le docteur Cable n'accepterait pas leurs aveux sans un examen cérébral complet.

Elle reporta son regard sur les décombres fumants du Town Hall, et soupira. Il était trop tard pour s'enfuir, trop tard pour rien d'autre que la vérité.

— O.K., Shay. Je t'accompagnerai. Mais uniquement après avoir retrouvé Zane. J'ai besoin de lui expliquer quelque chose.

Et peut-être essayer de nouveau, songea-t-elle. *Je me sens déjà différente.* Tally regarda fixement à travers le cadre de la fenêtre brisée, imaginant le visage de Zane.

— Après tout, que peuvent-ils nous infliger de pire, Shay-la? dit-elle. Nous transformer à nouveau en têtes vides? Ce n'était peut-être pas si mal…

Shay demeura muette, mais Tally entendait un petit bip régulier par l'intermédiaire de leur connexion.

— Shay ? C'est quoi, ce bruit ?

La réponse tomba d'une voix tendue :

— Je crois que tu ferais mieux de me rejoindre, Tally. Chambre 340.

Tally s'arracha à la fenêtre, marcha rapidement sur les tessons de vases et les fleurs coupées puis ressortit par la porte. Le bip se renforça, indiquant que Shay se rapprochait de sa source, et un sentiment de terreur envahit Tally.

— Que se passe-t-il, Shay ?

Shay ouvrit le canal aux autres Scarificateurs. Une pointe de panique perçait dans sa voix :

— Que quelqu'un fasse venir un médecin !

Elle répéta le numéro de la chambre.

— Shay, qu'y a-t-il ? s'écria Tally.

— Tally, je suis désolée…

— *Quoi ?*

— C'est Zane.

PATIENT

Tally se mit à courir. Son cœur cognait contre sa poitrine et le bip lui emplissait la tête.

Elle bondit par-dessus la rambarde de l'escalier de secours, puis se laissa descendre en chute contrôlée au milieu de la cage d'escalier. Lorsqu'elle fit irruption dans le couloir du deuxième étage, elle vit Shay, Tachs et Ho au seuil d'une pièce marquée SALLE POSTOPÉRATOIRE.

Tally s'avança en jouant des coudes.

Zane gisait sur un lit d'hôpital, le visage pâle, la tête et les bras reliés à toute une série de machines. Chacune émettait son propre bip, en faisant clignoter à l'unisson des diodes rouges. Un grand Pretty en blouse blanche se pencha sur Zane et releva ses paupières pour examiner ses prunelles.

— Que s'est-il passé? s'écria Tally.

Le médecin ne broncha pas.

Shay vint se placer derrière son amie, et l'attrapa fermement par les épaules.

— Reste glaciale, Tally.

— *Glaciale?* (Tally se dégagea.) Qu'est-ce qu'il a? Pourquoi est-il ici?

— Un peu de *silence,* les têtes vides! aboya le médecin.

Tally pivota face à lui, montrant les crocs.

— *Têtes vides?*

Shay prit Tally entre ses bras et l'arracha du sol. D'un seul mouvement, elle l'emporta hors de la pièce, la reposa et la repoussa brutalement loin de la porte.

Tally reprit son équilibre en position de combat, poings serrés. Les Scarificateurs la dévisagèrent, tandis que Tachs refermait doucement la porte.

— Je te croyais en passe de te reprogrammer, Tally, observa Shay d'une voix dure.

— C'est *toi* que je vais reprogrammer, Shay, gronda Tally. Que se passe-t-il ici?

— On n'en sait rien, Tally. Le médecin vient à peine d'arriver. (Shay plaça ses paumes l'une contre l'autre.) Contrôle-toi.

L'esprit de Tally s'emballa; elle ne vit plus que des angles d'attaque, des stratégies pour se frayer un chemin entre les trois personnes qui se tenaient entre elle et la salle postopératoire. Mais elle se savait dépassée par le nombre, dans l'impasse, et sa flambée de colère se changea en panique.

— On l'a opéré, murmura-t-elle, le souffle court.

Le couloir se mit à tanguer alors qu'elle se rappelait comment les Crims avaient été dirigés vers l'hôpital à leur descente de l'hélicoptère.

— À ce qu'on dirait, Tally, reconnut Shay d'une voix égale.

— Mais il est à Diego depuis *deux jours*, protesta Tally. Les autres Crims faisaient la fête le soir de leur arrivée – je les ai vus.

— Les autres Crims n'avaient pas de dégâts céré-braux, Tally. Seulement les lésions habituelles des têtes vides. Tu sais que le cas de Zane était différent.

— Mais nous sommes dans un hôpital. Comment les choses ont-elles pu *mal* tourner ?

— Chut, Tally-wa. (Shay s'avança d'un pas et posa doucement la main sur l'épaule de Tally.) Sois patiente, et on nous le dira.

Reprise par une bouffée de colère, Tally focalisa son attention sur la porte de la salle postopératoire. Shay était assez proche pour qu'elle puisse la frapper au visage ; Ho et Tachs étaient pour l'heure distraits par l'arrivée d'un deuxième médecin... en se décidant maintenant, Tally pouvait se faufiler entre eux...

Mais la colère et la panique s'annulèrent l'une l'autre, paralysant ses muscles et lui nouant l'estomac de déses-poir.

— C'est à cause de l'attaque ? dit Tally. C'est ça qui a mal tourné.

— Nous n'en savons rien.

— C'est *notre* faute.

— Nous ignorons ce qui se passe, Tally-wa, précisa Shay, impassible.

— Mais vous l'avez trouvé ici tout seul ? Pourquoi ne l'a-t-on pas évacué ?

— Peut-être qu'on ne peut pas le déplacer. Il est sans doute plus en sécurité ici, branché à ces machines.

Depuis qu'elle était devenue Special, jamais Tally ne s'était sentie aussi impuissante, ordinaire, sans emprise sur les évènements. Comme si tout devenait soudain complètement *aléatoire*.

— Mais...

— Chut, Tally-wa, lui dit Shay de sa voix calme. Il faut attendre. C'est tout ce que nous pouvons faire pour l'instant.

Une heure plus tard, la porte s'ouvrit.

Un flux régulier de membres du personnel hospitalier s'était écoulé dans la chambre de Zane. Il y avait cinq médecins désormais. Certains avaient eu des regards inquiets en direction de Tally, réalisant qui elle était : l'arme meurtrière qui s'était évadée plus tôt dans la soirée.

Tally s'attendait plus ou moins à ce qu'on lui saute dessus, qu'on l'endorme et qu'on la renvoie se faire déspécialiser. Mais Shay et Tachs étaient restés près d'elle, à fusiller du regard les gardiens venus garder un œil sur eux. Un bon côté du remède de Maddy, c'est qu'il rendait les autres Scarificateurs beaucoup plus patients que Tally. Ces derniers conservaient un calme surnaturel, alors qu'elle ne cessait de s'agiter depuis une heure, et que des demi-lunes sanglantes marquaient ses paumes à l'endroit où ses ongles s'étaient enfoncés dans la chair.

Le médecin s'éclaircit la gorge.

— J'ai peur d'avoir de mauvaises nouvelles.

Tally ne comprit pas tout de suite la signification de ces paroles, mais elle sentit Shay lui serrer le bras d'une poigne de fer, comme si son amie craignait de la voir bondir sur le médecin et le mettre en pièces.

— Au cours de l'évacuation, le corps de Zane a rejeté son nouveau tissu cérébral. Son assistance respiratoire a tenté d'alerter le personnel, mais bien sûr, il n'y avait personne à proximité. Il a tenté de nous biper, hélas l'interface de la ville était surchargée par l'évacuation et n'a pas pu nous faire passer le message.

— Surchargée ? dit Tachs. Vous voulez dire que l'hôpital ne possède pas son propre réseau ?

— Il y a bien un canal d'urgence, admit le médecin. (Il regarda en direction du Town Hall, secouant la tête comme s'il ne parvenait pas à se convaincre que ce dernier avait disparu.) Mais il est géré par l'interface de la ville. Laquelle n'existe plus. Diego n'avait encore jamais essuyé une catastrophe pareille.

C'est à cause de l'attaque… de la guerre, songea Tally. *C'est ma faute.*

— Son système immunitaire a pris son nouveau tissu cérébral pour une infection, et a réagi en conséquence. Nous avons fait tout notre possible, mais le temps que nous intervenions, les dégâts étaient déjà commis.

— De… gros dégâts ? demanda Tally.

Shay resserra encore sa prise.

Le médecin jeta un regard en direction des gardiens : elle les terrorisait tous.

Il se racla la gorge.

— Vous êtes consciente qu'il présentait déjà des dégâts cérébraux en arrivant ici, n'est-ce pas ?

— Nous sommes au courant, confirma Shay d'une voix apaisante.

— Zane voulait être entièrement guéri : plus de tremblements ni d'absences. Et il avait demandé un renforcement de son contrôle physique – aussi poussé que possible. C'était risqué, mais il nous avait donné son consentement éclairé.

Tally baissa les yeux au sol. Zane avait voulu qu'on

lui rende ses anciens réflexes, et plus encore, afin qu'elle cesse de le voir comme quelqu'un de faible et de banal.

— C'est là que le rejet a été le plus fort, continua le médecin. Dans les fonctions que nous tentions de restaurer. Elles ont entièrement disparu.

— Disparu? (Tally fut prise de vertige.) Ses fonctions motrices?

— Ainsi que d'autres, plus élevées : principalement le discours et les fonctions cognitives. (La prudence du médecin s'estompa, et il revêtit l'expression classique de préoccupation des grands Pretties : calme et compréhensive.) Il ne parvient même plus à respirer tout seul. Nous ne croyons pas qu'il reprenne conscience un jour.

Les gardiens se tenaient prêts à intervenir avec leurs matraques étourdissantes ; Tally respirait une odeur d'électricité.

Le médecin prit une longue inspiration.

— Et le problème, c'est que… nous avons besoin du lit.

Tally sentit ses jambes se dérober sous elle, mais le soutien de Shay l'empêcha de tomber.

— Nous avons des dizaines de blessés, poursuivit le médecin. Quelques employés du Town Hall qui étaient en service de nuit souffrent de brûlures atroces. Nous avons besoin de ces machines, et le plus vite possible.

— Que deviendra Zane? demanda Shay.

Le médecin secoua la tête.

— Il cessera de respirer à l'instant où nous le débrancherons. En temps normal, nous ne procéderions pas aussi précipitamment, mais ce soir…

— Il s'agit d'une circonstance spéciale, acheva doucement Tally.

Shay l'attira contre elle pour lui murmurer à l'oreille :

— Tally, il faut partir. Nous devons quitter cet endroit. Tu es trop dangereuse.

— Je veux le voir.

— Tally-wa, ce n'est pas une bonne idée. Et si tu perdais le contrôle ? Tu risquerais de tuer quelqu'un.

— Shay-la, siffla Tally. Laisse-moi le voir.

— Non.

— Laisse-moi le voir, ou je les tue tous. Et tu ne pourras rien faire pour m'en empêcher.

Shay avait les bras plaqués autour de son corps désormais, mais Tally savait qu'elle pouvait briser son étreinte. Sa combinaison furtive fonctionnait encore suffisamment pour qu'elle la rende glissante, s'échappe et puisse frapper à gauche et à droite, visant les gorges…

Shay modifia sa prise, et Tally sentit une légère pression contre sa nuque.

— Tally, je pourrais t'injecter le remède si je voulais.

— Non, tu ne peux pas. Nous avons une guerre à stopper. Tu as besoin de mon cerveau dans le triste état où il est.

— Mais il leur *faut* ces machines. Tu ne fais que…

— Permets-moi d'être le centre de l'univers *encore cinq minutes*, Shay. Ensuite, je m'en irai et je laisserai Zane mourir, je te le promets.

Shay lâcha un long soupir entre ses dents.

— Dégagez-nous le passage, tout le monde.

Sa tête et ses bras étaient encore branchés ; au chœur endiablé des bips avait succédé un battement régulier.

Mais Tally voyait bien qu'il était mort.

Elle avait déjà vu un cadavre par le passé. Quand

les Special Circumstances avaient détruit l'ancienne Fumée, le vieux bibliothécaire des rebelles avait trouvé la mort en prenant la fuite. (Encore une mort dont elle était responsable, se rappela soudain Tally; comment avait-elle pu oublier *cela*?) Le corps du vieil homme lui avait paru difforme dans la mort, si dénaturé que le monde alentour s'en était trouvé affecté. Même le soleil n'avait pas semblé briller de la bonne façon.

Cette fois-ci, face à Zane, le spectacle lui parut pire – elle avait son regard de Special désormais. Le moindre détail lui apparaissait avec cent fois plus de clarté: son teint livide, la pulsation trop régulière le long de sa gorge, la manière dont ses ongles passaient lentement du rose au blanc.

— Tally… fit Tachs d'une voix nouée.

— Je suis désolée, dit Shay.

En jetant un coup d'œil vers ses amis Scarificateurs, Tally réalisa qu'ils ne pouvaient pas comprendre. Ils avaient beau rester forts et rapides, le traitement de Maddy les avait rendus ordinaires dans leur tête. Ils ne pouvaient mesurer sa frustration devant *l'inutilité* colossale de la mort.

Dehors, les foyers d'incendie brûlaient toujours, d'une beauté dérisoire sous le ciel sombre et parfait. Voilà ce que personne d'autre ne pouvait voir: que le monde était trop intense, trop magnifique pour être affecté par la disparition de Zane.

Tally allongea le bras et lui prit la main. Ses doigts hypersensibles lui indiquèrent que la chair qu'elle touchait était froide, bien trop froide.

Tout était sa faute. Elle avait attiré Zane ici afin qu'il devienne conforme à *ses* désirs; elle s'était promenée à travers la ville au lieu de veiller sur lui ; elle avait déclenché la guerre qui l'avait mis dans cet état.

Voilà quel était le prix à payer pour son ego surdimensionné.

— Désolée, Zane.

Tally se détourna. Elle resta là cinq minutes, qui lui parurent d'une longueur insupportable ; ses yeux la brûlaient, mais elle était incapable de pleurer.

— O.K., allons-y, murmura-t-elle.

— Tu es sûre, Tally ? Ça ne fait que…

— *Fichons le camp !* Allons chercher nos planches. Cette guerre doit cesser.

Shay lui posa la main sur l'épaule.

— D'accord. Dès qu'il fera jour. Nous pourrons voler sans nous arrêter – plus de têtes vides pour nous ralentir, plus de localisateur pour nous faire prendre la route panoramique. Nous serons de retour chez nous en trois jours.

Tally était sur le point de réclamer qu'elles partent sur-le-champ, mais la fatigue qui se lisait sur le visage de Shay la fit taire. Tally était demeurée inconsciente pendant la majeure partie des dernières vingt-quatre heures, mais Shay avait voyagé à la rencontre des Scarificateurs pour les guérir un à un, avait sauvé Tally de la déspécialisation, les avait tous conduits à travers cette longue nuit épouvantable. Elle avait du mal à garder les paupières ouvertes.

Par ailleurs, ce n'était plus son combat. Shay n'avait pas payé le prix que Tally venait de verser.

— Tu as raison, dit Tally, réalisant ce qu'elle devait faire. Va te reposer un peu.

— Et toi ? Comment te sens-tu ?

— Mal, Shay-la. Très mal.

— Désolée, je voulais dire… tu ne vas blesser personne ?

Tally secoua la tête et tendit sa main, qui ne tremblait absolument pas.

— Tu vois ? Je me contrôle, peut-être pour la première fois depuis que je suis devenue Special. Je n'arriverai pas à dormir. Je vais vous attendre.

Shay hésita, incertaine, sentant peut-être ce que Tally avait en tête. Mais la fatigue tomba sur son expression inquiète, et elle se contenta de serrer son amie dans ses bras.

— Il me faut juste une ou deux heures de sommeil. Je suis encore suffisamment spéciale, tu sais.

— Je sais. (Tally sourit.) Dès qu'il fera jour.

Elle sortit de la pièce en compagnie des anciens Scarificateurs, passant devant les médecins et les gardiens nerveux, tournant pour toujours le dos à Zane et à tous les futurs qu'ils avaient imaginés. Et à chaque pas, Tally comprenait un peu plus qu'elle ne devait pas juste quitter Zane, mais les autres également.

Shay ne ferait que la ralentir.

RETOUR À LA MAISON

Tally partit aussitôt que Shay fut endormie.

Il était inutile qu'elles se livrent l'une et l'autre. Shay devait rester ici, à Diego ; pour l'instant, les Scarificateurs représentaient ce que la ville avait de mieux en matière d'armée. Le docteur Cable refuserait de croire Shay, de toute manière. Son cerveau portait les traces du traitement de Maddy – elle n'était plus Special.

Tally l'était encore, en revanche. Elle plongeait et zigzaguait entre les branches de la forêt, les genoux fléchis, les bras déployés comme des ailes, volant comme elle n'avait encore jamais volé. La réalité entière lui apparaissait d'une clarté glaciale : le vent chaud sur son visage, les mouvements de gravité du vol sous ses semelles. Elle avait emporté deux planches, et sautait de l'une à l'autre toutes les dix minutes ; en partageant ainsi la charge, elle pourrait faire tourner ses rotors de sustentation à plein régime pendant plusieurs jours.

Elle atteignit les limites de Diego bien avant le lever du soleil, alors que le ciel orangé commençait tout juste à s'éclairer au-dessus d'elle, pareil à une coupe immense déversant sa lumière sur la nature sauvage. La beauté du monde en était presque douloureuse, et Tally sut qu'elle n'aurait plus jamais besoin de se taillader.

Elle portait une lame en elle désormais, qui la mordait en permanence ; elle la sentait chaque fois qu'elle avalait sa salive, chaque fois que ses pensées se détournaient des splendeurs de la nature.

La forêt s'éclaircit quand Tally atteignit les immenses déserts causés par les fleurs blanches. Alors que le vent qui lui cinglait le visage se chargeait de particules de sable, elle obliqua en direction de la mer, où son système d'aimantation pourrait s'appuyer sur la voie ferrée afin de lui procurer davantage de vitesse.

Elle n'avait que sept jours pour mettre fin à la guerre.

Selon Tachs, les Special Circumstances prévoyaient de laisser la situation se dégrader à Diego pendant une semaine. La destruction du Town Hall perturberait le fonctionnement de la ville pour plusieurs mois, et le docteur Cable semblait croire que des têtes pleines se rebelleraient contre leur gouvernement si leurs besoins n'étaient plus satisfaits.

Et si la rébellion n'intervenait pas comme prévu, les Special Circumstances n'auraient qu'à réitérer leur attaque et détruire de nouvelles infrastructures pour rendre la situation pire encore.

Le logiciel de Tally sonna – dix minutes supplémentaires venaient de s'écouler. Elle appela la deuxième planche et franchit d'un bond le vide qui l'en séparait. Pendant un instant, il n'y eut que du sable et de la broussaille en dessous d'elle ; puis elle se réceptionna sur l'autre planche, en position de vol parfaite.

Elle eut un sourire sinistre. En cas de chute, elle n'aurait pas de grille en contrebas pour la rattraper, rien que du sable compact défilant à cent kilomètres à l'heure. Mais les doutes et les incertitudes qui l'avaient toujours affligée, dont Shay se plaignait même après que Tally fut devenue Scarificatrice, s'étaient finalement évaporés.

Le danger importait peu maintenant. Plus rien n'importait, d'ailleurs.

Elle était vraiment spéciale désormais.

Alors que le soir tombait, Tally rejoignit la voie ferrée côtière.

Les nuages s'étaient amoncelés au-dessus de la mer tout l'après-midi, et quand le soleil se coucha, un voile noir se déroula, couvrant la lune et les étoiles. Une heure après la tombée de la nuit, la chaleur accumulée dans les rails commença à se dissiper, et la voie devint invisible aux infrarouges. Tally poursuivit sa route à l'oreille, se guidant sur le fracas des vagues le long de la grève. Ici, au-dessus des rails métalliques, ses bracelets la sauveraient si elle devait tomber.

À l'aube, elle survola un campement de fugitifs à moitié endormis. Des cris retentirent dans son sillage et, en se retournant, elle vit que le souffle de son passage avait projeté des braises dans l'herbe sèche. Les fugitifs s'efforçaient de les piétiner afin d'empêcher le feu de se propager ; ils battaient les flammes avec leurs sacs de couchage, leurs blousons, tout en piaillant comme une bande de têtes vides.

Tally poursuivit sa route. Elle n'avait pas le temps de faire demi-tour pour les aider.

Elle se demanda ce que deviendraient les fugitifs en chemin vers Diego. La ville serait-elle en mesure de détacher sa maigre flotte d'hélicoptères pour les aider ?

Combien de nouveaux citoyens pourraient-ils encore être absorbés par le nouveau système, maintenant que celui-ci devait lutter pour sa propre existence ?

Bien sûr, Andrew Simpson Smith devait tout ignorer de la guerre en cours. Il devait continuer à distribuer ses localisateurs, qui ne conduiraient plus personne nulle part ; une fois parvenus au point de ramassage, les fugitifs attendraient en vain qu'on vienne les chercher. Ils perdraient foi peu à peu, puis, lorsqu'ils arriveraient à bout de patience et de provisions, retourneraient chez eux.

Certains réussiraient peut-être à rentrer, mais ce n'étaient que des gosses de la ville, ignorant tout des dangers de la nature. Faute de Nouvelle-Fumée pour les accueillir, la plupart disparaîtraient sans laisser de trace.

Au cours de sa deuxième nuit de vol sans repos, Tally tomba.

Elle venait de remarquer un problème à l'une des planches, un défaut microscopique dans une pale d'un rotor avant, qui provoquait un échauffement. Elle surveillait cela depuis quelques minutes, à travers un calque infrarouge détaillé qui occultait sa vision naturelle, et elle ne vit même pas arriver l'arbre.

C'était un pin solitaire, aux branches supérieures dénudées par le sel marin comme sous l'effet d'une mauvaise coupe de cheveux. La planche sur laquelle elle se tenait heurta une branche de plein fouet, qu'elle brisa net, projetant Tally cul par-dessus tête.

Ses bracelets anticrash captèrent le métal des rails juste à temps. Au lieu de la stopper sèchement, comme ils l'auraient fait dans le cas d'une chute verticale, ils la firent rebondir dans l'axe des rails. Pendant un bref instant, Tally eut l'impression d'être attachée à l'avant d'un vieux train ; le monde défilait de part et d'autre, les rails s'enfonçaient devant elle dans la nuit et les traverses se brouillaient en passant sous ses pieds.

Elle se demanda ce qui arriverait si la voie ferrée s'incurvait d'un coup. Les bracelets prendraient-ils le virage avec elle, ou la lâcheraient-ils brutalement sur le sol ?

Mais les rails demeuraient rectilignes, et après une centaine de mètres, les bracelets déposèrent Tally en douceur ; son cœur cognait furieusement bien qu'elle soit indemne. Ses deux planches captèrent son signal une minute plus tard et s'approchèrent dans l'obscurité, pareilles à deux compagnons embarrassés qui se seraient éloignés sans la prévenir.

Tally savait qu'elle avait besoin de sommeil. Lorsque sa concentration déclinerait à nouveau, elle n'aurait peut-être pas autant de chance.

Le soleil ne tarderait pas à se lever, et la ville se trouvait à moins d'une journée de voyage ; elle remonta donc sur la planche qui chauffait et repartit à plein régime, surveillant le moindre changement de son dans le rotor défectueux pour se tenir éveillée.

Juste après l'aube, un crissement aigu retentit, et Tally bondit de sa planche avant que celle-ci ne se désagrège. Elle atterrit sur l'autre planche et se retourna pour regarder la chute des débris incandescents ; ils tournoyèrent vers la mer, où ils s'enfoncèrent en soulevant un geyser d'écume et de vapeur.

Tally poursuivit sa route, sans ralentir un instant.

Quand les Ruines rouillées se profilèrent à l'horizon, elle obliqua vers l'intérieur des terres.

L'ancienne ville fantôme regorgeait de métal, de sorte que, pour la première fois depuis qu'elle avait quitté Diego, Tally s'autorisa à ralentir, afin de laisser refroidir les rotors de sa dernière planche. Elle s'avança en silence au-dessus des rues désertes, contemplant les carcasses de voitures incendiées qui marquaient le dernier jour de l'ère rouillée. Des immeubles en ruine se dressèrent autour d'elle, tous les coins familiers où elle s'était cachée à son époque fumante. Tally se demanda si des Uglies malins continuaient à s'y rendre nuitamment. Peut-être que les ruines n'échauffaient plus autant les imaginations, maintenant qu'on y venait pour s'enfuir vers une véritable ville.

Elles avaient conservé leur atmosphère sépulcrale, cependant, comme si ces décombres à perte de vue grouillaient de fantômes. Les fenêtres béantes qui semblaient fixer Tally la renvoyaient à l'époque où Shay l'avait amenée ici pour la première fois, alors qu'elles étaient moches toutes les deux. C'était Zane qui lui avait enseigné le chemin, naturellement – en fin de compte, c'était grâce à lui si Tally n'était pas une simple tête vide anonyme, heureuse et ignorante entre les tours de New Pretty Town.

Peut-être qu'après sa confession au docteur Cable, Tally se retrouverait là-bas une fois de plus, enfin débarrassée de tous ces souvenirs désolants…

Bip.

Tally ralentit, puis s'arrêta. Elle n'en croyait pas ses oreilles. Elle avait capté ce bip sur la fréquence des Scarificateurs, sauf qu'aucun d'eux n'avait pu arriver ici avant elle. L'identification restait muette, comme si le bip n'émanait de personne. Il s'agissait sûrement d'une balise abandonnée, oubliée à l'issue d'une mission d'entraînement, rien d'autre qu'un signal aléatoire au milieu des ruines.

— Ohé ? murmura-t-elle.

Bip… bip… bip.

Tally haussa les sourcils. Ces signaux n'avaient rien d'aléatoire ; ils ressemblaient plutôt à une réponse.

— Vous m'entendez ?

Bip.

— Mais vous ne pouvez pas parler ? demanda Tally en fronçant les sourcils.

Bip.

Tally soupira, réalisant ce qui se passait.

— D'accord. Bien joué, Ugly. Mais je n'ai pas que ça à faire.

Elle relança ses rotors de sustentation, et prit la direction de la ville.

Bip… bip.

Tally s'arrêta en glissade – elle hésitait à ignorer ce signal. Une bande d'Uglies assez malins pour se connecter sur la fréquence des Scarificateurs aurait peut-être quelques petites choses à lui apprendre. Cela ne pouvait pas faire de mal de se renseigner sur la situation en ville avant d'affronter le docteur Cable.

Elle vérifia la force du signal. Elle le captait haut et fort. Son interlocuteur mystère ne se trouvait pas très loin.

Tally se laissa dériver lentement le long de la rue déserte, en surveillant le signal avec attention. Il se renforçait un peu sur la gauche. Elle obliqua donc dans cette direction et flotta jusqu'au bloc suivant.

— O.K., gamin. Envoie un bip pour oui, et deux pour non. Pigé ?

Bip.

— Est-ce que je te connais ?

Bip.

— Hmm. (Tally continua jusqu'à ce que le signal s'affaiblisse, puis fit demi-tour et revint lentement sur ses pas.) Es-tu un Crim ?

Bip… bip.

La force du signal atteignit un pic, et Tally leva les yeux. Au-dessus d'elle se dressait la plus haute des ruines, ancien repaire des Fumants et emplacement logique pour installer un poste émetteur.

— Es-tu un Ugly ?

Il y eut un long blanc. Puis un seul bip.

Tally se mit à monter en silence. Les aimants de sa planche avaient suffisamment de prise sur la charpente métallique de l'immeuble. Elle étendit ses sens, attentive au moindre bruit.

Le vent tourna, et lui apporta une odeur familière. Son estomac se serra.

— Du SpagBol ? (Elle secoua la tête.) Donc, tu viens de la ville ?

Bip… bip.

Elle entendit un bruit, du mouvement dans les gravats qui jonchaient l'étage au-dessus. Tally descendit de sa planche, prit pied sur un appui de fenêtre et régla sa combinaison furtive sur une approximation grossière de pierre brisée. Empoignant la fenêtre par les deux côtés, elle glissa la tête à l'intérieur et jeta un coup d'œil vers le haut.

Elle le vit au-dessus d'elle, en train de l'observer.

— Tally ? l'appela-t-il.

Elle cligna des paupières. C'était David.

DAVID

— Que diable fiches-tu ici ? lui lança-t-elle.

— Je t'attendais. Je savais que tu repasserais par ici… par les ruines, une dernière fois.

Tally grimpa jusqu'à lui, en se balançant d'une poutrelle à l'autre ; elle mit quelques secondes à couvrir la distance qui les séparait. Installé sur un coin de plancher qui ne s'était pas entièrement effondré, il avait tout juste assez de place pour son sac de couchage étalé à côté de lui. Sa combinaison furtive avait pris la couleur des ombres à l'intérieur du bâtiment.

Dans sa main, un plat autochauffant émit un bip sonore pour indiquer qu'il était prêt, et Tally fut de nouveau assaillie par l'odeur exécrée du SpagBol.

Elle secoua la tête.

— Mais comment as-tu… ?

David brandit un appareil rudimentaire dans une main, une antenne directionnelle dans l'autre.

— Après que nous l'avons guéri, Fausto nous a aidés à mettre ça au point. Chaque fois que l'un d'entre vous approchait, nous pouvions détecter vos antennes dermiques. Et même écouter vos conversations.

Tally s'accroupit sur une poutrelle rouillée, soudain prise de vertige après trois jours de voyage sans relâche.

— Je ne voulais pas savoir comment tu m'as repérée, mais comment tu as fait pour arriver ici aussi rapidement.

— Oh, ça n'a pas été difficile. En apprenant que tu étais partie, Shay a réalisé que tu avais raison : elle serait plus utile en restant à Diego. Mais on n'avait pas besoin de moi. (Il s'éclaircit la gorge.) Alors j'ai pris le premier hélicoptère pour un point de ramassage à mi-chemin d'ici.

Tally soupira, ferma les yeux. *Il faut toujours que tu compliques tout*, lui disait Shay. Elle aurait pu se faire transporter par hélicoptère sur la moitié du trajet. C'était le problème, avec les sorties théâtrales : elles vous faisaient parfois passer pour une tête vide. En tout cas, Tally fut soulagée d'apprendre que ses craintes concernant les fugitifs étaient infondées ; Diego ne les avait pas abandonnés, pas encore.

— Alors *pourquoi* es-tu venu, exactement ?

David prit un air décidé.

— Je suis là pour t'aider, Tally.

— Écoute, David, le fait que nous soyons *plus ou moins* du même bord maintenant ne veut pas dire que j'ai envie de ton aide. Ne devrais-tu pas être à Diego ? C'est la guerre là-bas, tu sais.

Il haussa les épaules.

— Je n'aime pas beaucoup les villes, et je ne connais rien à la guerre.

— Eh bien, moi non plus, mais j'essaie de faire face. (Elle appela sa planche, qui planait toujours en contrebas.) Et si les Special Circumstances m'attrapent en compagnie d'un Fumant, ça ne m'aidera pas à les convaincre de ma sincérité.

— D'accord, mais est-ce que ça va ?

— C'est la deuxième fois qu'on me pose cette question stupide, dit-elle doucement. Non, ça ne va pas.

— Ouais, j'imagine que ce n'était pas malin. Mais nous étions inquiets pour toi.

— Qui ça, nous ? Shay et toi ?

Il secoua la tête.

— Non, ma mère et moi.

Tally ricana brièvement.

— Depuis quand Maddy se fait-elle du souci à mon sujet ?

— Elle a beaucoup pensé à toi ces derniers temps, dit-il en posant son plat de SpagBol intact sur le sol. Il a fallu qu'elle étudie l'opération des Specials pour pouvoir la soigner. Elle en sait long sur ce qu'on ressent, quand on est comme toi.

Tally se détendit tel un ressort, poings serrés, et franchit d'un bond la distance qui les séparait. Une cascade de rouille dégringola dans le gouffre, au cœur du bâtiment. Montrant les dents, elle lui cracha bien en face :

— *Personne* ne sait ce que je peux ressentir en ce moment, David. Crois-moi : personne.

Il soutint son regard sans faiblir, mais Tally pouvait *flairer* sa peur, la faiblesse qui émanait de lui.

— Je suis désolé, dit-il d'une voix égale. Je ne l'entendais pas dans ce sens-là… ça n'a rien à voir avec Zane.

À ce nom, quelque chose se brisa chez Tally, et sa fureur l'abandonna. Elle se laissa tomber sur les fesses, le souffle court. Pendant un moment, elle eut l'impression que toute sa rage s'était changée en une masse de plomb dans sa poitrine. C'était la première fois depuis la mort de Zane que quelque chose, fût-ce la colère, parvenait à percer son désespoir.

Mais ce sentiment n'avait duré que quelques secondes ; ensuite, la fatigue accumulée au cours de ses longues journées de voyage ininterrompu la rattrapa.

Elle enfonça la tête entre ses mains.

— Peu importe.

— Je t'ai apporté quelque chose. Tu pourrais en avoir besoin.

Tally leva les yeux. David tenait une seringue dans le creux de sa main.

Elle secoua la tête avec lassitude.

— On ne veut pas me guérir, David. Les Special Circumstances ne m'écouteront jamais si je ne suis plus des leurs.

— Je sais, Tally. Fausto nous a expliqué ton plan. (Il replaça un capuchon de protection sur l'aiguille.) Garde-la quand même. Une fois que tu leur auras tout raconté, tu auras peut-être envie de changer.

Tally fronça les sourcils.

— Je ne vois pas l'utilité de réfléchir à ce qui m'arrivera *après* ma confession, David. Les autorités de la ville risquent quand même de m'en vouloir un peu ; je n'aurai peut-être pas mon mot à dire.

— J'en doute, Tally. C'est ce qu'il y a de plus étonnant chez toi. Quoi qu'on te fasse, on dirait que tu as toujours le choix.

— Toujours ? (Elle renifla.) Je n'ai pas eu beaucoup de choix lors de la mort de Zane.

— Non… (David secoua la tête.) Encore une fois, je

suis désolé. Je n'arrête pas de dire des idioties. Mais rappelle-toi, quand tu étais Pretty ; tu t'es transformée toute seule, et c'est *toi* qui as mené les Crims hors de la ville.

— Non, c'était Zane.

— Lui avait pris une pilule. Pas toi.

Elle geignit.

— Pas la peine de me le rappeler ! C'est ça qui l'a conduit dans cet hôpital.

— Minute, minute, fit David en levant les mains. J'essaie de dire quelque chose. Tu as trouvé *en toi* un moyen de ne plus être Pretty.

— Ouais, ouais. On sait quel bien ça m'a fait. Ou à Zane.

— Mais oui, ça a fait un bien fou, Tally. En voyant ce que tu avais accompli, ma mère a compris une chose importante à propos de l'inversement de l'opération. Du traitement des têtes vides.

Tally releva la tête, se souvenant des théories de Zane à l'époque où ils étaient Pretties.

— Concernant le fait de se rendre soi-même intense, tu veux dire ?

— Exactement. Ma mère a réalisé que nous n'avions pas besoin d'effacer les lésions, qu'il suffisait de stimuler le cerveau afin de les contourner. Voilà pourquoi le nouveau traitement est beaucoup plus sûr, et pourquoi il agit plus vite. (Il s'emballait en parlant, et ses yeux brillaient dans l'obscurité.) Voilà comment nous avons pu transformer Diego en deux mois. Grâce à *ce que tu nous avais montré.*

— Alors, c'est ma faute si les gens se transforment le petit doigt en serpent ? Formidable.

— La faute de la liberté qu'ils ont acquise, Tally. C'est la fin de l'Opération.

Elle eut un rire amer.

— La fin de Diego, tu veux dire. Une fois que le docteur Cable aura mis la main sur leur ville, ils souhaiteront n'avoir jamais entendu parler des pilules de ta mère.

— Écoute, Tally. Cable n'est pas aussi forte que tu le crois. (Il se pencha plus près.) Voilà ce que je suis venu te dire : après l'instauration du nouveau système, certains industriels de Diego ont commencé à nous aider. Production de masse. Nous avons introduit clandestinement deux cent mille pilules dans ta ville au cours du dernier mois. Et si tu réussis à déstabiliser les Special Circumstances, rien que pour quelques jours, tu la verras commencer à changer. La peur est la seule chose qui empêche l'instauration d'un nouveau système ici aussi.

— La peur de ceux qui ont attaqué l'Arsenal, oui ! (Elle soupira.) Donc, c'est encore ma faute.

— Peut-être. Mais si tu parviens à dissiper cette peur, tu auras retenu l'attention de toutes les autres villes du monde. (Il lui prit la main.) Tu ne fais pas qu'arrêter une guerre, Tally. Tu es en train de *tout* réparer.

— Ou de tout bousiller. Quelqu'un a-t-il réfléchi à ce que nous ferons de la nature si nous guérissons tous d'un seul coup ? (Elle secoua la tête.) Je sais seulement que je dois mettre un terme à cette guerre.

Il sourit.

— Le monde est déjà en train de changer, Tally. Et c'est grâce à toi.

Elle s'écarta et demeura silencieuse un long moment.

Elle ne voulait pas risquer de déclencher une nouvelle tirade lui expliquant à quel point elle était formidable. Elle ne se sentait pas particulièrement formidable pour l'instant, juste éreintée. David se contenta de l'observer sans rien dire, s'imaginant peut-être que ses paroles étaient en train de faire leur œuvre, alors que le silence de Tally signifiait simplement qu'elle était trop lasse pour parler.

Aux yeux de Tally Youngblood, la guerre ne laissait que des ruines fumantes sur son passage. Elle ne pouvait pas tout réparer, pour la simple raison que la seule personne dont elle se souciait était au-delà de toute guérison.

Maddy aurait beau soigner toutes les têtes vides du monde, cela ne rendrait pas la vie à Zane.

Une question continuait pourtant à la tarauder.

— Donc, tu dis que ta mère *m'aime bien*, maintenant ?

David sourit.

— Elle a fini par prendre conscience de ton importance. Pour l'avenir du monde. Et pour moi.

Tally secoua la tête.

— Ne dis pas ce genre de choses. À propos de toi et moi.

— Je regrette, Tally. Mais c'est la vérité.

— Ton père est *mort* à cause de moi, David. Parce que j'ai trahi La Fumée.

Il secoua lentement la tête.

— Tu ne nous as pas trahis – tu as été manipulée par les Special Circumstances, comme beaucoup d'autres gens. Et ce sont les expériences du docteur Cable qui ont tué mon père, pas toi.

Tally soupira. Elle se sentait trop fatiguée pour discuter.

— Je suis contente que Maddy ne me haïsse plus, en tout cas. Et à propos du docteur Cable, il faut que j'aille la trouver pour mettre fin à cette guerre. Y a-t-il autre chose que tu voulais me dire ?

— Non. (Il ramassa son plat et ses baguettes, baissa les yeux sur la nourriture et continua d'une voix douce :) J'ai terminé. Sauf que…

Elle gémit.

— Écoute, Tally, tu n'es pas la seule à avoir perdu quelqu'un. (Il plissa les paupières.) Après la mort de mon père, moi aussi j'ai été tenté de disparaître.

— Je ne suis pas en train de disparaître, David, je ne m'enfuis pas. Je fais simplement ce que j'ai à faire, d'accord ?

— Tout ce que je veux dire, c'est que je serai là quand tu en auras fini.

— Toi ?

Elle secoua la tête.

— Tu n'es pas seule, Tally. Ne fais pas semblant de l'être.

Tally tenta de se lever, pour ne plus entendre ces bêtises, mais la tour en ruine se mit brusquement à osciller. Elle se laissa retomber sur les fesses.

Encore une sortie théâtrale ratée.

— O.K., David, on dirait que je ne vais aller nulle part avant d'avoir dormi un peu. J'aurais mieux fait d'embarquer dans cet hélicoptère.

— Prends mon sac de couchage. (Il s'écarta sur le côté et brandit son antenne.) Je te réveillerai si quelqu'un vient fouiner dans le coin. Tu es en sécurité ici.

— En sécurité.

Tally se glissa contre lui, percevant un court instant la chaleur de son corps et se rappelant vaguement son odeur du temps où ils étaient ensemble, ce qui lui semblait remonter à des années.

C'était étrange ; son visage d'Ugly l'avait dégoûtée la dernière fois, mais après avoir vu tant de chirurgies démentielles à Diego, son sourcil balafré et son sourire de travers évoquaient simplement un choix esthétique parmi d'autres. Et pas si moche que cela.

Sauf qu'il n'était pas Zane.

Tally rampa à l'intérieur du sac de couchage, puis jeta un coup d'œil à travers les niveaux pourris du bâtiment jusqu'aux fondations ensevelies sous les gravats cent mètres plus bas.

— Hum, ne me laisse pas rouler dans mon sommeil, O.K. ?

Il sourit.

— Entendu.

— Et donne-moi ça. (Elle lui prit la seringue des mains, pour la glisser dans une des poches de sa combinaison furtive.) Je pourrais en avoir besoin un de ces jours.

— Peut-être que non, Tally.

— Ne va pas m'embrouiller les idées, murmura-t-elle.

Tally reposa sa tête, et s'endormit.

RÉUNION D'URGENCE

Elle suivit le fleuve jusque chez elle.

En survolant l'eau vive, alors que les tours familières de New Pretty Town se profilaient devant elle, Tally se demanda si ce serait la dernière fois qu'elle verrait sa ville depuis l'extérieur. Combien de temps vous enfermait-on pour avoir attaqué votre propre ville, détruit accidentellement ses forces armées et provoqué une guerre de dupes sans le vouloir ?

À l'instant où elle parvint à portée du réseau de transmission, les infos submergèrent son antenne dermique comme une lame de fond. Plus de cinquante chaînes se consacraient à la guerre, revenant à loisir sur la manière dont la flottille de robots avait percé les défenses de Diego et rasé le Town Hall. Tout le monde se *réjouissait* de l'événement, comme si le bombardement d'un adversaire réduit à l'impuissance était en quelque sorte le feu d'artifice d'une célébration attendue depuis longtemps.

Cela faisait étrange d'entendre mentionner les Special Circumstances toutes les cinq secondes – comment elles s'étaient déployées après la destruction de l'Arsenal, comment elles protégeraient la population. Il y avait une semaine encore, la plupart des gens ne *croyaient pas* aux Specials, et voilà que ces derniers devenaient brusquement les sauveurs de la ville.

Les nouvelles lois en temps de guerre avaient même leur propre chaîne, morne listing de règles qu'il convenait de mémoriser. Le couvre-feu était plus strict que jamais en ce qui concernait les Uglies, et pour la première fois dans le souvenir de Tally, les nouveaux Pretties se voyaient imposer des limites à leurs déplacements comme à leurs agissements. Faire du ballon était complètement interdit, la planche magnétique était réservée aux parcs ainsi qu'aux terrains de sport. Et depuis que la désintégration de l'Arsenal avait illuminé le ciel, les feux d'artifice quotidiens de New Pretty Town étaient tous annulés.

Personne ne semblait protester, toutefois, pas même la bande des Air-Chaud, qui pourtant vivaient pratiquement à bord de leurs ballons durant l'été. Bien sûr, même si deux cent mille personnes avaient été guéries, cela laissait près d'un million de têtes vides. Peut-être que ceux qui auraient voulu manifester restaient trop peu nombreux pour se faire entendre.

À moins qu'ils n'aient trop peur des Special Circumstances pour élever la voix.

Au moment de franchir la ceinture extérieure de Crumblyville, l'antenne dermique de Tally accrocha un drone qui patrouillait aux abords de la ville. La machine la soumit à une fouille électronique rapide avant de l'identifier comme un agent des Special Circumstances.

Tally se demanda si quelqu'un avait trouvé un moyen de contourner les nouvelles patrouilles, ou si tous les Uglies un peu malins avaient déjà disparu, soit partis pour Diego, soit enrôlés dans les Special Circumstances.

Tout avait tellement changé en quelques semaines ! Plus elle se rapprochait de la ville, moins elle avait le sentiment de retourner chez elle – surtout maintenant que Zane ne contemplerait plus jamais ces immeubles avec elle…

Tally inspira profondément. Il était temps d'en finir.

— Message pour le docteur Cable.

Son appel lui revint pour annoncer que l'interface de la ville l'avait mise en attente. Apparemment, le chef des Special Circumstances était très occupé ces jours-ci.

Mais quelques instants plus tard, une autre voix répondit :

— Agent Youngblood ?

Tally fronça les sourcils. C'était Maxamilla Feaster, l'une des adjointes du docteur Cable. Les Scarificateurs avaient toujours adressé directement leurs rapports à Cable.

— Laissez-moi parler au docteur, demanda Tally.

— Elle n'est pas disponible, Youngblood. Elle est en réunion avec le conseil de la ville.

— Dans le centre-ville ?

— Non. Au siège.

Tally ralentit sa planche et s'immobilisa.

— Au siège des Special Circumstances ? Depuis quand le conseil de la ville se réunit-il là-bas ?

— Depuis que nous sommes en guerre, Youngblood. Il est arrivé un tas de choses depuis que vous et les autres guignols avez disparu dans la nature. Où diable étiez-vous passés ?

— C'est une longue histoire, que je raconterai directement au docteur quand je la verrai. Dites-lui que j'arrive avec des informations de la plus haute importance.

Il y eut un bref silence, puis la voix de la femme revint en ligne, agacée.

— Écoutez, Youngblood. Nous sommes en guerre, et le docteur Cable agit actuellement en tant que chef du conseil. Elle a une ville entière sur les bras ; elle n'a plus le temps de dorloter les Scarificateurs comme d'habitude. Alors, dites-moi de quoi il retourne, sinon vous ne verrez pas « le docteur » avant un bon moment. Compris ?

Tally encaissa. La ville était donc entièrement dirigée par le docteur Cable ? La confession qu'elle envisageait ne suffirait peut-être pas. Et si Cable appréciait trop le pouvoir pour accepter de croire la vérité ?

— O.K., Feaster. Dites-lui seulement que les Scarificateurs se trouvaient à Diego la semaine dernière – pour la guerre, d'accord ? – et que je ramène des renseignements vitaux pour le conseil. Ça concerne la sécurité de la ville. Ça vous suffit ?

— Vous étiez à Diego ? Mais comment diable… commença l'adjointe.

D'un geste de la main, Tally coupa le contact. Elle en avait dit suffisamment pour retenir l'attention de la femme.

Elle se pencha en avant, enclencha les rotors de sustentation et partit à plein régime en direction de la ceinture industrielle. Elle espérait arriver avant la fin de la réunion du conseil de la ville.

Ce serait le public idéal pour sa confession.

Le siège des Special Circumstances s'étendait dans la plaine de la zone industrielle, ramassé, plat et guère impressionnant. Mais il était plus vaste qu'il n'en avait l'air, car il s'enfonçait sous la terre sur une douzaine de niveaux. Si le conseil de la ville redoutait une autre attaque, c'était l'endroit le plus logique pour se cacher. Tally était certaine que le docteur Cable, trop heureuse de voir le gouvernement de la ville se réfugier dans son giron, avait dû accueillir ses membres à bras ouverts.

Elle contempla le sommet de la colline abrupte qui surplombait le bâtiment. À l'époque où elle était Ugly, David et elle avaient sauté de là-haut à bord de leurs planches, pour atterrir sur le toit. Depuis, on avait installé des capteurs de mouvement afin d'empêcher ce genre d'intrusion de se reproduire. Mais aucune forteresse n'était conçue pour retenir l'une des siennes à l'extérieur, en particulier lorsqu'elle apportait des nouvelles importantes.

Tally rouvrit le canal de son antenne dermique.

— Message pour le docteur Cable.

Cette fois-ci, Feaster lui répondit instantanément.

— Arrêtez vos petits jeux, Youngblood.

— Laissez-moi parler à Cable.

— Elle est toujours en compagnie du conseil. Vous allez devoir discuter avec *moi* en premier.

— Je n'ai pas le temps de tout expliquer deux fois, Maxamilla. Mon rapport concerne le conseil au complet. (Elle fit une pause, le temps de prendre une grande inspiration.) Il y a un autre assaut en préparation.

— Un autre… *quoi* ?

— Un assaut, et il est imminent. Dites au docteur que je serai là dans deux minutes. Je me rends directement à la réunion du conseil.

Tally coupa de nouveau le contact pour noyer la réponse bredouillée par l'adjointe. Elle fit pivoter sa planche et fila au pied du versant incliné de la colline, puis se tourna face au sommet, faisant jouer ses doigts.

L'astuce consistait à réussir une entrée le plus théâtrale possible, en franchissant tous les contrôles pour accéder directement à la réunion du conseil. Le docteur Cable apprécierait probablement de voir l'un de ses Scarificateurs chéris faire irruption pour transmettre des renseignements vitaux, preuve que les Special Circumstances étaient sur la brèche.

Bien sûr, le discours que tiendrait Tally ne serait pas celui qu'elle espérait.

Tally lança sa planche à plein régime, rotors et système d'aimantation engagés à fond. Elle grimpa la colline en prenant de plus en plus de vitesse.

Au sommet, l'horizon se déroba brusquement tandis que le sol disparaissait sous elle, et Tally s'envola dans les airs.

Elle coupa les rotors et fléchit les genoux, s'agrippant à la planche du bout des doigts.

Le silence se prolongea, tandis que le toit du quartier général grossissait à vue d'œil. Tally sentit un sourire s'étaler sur son visage. C'était peut-être la dernière fois qu'elle faisait quelque chose d'aussi glacial ; elle en profitait.

Une centaine de mètres avant l'impact, ses rotors de sustentation se remirent en marche. La planche se plaqua contre Tally, luttant pour freiner sa chute ; ses bracelets anticrash poussaient sur ses poignets.

La planche magnétique s'écrasa violemment sur le toit, et Tally effectua une roulade puis se mit à courir. Des sirènes se déclenchèrent autour d'elle, mais grâce à son antenne dermique, elle fit taire le système d'alarme d'un simple geste. Elle réclama à grands cris qu'on lui ouvre en urgence la trappe d'accès des aérocars.

Il y eut une courte pause, puis la voix anxieuse de Feaster répondit :

— Youngblood ?

— Faites-moi entrer, vite !

— J'ai informé le docteur Cable. Elle demande que vous la retrouviez immédiatement à la réunion du conseil. Ils sont dans l'amphithéâtre d'opérations du niveau J.

Tally s'autorisa un sourire. Son plan fonctionnait.

— Pigé. Ouvrez la trappe, maintenant.

— D'accord.

Dans un grincement métallique, la plate-forme d'atterrissage se fendit sous les pieds de Tally, comme si le toit s'ouvrait en deux. Elle se laissa tomber dans l'entre-bâillement qui s'élargissait, passant de la clarté du jour à la semi-obscurité, et se réceptionna sur le toit d'un aérocar des Special Circumstances. Ignorant les regards surpris des ouvriers de maintenance, elle roula jusqu'au sol et continua à courir.

La voix jaillit de nouveau dans son oreille.

— J'ai un ascenseur qui vous attend. Juste devant vous.

— Trop lent, souffla Tally, pantelante, en s'arrêtant devant la porte de l'ascenseur. Ouvrez-moi simplement un puits vide.

— Vous voulez rire, Youngblood ?

— Non ! Chaque seconde peut compter. Allez-y !

Un instant plus tard, une porte voisine s'ouvrit sur les ténèbres.

Tally s'avança dans le vide.

Ses chaussures à semelles agrippantes crissèrent tandis qu'elle descendait en rebondissant d'un côté à l'autre du puits, en une chute à peine contrôlée, dix fois plus vite que n'importe quel ascenseur. Sur le canal de transmission du quartier général, elle entendit la voix de Feaster prévenir tout le monde de lui dégager le chemin. Un flot de lumière se déversa dans le puits – la porte du niveau J, ouverte, qui l'attendait.

Tally se retint au palier du niveau supérieur et se balança par l'ouverture ; elle courait déjà en touchant le sol. Elle piqua un sprint le long du couloir, tandis que les Specials s'écartaient de part et d'autre devant elle, comme si Tally était une sorte de messagère pré-rouillée apportant des nouvelles à son souverain.

Devant l'amphithéâtre d'opérations, Tally retrouva Maxamilla Feaster en compagnie de deux Specials en tenue de combat.

— Il y a intérêt à ce que ce soit important, Young-blood.

— Ça l'est, croyez-moi.

Feaster acquiesça, et la porte s'ouvrit. Tally s'engouffra à l'intérieur.

Elle s'arrêta en dérapant. L'amphithéâtre était silencieux, vaste cercle de sièges vides qui la fixaient de tous côtés – pas de docteur Cable, nul conseil de la ville.

Rien que Tally Youngblood, hors d'haleine et complètement seule.

Elle fit volte-face.

— Feaster ? Qu'est-ce que… ?

La porte se referma en coulissant. Tally était piégée à l'intérieur.

Sur son antenne dermique, elle perçut une note d'amusement dans la voix de Feaster.

— Attendez ici un moment, Youngblood. Le docteur Cable vous rejoindra dès qu'elle en aura fini avec le conseil.

Tally secoua la tête. Sa confession serait inutile si Cable n'avait pas envie de la croire. Elle avait besoin de témoins.

— Mais c'est en train d'arriver *maintenant* ! Pourquoi croyez-vous que j'ai couru jusqu'ici ?

— Pourquoi ? Peut-être pour raconter au conseil que Diego n'avait rien à voir avec l'attaque de l'Arsenal ? Qu'en réalité, il s'agissait de vous ?

Tally en resta bouche bée ; sa tirade suivante mourut sur ses lèvres. Elle repassa dans son esprit les paroles de Feaster, lentement, incapable d'en croire ses oreilles.

Comment étaient-ils au courant ?

— De quoi voulez-vous parler ? parvint-elle enfin à demander.

Une délectation cruelle était perceptible dans la voix de Maxamilla Feaster.

— Un peu de patience, Tally. Le docteur Cable vous expliquera.

Puis les lumières s'éteignirent, l'abandonnant dans le noir complet. Quand elle voulut soulever une dernière protestation, Tally s'aperçut que la communication était coupée.

CONFESSION

Cette période de noir absolu dura pendant des heures. Tally sentait monter en elle une rage brûlante, pareille à un feu de forêt qui gagne en vigueur à chaque seconde qui passe. Elle refoula son envie de s'élancer dans le noir au hasard, de détruire tout ce qui lui tomberait sous la main, de se creuser un chemin à travers le plafond et, de là, vers les niveaux supérieurs, jusqu'à ce qu'elle débouche enfin à la lumière du jour.

Elle s'obligea au contraire à demeurer assise par terre, en respirant profondément avec le souci de rester calme. L'idée qu'elle allait *perdre* de nouveau face au docteur Cable ne cessait de lui trotter dans la tête. Comme elle avait perdu lors de l'invasion de La Fumée, quand elle s'était livrée afin qu'on la rende Pretty, ou quand Zane et elle s'étaient échappés pour être repris peu de temps après.

Encore et encore, Tally ravala sa colère, serrant les poings si fort qu'elle craignait que ses doigts finissent par se briser. Elle se sentait impuissante, exactement comme devant Zane étendu devant elle, en train de mourir…

Mais elle ne pouvait pas se permettre de perdre

encore une fois. Pas cette fois-ci, alors que l'avenir du monde était en jeu.

Elle patienta donc dans le noir, en rongeant son frein.

La porte s'ouvrit enfin, encadrant la silhouette familière du docteur Cable. Au plafond, quatre spots s'allumèrent, directement dans les yeux de Tally. Un instant aveuglée, celle-ci entendit d'autres Specials se glisser à l'intérieur tandis que la porte se refermait derrière eux.

Tally bondit sur ses pieds.

— Où sont les membres du conseil? Je dois leur parler de toute urgence.

— Je crains que tes propos ne les effraient, et je n'y tiens pas. Nos conseillers sont particulièrement nerveux, ces temps-ci. (Un petit rire provint de la silhouette du docteur Cable.) Ils sont encore au niveau H, en train de s'étourdir de paroles.

Deux niveaux plus haut… Elle était parvenue si près du but, pour échouer de nouveau!

— Bienvenue à la maison, Tally, dit le docteur Cable d'une voix douce.

Tally jeta un regard circulaire sur l'auditorium désert.

— Merci pour la petite fête surprise.

— C'est toi qui comptais nous surprendre, je crois.

— Quoi, en vous disant la vérité?

— La vérité? Venant de toi? (Le docteur Cable s'esclaffa.) Rien n'aurait pu me surprendre davantage.

Une flambée de colère parcourut Tally, mais elle se contint en prenant une longue inspiration.

— Comment avez-vous su?

Le docteur Cable s'avança dans la lumière, tirant un petit couteau de sa poche.

341

— Je crois que ceci t'appartient. (Elle le lança en l'air ; le couteau tournoya, scintilla dans la lumière des spots, avant de se ficher dans le sol aux pieds de Tally.) En tout cas, les cellules de peau trouvées dessus sont les tiennes.

Tally contempla fixement le couteau.

C'était celui que Shay avait jeté pour déclencher l'alarme de l'Arsenal, celui dont Tally s'était servie pour se taillader cette nuit-là. Elle ouvrit le poing et regarda sa paume ; ses tatouages continuaient à pulser à un rythme saccadé, barrés par la cicatrice. Elle avait vu Shay essuyer l'arme afin d'effacer ses empreintes, mais de minuscules fragments de sa peau avaient dû y rester collés…

Ils avaient dû le trouver et mener des analyses ADN peu de temps après l'assaut. Ils savaient depuis le début que Tally Youngblood se trouvait à l'Arsenal ce soir-là.

— Je savais bien que cette vilaine habitude finirait par vous attirer des ennuis, à vous autres Scarificateurs, murmura le docteur Cable. Est-ce vraiment si merveilleux de se taillader le bras ? Il faudra que je me penche sur la question, la prochaine fois que je créerai des Specials aussi jeunes.

Tally s'agenouilla et arracha le couteau du sol. Elle le soupesa dans sa main, en se demandant si un lancer bien placé pourrait conduire l'arme jusqu'à la gorge du docteur. Mais Cable était tout aussi rapide qu'elle, tout aussi spéciale.

Tally ne pouvait plus se contenter d'obéir à ses impulsions. Elle devait *réfléchir* à un moyen de débrouiller la situation.

Elle rejeta l'arme de côté.

— Dis-moi seulement une chose, dit le docteur Cable. Pourquoi as-tu fait ça ?

Tally secoua la tête. Raconter toute la vérité signifierait parler de Zane ; elle avait déjà suffisamment de mal à se contrôler.

— C'était un accident.

— Un accident ? s'esclaffa le docteur Cable. Sacré accident, qui a détruit la moitié de notre armée.

— Nous n'avions pas prévu de libérer ces nanos.

— Nous ? Les Scarificateurs ?

Tally secoua la tête – inutile de mentionner Shay non plus.

— Une chose en a entraîné une autre…

— Eh oui. C'est toujours ainsi avec toi, n'est-ce pas, Tally ?

— Mais pourquoi avez-vous menti à tout le monde ?

Le docteur Cable soupira.

— Je pensais que ce serait évident, Tally. Je pouvais difficilement admettre que *tu* avais presque démantelé les défenses de la ville à toi toute seule. Les Scarificateurs représentaient ma fierté et ma joie, mes Specials spéciaux. (Son sourire cruel s'étala sur son visage.) Par ailleurs, tu m'offrais une splendide opportunité, celle de me débarrasser d'une vieille ennemie.

— Que vous avait fait la ville de Diego ?

— Elle soutenait l'ancienne Fumée. Elle accueillait nos fugitifs depuis des années. Et puis, Shay nous avait signalé que quelqu'un fournissait aux Fumants des combinaisons furtives et d'énormes quantités de ces satanées pilules. De qui d'autre aurait-il pu s'agir ? (Sa voix se renforça.) Les autres villes attendaient toutes que quelqu'un se charge d'éradiquer Diego, son nouveau système et ses violations des standards morphologiques. Tu m'as simplement fourni les munitions nécessaires. Tu as toujours été si *pratique*, Tally.

Tally ferma les yeux, fort, regrettant que les paroles du docteur Cable ne parviennent pas aux oreilles du conseil. Si seulement ses membres apprenaient qu'on leur avait menti...

Mais la ville entière était trop effrayée pour penser de façon lucide, trop excitée par sa propre riposte, trop disposée à se plier aux ordres de cette femme monstrueuse.

Tally secoua la tête. Elle avait passé les derniers jours à se concentrer sur la nécessité de se reprogrammer elle-même, alors qu'il lui fallait reprogrammer *tout le monde*.

Ou peut-être que la bonne personne suffirait...

— Où cela s'arrêtera-t-il ? demanda-t-elle d'un ton posé. Combien de temps va encore durer cette guerre ?

— Elle ne s'arrêtera jamais, Tally. Je peux accomplir trop de choses qui m'étaient interdites avant, et crois-moi, les têtes vides s'amusent bien à suivre tout ça aux infos. Et il aura suffi d'une *guerre*, Tally. J'aurais dû y penser des années plus tôt ! (La femme se rapprocha. Son joli visage aux traits cruels était souligné par la lumière des spots.) Ne vois-tu pas que nous entrons dans une nouvelle ère ? Dorénavant, *chaque jour* constitue une circonstance spéciale !

Tally acquiesça lentement, puis se fendit d'un large sourire.

— C'est gentil de me dire cela, à moi. Et à tout le monde.

Le docteur Cable haussa un sourcil.

— Je te demande pardon ?

— Cable, je ne suis pas venue ici pour raconter au conseil de la ville ce qui s'est passé. Ce ne sont que des poules mouillées, s'ils s'en sont remis à vous. Je suis venue m'assurer que tout le monde sera informé de vos mensonges.

La femme émit un rire de gorge grave et profond.

— Ne me dis pas que tu as enregistré une vidéo où tu expliques, toi, Tally, comment tu as déclenché la guerre ? Qui le croirait ? Tu étais peut-être célèbre autre-fois parmi les têtes vides et les Uglies, mais au-dessus de vingt ans, personne ne sait même que tu existes.

— Non, mais on vous connaît, vous, maintenant que vous avez pris le contrôle. (Tally plongea la main dans sa combinaison furtive et en sortit la seringue.) Et maintenant qu'on vous a vue expliquer que cette guerre était basée sur une tromperie, on se souviendra de vous *à tout jamais*.

Le docteur Cable fronça les sourcils.

— Qu'est-ce que c'est que ce truc ?

— Un transmetteur satellite, impossible à brouiller. (Tally ôta le capuchon, dévoilant l'aiguille.) Vous voyez cette petite antenne ? Étonnant, non ?

— Tu n'as pas pu… pas d'ici.

Le docteur Cable ferma les yeux, paupières frémis-santes, pour effectuer certaines vérifications sur les chaînes d'informations.

Tally continua sa tirade. Son sourire s'élargissait de plus en plus.

— Les chirurgiens de Diego sont incroyables. Ils m'ont remplacé les yeux par des caméras stéréo et les ongles par des micros. La ville entière vient de vous voir expliquer ce que vous avez fait.

Le docteur Cable écarquilla les yeux.

— Il n'y a rien aux infos, Tally. Ton petit gadget n'a pas fonctionné.

Tally haussa les sourcils, puis examina la base de sa seringue d'un air perplexe.

— Oups. J'ai oublié d'appuyer sur *Envoi*.

Elle avança un doigt…

Le docteur Cable bondit, la main tendue vers la seringue, et dans la même fraction de seconde Tally orienta l'aiguille exactement selon l'angle voulu…

Le coup lui fit sauter la seringue des mains, et Tally l'entendit glisser dans un coin, où elle se brisa en morceaux.

— Vraiment, Tally, fit le docteur Cable en souriant. Pour quelqu'un d'aussi intelligent, tu te conduis parfois comme une idiote.

Tally baissa la tête et ferma les yeux. Elle respirait lentement par le nez, fouillant l'air…

Puis elle le sentit – une infime odeur de sang.

Rouvrant les yeux, elle vit le docteur Cable regarder sa main, agacée par la piqûre de l'aiguille. Shay disait avoir à peine remarqué les effets du traitement au début – ils mettaient plusieurs jours à se manifester…

En attendant, Tally ne tenait pas à ce que Cable se demande comment elle avait fait pour se piquer sur « l'antenne », ou aille examiner de plus près les débris de la seringue. Une diversion s'imposait.

Elle revêtit une expression furibonde.

— Vous me traitez *d'idiote* ?

Elle enfonça son pied dans le ventre du docteur Cable, chassant l'air de ses poumons.

Les autres Specials réagirent instantanément, mais

Tally fonçait déjà vers l'endroit où elle avait entendu tomber la seringue. Elle posa le pied en plein sur les débris, aussi fort qu'elle put, puis prolongea le mouvement par un coup de pied en rotation qui cueillit son plus proche poursuivant à la mâchoire. Elle bondit alors sur la première rangée de sièges et se mit à courir d'un dossier à l'autre sans toucher le sol.

— Agent Youngblood, lui lança un autre garde. Nous ne voulons pas vous faire de mal !

— J'ai bien peur de vous y obliger !

Elle fit demi-tour vers le premier garde étendu au sol ; la porte de l'amphithéâtre venait de s'ouvrir à la volée, livrant passage à une meute d'agents en uniformes de soie grise.

Tally bondit près du garde assommé pour se recevoir une fois de plus sur les débris de la seringue. L'autre garde en tenue de combat lui décocha un coup de poing dans l'épaule, qui la fit rouler en arrière sur la première rangée de sièges. Elle se releva et se jeta sur lui, indifférente à la masse des Specials en train de fondre sur elle.

Quelques secondes plus tard, Tally se retrouvait allongée face contre terre, les bras cloués dans le dos. En se tortillant, elle réduisit en poudre les derniers morceaux de seringue coincés sous elle. Puis elle reçut un coup de pied dans les côtes qui lui coupa le souffle.

D'autres agents vinrent s'empiler sur elle ; elle eut l'impression d'avoir un éléphant sur le dos. La salle devint floue ; Tally se sentit vaciller, au bord de la perte de conscience.

— Tout va bien, docteur, déclara l'un des Specials. Nous l'avons maîtrisée.

Cable ne répondit pas. Tally se dévissa le cou pour

la voir. Le médecin, plié en deux, toussait en cherchant son souffle.

— Docteur ? s'enquit le Special. Ça va aller ?

Donnez-lui juste un peu de temps, songea Tally. *Et ça ira beaucoup, beaucoup mieux.*

EFFONDREMENT

Tally assista à la transformation depuis sa cellule.

Au début, les premiers changements furent discrets. Pendant quelques jours, le docteur Cable apparut fidèle à sa nature psychotique habituelle lors de ses visites et interrogeait Tally avec arrogance sur la situation à Diego. Tally se prêtait au jeu, inventant un tissu de mensonges sur l'effondrement en cours du nouveau système, cependant qu'elle guettait le moindre signe de guérison.

Mais plusieurs décennies de vanité et de cruauté ne s'effaçaient pas en quelques instants, et le temps lui-même semblait s'être arrêté entre les quatre murs de la cellule de Tally. Les Scarificateurs n'étaient pas faits pour vivre en intérieur, surtout dans un espace confiné, et Tally devait focaliser toute son énergie pour ne pas devenir folle. Elle fixait la porte de sa cellule, pleine de désespoir, luttant contre la rage qu'elle sentait monter en elle par vagues, contrainte de résister en permanence à la tentation de se taillader avec ses ongles ou avec ses dents.

C'était ainsi qu'elle avait réussi à se reprogrammer pour Zane – en cessant de s'entailler. Elle n'allait pas succomber à cette faiblesse maintenant.

Le plus dur pour Tally était de ne pas penser à l'endroit où elle se trouvait, à douze étages sous terre, comme si sa cellule était un cercueil enfoui dans les profondeurs ; comme si elle était morte, maintenue consciente au fond du tombeau par quelque machinerie démoniaque du docteur Cable.

La cellule lui rappelait la manière dont vivaient les Rouillés – ces petites pièces étriquées dans les ruines sans vie, leurs villes surpeuplées pareilles à des prisons dressées vers le ciel. Chaque fois que la porte s'ouvrait, Tally s'attendait à passer sous le scalpel, à se réveiller dans la peau d'une tête vide, voire d'une forme de Special encore plus psychotique. Elle était presque soulagée de voir le docteur Cable venir l'interroger de nouveau – tout valait mieux que rester seule dans cette cellule vide.

Puis elle commença à repérer enfin les premiers signes d'une lente guérison. Graduellement, le docteur Cable parut moins sûre d'elle-même, moins apte à prendre des décisions.

— Ils racontent mes secrets à *tout le monde* ! se mit-elle à pester un jour, en se passant la main dans les cheveux.

— Qui ça ?

— *Diego* ! cracha-t-elle. Hier soir, ils ont fait passer Shay et Tachs sur les réseaux d'informations mondiaux. Ils ont montré leurs cicatrices et m'ont traitée de monstre.

— C'est moche, reconnut Tally.

Le docteur Cable lui jeta un regard noir.

— Et ils ont diffusé des scans de ton corps, en te traitant de « violation morphologique » !

— Vous voulez dire que je suis de nouveau célèbre ?

Cable acquiesça.

— Tristement célèbre, Tally. Tout le monde a peur de toi. Les autres villes n'aimaient déjà pas beaucoup l'idée du nouveau système, mais on dirait qu'elles trouvent ma petite bande de psychotiques de seize ans bien pire.

Tally sourit.

— Nous étions assez glacials, c'est vrai.

— Alors comment vous êtes-vous laissé capturer par Diego ?

— Ouais, c'était mal joué. (Tally haussa les épaules.) Et par une poignée de gardiens, en plus. Vous auriez dû voir ces uniformes grotesques qui les faisaient ressembler à des abeilles !

Le docteur Cable la fixa. Elle se mit à trembler comme le pauvre Zane.

— Mais vous étiez si forts, Tally. Si rapides !

Tally haussa les épaules encore une fois.

— Je le suis toujours.

Le docteur Cable secoua la tête.

— Pour l'instant, Tally. Pour l'instant.

Après deux semaines de silence et de solitude, quelqu'un dut prendre Tally en pitié car l'écran mural de sa cellule s'alluma. Elle fut surprise de voir à quelle vitesse le docteur Cable avait perdu son emprise sur la ville. Les réseaux d'informations avaient cessé de ressasser le succès triomphal de l'armée – les feuilletons à l'eau de rose et le football avaient repris leur place au détriment des exploits militaires. Le conseil de la ville abandonnait les nouvelles réglementations l'une après l'autre.

Apparemment, le traitement de Maddy avait agi à temps sur le docteur Cable : le deuxième assaut contre Diego n'avait jamais eu lieu.

Bien sûr, les autres villes avaient peut-être joué un rôle là-dedans également. Quoiqu'elles n'aient jamais apprécié le nouveau système, elles étaient encore moins enthousiasmées par la perspective d'une guerre ouverte. Des gens étaient morts, tout de même.

À mesure que les expérimentations chirurgicales du docteur Cable devenaient tristement célèbres, les dénégations répétées de Diego sur son implication dans l'attaque contre l'Arsenal acquirent davantage de vrai-semblance. Les chaînes d'informations commencèrent à remettre en doute ce qui s'était passé cette nuit-là, en particulier après qu'un vieux conservateur de musée qui avait assisté à l'assaut eut rendu son témoignage public. Il affirmait qu'une sorte d'arme nanotechnologique rouillée avait été libérée, non par des soldats professionnels, mais par deux inconnues sans visage qui lui avaient paru plutôt jeunes et écervelées.

Des reportages favorables à Diego commencèrent à passer sur les chaînes locales, y compris des interviews de survivants de l'attaque du Town Hall. Tally se dépêchait toujours de changer de chaîne, car ces reportages se terminaient sans exception par la liste des dix-sept personnes qui avaient trouvé la mort dans l'affaire – et en particulier de ce pauvre fugitif qui, ironie du sort, était précisément originaire de cette ville.

Ils ne manquaient jamais de passer sa photo.

Des disputes au sujet de la guerre – et d'à peu près tout le reste – commencèrent à éclater. Elles se firent de plus en plus acharnées, moins polies et mesurées de jour en jour, jusqu'à ce que le débat sur l'avenir de la ville tourne franchement au vilain. On parlait de nouveaux standards morphologiques, on envisageait de laisser vivre côte à côte les Uglies et les Pretties, et même de s'étendre dans la nature.

Le remède s'installait, comme il l'avait fait à Diego, et Tally se demanda quel genre d'avenir exactement elle avait aidé à mettre au monde. Les villes allaient-elles retomber dans les anciens travers des Rouillés – la destruction de la nature, la surpopulation – en rasant tout sur leur passage ? Qui pourrait encore les en empêcher ?

Le docteur Cable lui-même parut disparaître des médias ; son influence s'estompa, se réduisit comme peau de chagrin sous les yeux de Tally. Elle cessa de venir lui rendre visite dans sa cellule, et peu après, le conseil la remercia, arguant que la crise était terminée et que sa nomination à la tête de la ville n'avait plus de raison d'être.

Puis on se mit à parler de déspécialisation.

Les Specials étaient dangereux, psychotiques en puissance, et le principe même d'une opération pour devenir Special avait quelque chose d'injuste. La plupart des villes n'avaient jamais engendré de telles créatures, hormis quelques pompiers et rangers aux réflexes renforcés. Peut-être que, suite à ce conflit désastreux, l'heure était enfin venue de s'en débarrasser.

Après un long débat, la ville de Tally entama le processus – en signe d'apaisement envers le reste du monde. L'un après l'autre, les agents des Special Circumstances redevinrent des citoyens normaux, sains de corps et d'esprit, et le docteur Cable n'éleva pas la moindre protestation.

Tally sentait les murs de sa cellule se refermer un peu plus sur elle chaque jour, comme si l'idée de se faire transformer une fois encore l'écrasait. Face à l'écran mural, elle imagina ses yeux de louve humides de larmes, ses traits banalisés à grands coups de rabot. Même les cicatrices de ses entailles au bras seraient effacées ; et Tally réalisa qu'elle n'avait pas envie de les perdre. Elles lui rappelaient tout ce qu'elle avait traversé, tout ce qu'elle avait réussi à vaincre.

Shay et les autres étaient encore à Diego, toujours libres, et parviendraient peut-être à s'échapper avant qu'on leur fasse subir le même sort. Ils pourraient s'installer n'importe où : les Scarificateurs étaient taillés pour la vie au grand air, après tout.

Mais Tally ne pouvait s'enfuir nulle part, n'avait aucune porte de salut.

Une nuit enfin, les médecins vinrent la chercher.

OPÉRATION

Elle les entendit à l'extérieur – deux voix nerveuses. Tally se coula hors de son lit et vint se plaquer contre la porte, la paume à plat contre le mur en céramique à l'épreuve de sa force spéciale. Les puces qu'elle avait dans les mains changèrent les murmures en paroles…

— Tu es sûr que ça va marcher sur elle ?

— Ça a bien fonctionné jusqu'ici.

— Mais est-ce qu'elle n'est pas, tu sais, une sorte de phénomène de foire ?

Tally retint son souffle. Bien sûr, qu'elle l'était. *Tally Youngblood, la plus célèbre psychotique de seize ans dans le monde entier.* Les modifications meurtrières de son corps avaient été suffisamment relayées par les médias.

— Relax, on nous a concocté une cuvée spéciale, rien que pour elle.

Une cuvée de quoi ? se demanda-t-elle.

Puis elle entendit un sifflement… On diffusait du gaz dans sa cellule.

Elle bondit en arrière, loin de la porte, aspirant quelques brèves goulées d'air avant que le gaz ne se répande dans toute la pièce. Elle inspecta frénétiquement les lieux, fixant d'un œil noir les quatre murs familiers, dans l'espoir désespéré d'y déceler une faille. Et chercha encore un moyen de s'échapper…

Tally se sentit gagnée par la panique. On ne pouvait pas lui infliger cela, pas *encore*. Elle n'y pouvait rien si elle était aussi dangereuse ; *ils* l'avaient faite ainsi !

Mais il n'y avait aucune issue.

Alors que Tally retenait son souffle et qu'une décharge d'adrénaline était libérée dans ses veines, sa vision vint à se moucheter de points rouges. Elle s'empêchait de respirer depuis une minute maintenant, et l'intensité de sa panique commençait à s'estomper. Mais elle ne voulait pas renoncer.

Si seulement elle parvenait à s'éclaircir les idées…

Elle baissa les yeux sur son bras, strié de cicatrices. Sa dernière entaille remontait à plus d'un mois, et on aurait dit que chaque battement de cœur écoulé depuis ne demandait qu'à lui marteler les veines. Peut-être qu'en s'entaillant une dernière fois, elle pourrait imaginer un moyen de s'enfuir.

Au moins, elle aurait été glaciale jusqu'au dernier moment…

Plaçant ses ongles contre sa chair, elle serra les dents.

— Désolée, Zane, murmura-t-elle.

— Tally ! siffla une voix dans sa tête.

Elle cligna des paupières. Pour la première fois depuis qu'on l'avait jetée en cellule, son antenne dermique n'était plus brouillée.

— Ne reste pas plantée là, espèce d'idiote ! Fais semblant de t'évanouir !

Tally inspira malgré elle et une odeur de gaz lui monta à la tête. Elle s'assit sur le sol ; une nuée de points rouges dansait devant ses yeux.

— Oui, c'est ça. Continue à faire semblant.

Tally inspira profondément – elle ne pouvait plus s'en empêcher. Mais une chose étrange se produisit. Les nuages noirs qui se massaient autour de son champ de vision se dissipèrent à mesure que l'oxygène tant attendu la rendait plus alerte.

Le gaz ne lui faisait rien.

Elle s'adossa au mur, les yeux clos, le cœur battant à tout rompre. Que se passait-il ? Qui donc lui parlait ? Shay et les autres Scarificateurs ? Ou bien…

Elle se souvint des paroles de David : « *Tu n'es pas seule.* »

Tally ferma les yeux et se laissa glisser sur le côté, se cognant la tête contre le sol. Puis elle attendit, parfaitement immobile.

Après un moment, la porte s'ouvrit.

— Il en aura fallu, du temps !

La voix, nerveuse, s'attardait craintivement dans le couloir.

Des bruits de pas.

— Bah ! comme tu disais, c'est une sorte de phénomène de foire. Mais elle est en route pour Normal-Ville, maintenant.

— Et tu es sûr qu'elle ne va pas se réveiller ?

On lui enfonça un pied dans les côtes.

— Tu vois ? Elle a son compte.

Le coup déclencha une bouffée de colère chez Tally, mais ce mois de solitude lui avait enseigné à se maîtriser. Quand le pied revint à la charge, Tally se laissa rouler docilement sur le dos.

— Ne bouge pas, Tally. Ne fais rien. Attends-moi…

Tally aurait voulu murmurer : *Qui êtes-vous ?* mais

357

n'osa pas. Les deux qui l'avaient gazée s'agenouillèrent auprès d'elle pour la hisser sur une civière magnétique.

Elle se laissa emporter.

Les couloirs des Special Circumstances étaient bien moins fréquentés désormais ; la plupart des Pretties à la beauté cruelle avaient déjà été transformés. Tally saisit quelques bribes de conversations çà et là, mais aucune n'avait le tranchant acéré d'une voix de Special.

Elle se demanda si on l'avait gardée pour la fin.

Le trajet en ascenseur fut court, un niveau au-dessus probablement, là où se trouvaient les salles d'opération. Elle entendit coulisser une porte à double battant et sentit qu'on la faisait pivoter à angle droit. La civière glissa dans une pièce plus petite pleine de surfaces métalliques et qui sentait le désinfectant.

Tally brûlait de bondir hors de la civière et de se frayer un chemin jusqu'à l'extérieur. Elle s'était déjà échappée de ce bâtiment alors qu'elle était Ugly. Si elle était vraiment la dernière des Specials, plus personne ne pourrait l'arrêter désormais…

Mais elle se contrôla, attendant les instructions de la voix.

En se répétant : *Je ne suis pas seule.*

On lui ôta ses vêtements et on la souleva dans une cuve d'opération, dont les parois de plastique étouffèrent les sons de la pièce. Elle sentit la froideur lisse de la table contre son dos, la griffe de métal d'un servo-bras qui lui palpait l'épaule. Elle l'imagina en train de sortir un scalpel, de scarifier la Scarificatrice une dernière fois, de l'arracher à sa peau de Special.

On lui plaqua un cordon dermique sur le bras. Ses

aiguilles diffusèrent un antalgique local avant de s'enfoncer dans ses veines. Elle se demanda quand ils se décideraient à lui injecter une vraie dose d'anesthésique, et si son métabolisme serait capable de la maintenir éveillée.

Tandis que la cuve se refermait, Tally sentit sa respiration s'accélérer ; elle espéra que les deux infirmiers ne remarqueraient pas le tournoiement de ses tatouages faciaux.

Pas de souci, de ce côté-là, ils avaient l'air trop occupés. D'autres machines s'allumaient un peu partout dans la pièce, bipant ou bourdonnant, agitant leurs servo-bras autour d'elle, faisant décrire des mouvements tests à leurs petites scies circulaires.

Deux mains pénétrèrent dans la cuve et lui enfoncèrent un tube respiratoire dans la bouche. Le plastique avait un goût de désinfectant et acheminait un air aseptisé, artificiel. Quand le tube s'enclencha, introduisant des filaments dans son nez et derrière sa nuque, Tally faillit s'étrangler.

Elle aurait voulu arracher ce truc et se *battre*.

Mais la voix lui avait demandé d'attendre. Celui ou celle qui avait rendu le gaz inopérant devait certainement avoir un plan ; il fallait qu'elle reste calme.

Puis la cuve commença à se remplir.

Du liquide se déversa de tous côtés, montant autour de son corps nu ; épais, visqueux, il était bourré de nutriments et de nanos destinés à garder ses tissus en vie pendant que les chirurgiens la mettraient en pièces. Sa température correspondait à celle du corps, mais quand la solution lui entra dans les oreilles, Tally ne put réprimer un frisson. Les bruits de la pièce s'estompèrent encore plus.

Le fluide lui parvint au niveau des yeux, puis du nez, la recouvrant complètement…

Elle inspira de l'air recyclé par son tube, luttant pour ne pas ouvrir les yeux. Maintenant qu'elle était presque sourde, demeurer aveugle devenait une torture.

— J'arrive, Tally, siffla la voix dans sa tête.

Ou l'avait-elle seulement imaginée ?

Elle était désormais piégée, immobilisée, et la ville pouvait exercer sa vengeance sur elle : trancher ses os pour la ramener à la taille d'une Pretty ordinaire, raboter les angles saillants de ses pommettes, affiner ses muscles et ses os splendides, ôter les puces de sa mâchoire et de ses mains, lui retirer ses ongles mortels, remplacer ses prunelles d'une noirceur parfaite. Refaire d'elle une tête vide.

Sauf que cette fois-ci, elle était consciente et sentirait tout…

Puis Tally entendit un bruit, un choc sourd contre sa cuve – et elle ouvrit les yeux.

La solution opératoire rendait sa vision floue, mais à travers la paroi transparente, elle distingua cependant une agitation furieuse, suivie d'un autre choc sourd. L'une des machines clignotantes fut renversée au sol.

Son mystérieux sauveur était là.

Entrant aussitôt en action, Tally arracha le cordon dermique autour de son bras puis empoigna le tube enfoncé dans sa bouche. L'instrument se tortilla, tandis que ses filaments se resserraient derrière sa nuque, pour tâcher de le maintenir en place ; elle le mordit, tranchant le plastique avec ses dents de céramique, et le tube mourut dans sa main en lui soufflant une dernière giclée de bulles au visage.

Elle chercha à tâtons une prise sur les cloisons de la cuve, et tenta de se redresser. Mais une barrière transparente lui bloquait le passage.

Saloperie! songea-t-elle tandis que ses doigts palpaient frénétiquement les parois de plastique. Elle n'avait encore jamais vu une cuve d'opération en fonctionnement; lorsqu'elles étaient vides, le couvercle restait toujours *ouvert!* Tally raya les parois avec ses ongles, gagnée par un sentiment de panique.

Mais la cuve tint bon…

Son épaule effleura le scalpel d'un servo-bras, déjà déployé, et un nuage de sang rosé se déroula devant son champ de vision. Les nanos du fluide opératoire ne mirent que quelques secondes à étancher le saignement.

Pratique, ça, pensa-t-elle. *Cela dit, ce serait bien aussi de respirer!*

Elle plissa les yeux à travers la solution. La bagarre se poursuivait, opposant une personne seule à plusieurs autres. *Grouillez-vous!* songea-t-elle en récupérant à tâtons le tube respiratoire. Elle le prit en bouche mais il ne marchait plus, obstrué par le fluide opératoire.

Il restait encore un centimètre d'air à la surface de la cuve, et Tally se souleva pour aspirer cette minuscule bouffée d'oxygène. Mais elle ne tiendrait pas longtemps. Elle *devait* sortir de ce piège!

Elle tenta de défoncer la paroi à coups de poing, mais la solution était trop épaisse, trop visqueuse; son bras se déplaçait au ralenti, comme si elle cognait dans de la mélasse.

Des points rouges dansaient devant ses yeux… ses poumons étaient vides.

Puis elle aperçut une silhouette floue tituber droit sur elle, repoussée en arrière dans la bagarre. Elle s'écrasa contre le flanc de la cuve, qu'elle fit vaciller sur son estrade.

C'était peut-être la solution.

Tally entreprit de se jeter d'un côté, puis de l'autre, en faisant clapoter le liquide autour d'elle ; la cuve se balançait chaque fois un peu plus. Les scalpels lui fouaillaient les épaules, le bourdonnement des nanos de réparation répondait à l'essaim de points rouges devant ses yeux, un nuage rose envahit la solution.

Finalement, la cuve bascula à la renverse.

Le monde parut tournoyer autour de Tally dans un bouillonnement liquide, entraîné par la rotation de la cuve. Tally entendit le craquement assourdi du plastique quand elle toucha le sol, vit les parois se marbrer de fissures. Le liquide s'échappa par les fentes, et le son revint en force dans ses oreilles tandis qu'elle inspirait une première goulée d'air.

Elle enfonça ses ongles dans le plastique fissuré, tira d'un coup sec, et se fraya un chemin hors de la cuve d'opération.

Nue et sanguinolente, Tally s'avança en titubant, aspirant l'air à grands traits, poissée de liquide comme si elle émergeait d'une baignoire de miel. Des médecins et des infirmiers inconscients gisaient en tas ; la solution se répandit sous eux.

La personne venue au secours de Tally se tenait devant elle.

— Shay? (Tally essuya le liquide qu'elle avait dans les yeux.) David?

— Ne t'avais-je pas demandé de rester tranquille? Es-tu toujours obligée de tout casser?

Tally cligna des paupières, n'en croyant pas ses yeux. C'était le docteur Cable.

LARMES

Elle avait vieilli de mille ans. Ses yeux avaient perdu leur noirceur, leur éclat démoniaque ; à l'instar de Fausto, elle était devenue pareille à du champagne sans bulles. Guérie, enfin.

Elle avait conservé malgré tout son sourire sarcastique.

Cherchant son souffle, Tally dit seulement :

— Que venez-vous… ?

— Te sauver, dit le docteur Cable.

Tally jeta un coup d'œil vers la porte, tendant l'oreille pour une alarme, ou des bruits de pas.

La vieille femme secoua la tête.

— J'ai construit cet endroit, Tally. J'en connais tous les trucs. Personne ne va venir. Laisse-moi souffler une minute. (Elle se laissa tomber lourdement sur le sol trempé.) Je suis trop vieille pour tout ça.

Tally contempla son ancienne ennemie, les mains toujours repliées en griffes mortelles. Mais le docteur Cable était hors d'haleine, et saignait par une coupure à la lèvre. Elle avait l'air d'une Crumbly très âgée parvenue au bout de ses traitements d'extension de la vie.

Les trois médecins inconscients étaient étendus à ses pieds.

— Vous avez conservé vos réflexes spéciaux ?

— Je n'ai rien de spécial, Tally. Je suis pathétique. (La vieille femme haussa les épaules.) Mais je reste *dangereuse*.

— Oh. (Tally essuya un reste de solution opératoire dans ses yeux.) En tout cas, vous avez mis le temps.

— Il faut dire que c'était une grande idée, Tally, de *commencer* par enlever ton tube respiratoire.

— Ouais, super plan de me laisser mariner là-dedans jusqu'à ce qu'ils aient presque… (Tally cligna des paupières.) Heu, rappelez-moi pourquoi vous agissez ainsi, déjà ?

Le docteur Cable sourit.

— Je vais te le dire, Tally, à condition que tu répondes d'abord à une question. (Ses yeux redevinrent perçants un court instant.) Que m'as-tu donc fait ?

Ce fut au tour de Tally de sourire.

— Je vous ai guérie.

— Je le sais bien, petite idiote. Mais comment ?

— Vous rappelez-vous quand vous m'avez arraché l'émetteur ? En fait, ce n'était pas un émetteur mais une seringue. Maddy a mis au point un remède pour les Specials.

— Encore un coup de cette misérable femme. (Le docteur Cable baissa les yeux sur le sol mouillé.) Le conseil a rouvert les frontières de la ville. On trouve ses pilules partout.

Tally acquiesça.

— Je vois ça.

— Tout est en train de partir en vrille, siffla le docteur Cable, en levant un regard noir vers Tally. Dans peu de temps, nous recommencerons à nous en prendre à la nature, sais-tu.

— Oui, je sais. Comme à Diego. (Tally soupira, se souvenant de l'incendie de forêt allumé par Andrew Simpson Smith.) La liberté a le chic pour détruire certaines choses, j'imagine.

— Et tu appelles cela un *remède*, Tally ? Ça revient à lâcher un cancer sur le monde.

Tally secoua lentement la tête.

— Est-ce pour ça que vous êtes venue, docteur Cable ? Pour me dire que tout est ma faute ?

— Non. Je suis là pour te libérer.

Tally leva les yeux – il devait s'agir d'une ruse, d'une manière pour Cable de se venger d'elle. Pourtant, l'idée de revoir le ciel fit naître en elle un pincement d'espoir douloureux.

Elle avala sa salive.

— Je croyais que j'avais détruit votre monde ?

Le docteur Cable la fixa un long moment avec son regard humide et vague.

— C'est vrai. Mais tu es la dernière, Tally. J'ai vu Shay et les autres sur les réseaux de propagande de Diego – ils ne vont plus bien du tout. Le traitement de Maddy, je suppose. (Elle soupira lentement.) Ils ne vont pas mieux que moi. Le conseil a déspécialisé la plupart d'entre nous.

Tally hocha la tête.

— Mais pourquoi moi ?

— Tu es la dernière Scarificatrice qui reste, dit le docteur Cable. La dernière de mes Specials conçus pour vivre dans la nature, pour exister en dehors des villes. Tu peux échapper à tout ça, disparaître définitivement.

Je ne veux pas voir s'éteindre la trace ultime de mes travaux, Tally. Je t'en prie…

Tally cligna des paupières. Elle ne s'était encore jamais considérée comme le spécimen d'une espèce menacée. Mais elle n'avait pas l'intention de discuter. L'idée de recouvrer la liberté lui faisait tourner la tête.

— Sors d'ici, Tally. Prends n'importe quel ascenseur jusqu'au toit. Le bâtiment est à peu près désert, et j'ai coupé la plupart des caméras. Et puis franchement, personne n'a plus les moyens de t'arrêter. Pars, et je t'en prie, *reste spéciale*. Le monde aura besoin de toi, un jour.

Tally sentit sa gorge se nouer. Sortir d'ici tranquillement lui paraissait trop simple.

— Je vais avoir besoin d'une planche.

— Tu en trouveras une sur le toit, bien sûr. (Le docteur Cable renifla.) Je n'ai jamais compris ce qui vous fascinait tellement dans ces engins, toi et les autres.

Tally jeta un coup d'œil aux trois formes inconscientes étendues au sol.

— Ils vont s'en sortir, ricana le docteur Cable. Je suis médecin, tu sais.

— Oh oui, je sais, marmonna Tally en s'agenouillant pour déshabiller l'un des infirmiers.

Ses vêtements étaient trempés de solution opératoire par endroits, mais au moins, elle n'aurait pas à s'enfuir toute nue.

Elle fit un pas en direction de la porte, puis se retourna vers le docteur Cable.

— N'avez-vous pas peur que je me soigne moi-même ? Ce serait la fin des Specials.

La femme leva la tête, et son expression abattue se

modifia ; ses prunelles retrouvèrent un peu de leur éclat démoniaque.

— Tu n'as jamais déçu mes espérances, Tally. Pourquoi devrais-je commencer à m'inquiéter maintenant ?

En émergeant à ciel ouvert, Tally prit une longue minute pour contempler la nuit. Elle ne se préoccupait pas d'être poursuivie. Cable avait raison : qui aurait encore pu l'arrêter ?

Les étoiles et le croissant de lune brillaient doucement, la brise charriait des senteurs naturelles. Après un mois d'air recyclé, ce petit vent d'été avait le goût de la vie sur sa langue. Tally inspira le monde glacial à pleins poumons.

Elle était enfin libérée de sa cellule, de la cuve d'opération, du docteur Cable. Personne ne la transformerait contre sa volonté, plus jamais. Il n'y aurait plus de Special Circumstances.

Mais alors même que le soulagement se répandait en elle, Tally se sentit saigner intérieurement. La liberté lui faisait mal.

Zane était mort, après tout.

Un goût de sel lui vint aux lèvres, réveillant le souvenir amer de ce dernier baiser au bord de la mer. Elle s'était repassé la scène à des centaines de reprises dans sa cellule : la dernière fois qu'elle lui avait parlé, ce test qu'elle avait raté, en le repoussant. Pourtant, la remémoration se présenta de manière différente à cette occasion – longue, lente, agréable, comme si elle n'avait pas senti Zane trembler, comme si elle avait laissé le baiser se poursuivre indéfiniment…

Elle sentit de nouveau ce goût de sel, ainsi qu'une chaleur qui lui coulait le long des joues. Tally porta la main à sa figure, refusant de croire ses sens, jusqu'à ce qu'elle voie le bout de ses doigts luire doucement sous les étoiles.

Ses larmes étaient enfin sorties.

RUINES

Avant de quitter la ville, Tally alluma son antenne dermique et vit qu'elle avait trois messages en attente.

Le premier venait de Shay. Il lui apprenait que les Scarificateurs resteraient à Diego. L'aide qu'ils avaient fournie lors de l'attaque du Town Hall avait fait d'eux les défenseurs de la ville, sans parler de ses pompiers, de ses sauveteurs et de ses héros. Le conseil avait même modifié la loi afin de leur permettre de conserver leurs violations morphologiques, pour l'instant, tout au moins.

Sauf en ce qui concernait leurs ongles et leurs dents. Cela, ils avaient dû s'en débarrasser.

Avec son Town Hall réduit à l'état de ruines fumantes, Diego avait besoin de toute l'assistance qu'elle pourrait trouver. Le remède avait beau gagner les autres villes, transformer lentement le continent entier, de nouveaux fugitifs continuaient d'arriver chaque jour à Diego, prêts à adopter le nouveau système.

La vieille culture statique des têtes vides avait été remplacée par une société où le changement était porté aux nues. De sorte que tôt ou tard, une autre ville lui passerait devant – à compter de ce jour, les modes étaient vouées à se succéder – mais, pour l'instant, Diego restait l'endroit qui se transformait plus rapidement que tout le reste. C'était là qu'il fallait être, et la ville s'agrandissait de jour en jour.

Le message original de Shay avait été complété toutes les heures par un bref compte rendu des défis qu'affrontaient les Scarificateurs alors qu'ils aidaient à rebâtir une ville en pleine transformation. Apparemment, Shay tenait à garder Tally informée, de manière qu'elle puisse venir leur prêter main-forte aussitôt qu'elle serait libérée.

Shay ne regrettait qu'une chose, cependant. Ils avaient tous entendu parler des déspécialisations. Elles étaient de notoriété publique – un signe de paix. Les Scarificateurs n'auraient pas demandé mieux que de délivrer Tally, mais ils ne pouvaient plus débarquer et s'en prendre aux représentants de l'ordre, maintenant qu'ils étaient devenus officiellement les forces de défense de Diego. Cela risquait de rallumer cette guerre si proche de s'éteindre. Tally pouvait le comprendre, n'est-ce pas ?

Mais Tally Youngblood resterait toujours une Scarificatrice, qu'elle soit spéciale ou non…

Le second message émanait de la mère de David.

Elle racontait que David avait quitté Diego et disparu dans la nature. Les Fumants se dispersaient à travers l'ensemble du continent, introduisant clandestinement le remède dans les villes qui continuaient à s'accrocher à l'Opération. Dans peu de temps, ils enverraient une expédition tout au sud et une autre à travers l'océan, vers les continents asiatiques. Partout, semblait-il, des fugitifs abandonnaient leurs villes et fondaient leurs propres Fumées, inspirés par les rumeurs qui circulaient chez les Uglies.

Ils avaient un monde entier à libérer, si Tally voulait leur donner un coup de main.

Maddy terminait par ces mots : « Rejoins-nous. Et si tu vois mon fils, dis-lui que je l'aime. »

Le troisième message provenait de Peris.

Lui et les autres Crims avaient quitté Diego. Ils travaillaient sur un projet spécial pour le gouvernement, mais n'avaient pas eu envie de rester en ville. C'était foireux, visiblement, d'habiter un endroit où *tout le monde* était Crim.

Ils sillonnaient donc les étendues sauvages, regroupant les villageois libérés par les Fumants. Ils leur enseignaient la technologie, le fonctionnement du monde à l'extérieur de leurs réserves, et leur apprenaient à ne *pas* déclencher d'incendies de forêt. Prochainement, les villageois avec lesquels ils travaillaient retourneraient dans leurs tribus et les guideraient au contact du monde extérieur.

En contrepartie, les Crims apprenaient tout sur l'art de la survie, comment chasser, pêcher et vivre de la terre, en recueillant le savoir des pré-Rouillés avant qu'il ne soit de nouveau perdu.

Tally sourit en lisant les dernières lignes :

Ce type, Andrew Simpson Smith, prétend qu'il te connaît. Comment est-ce possible ? Il m'a chargé de te dire : « Continue à défier les dieux. » Enfin, bref.

De toute façon, à bientôt, Tally-wa. Amis pour la vie, en fin de compte!
Peris.

Tally ne répondit à aucun d'entre eux, pas tout de suite. Elle remonta le fleuve en planche magnétique, s'offrant un dernier survol des rapides qu'elle ne reverrait plus jamais.

Le clair de lune illuminait l'eau vive, et faisait scintiller chaque giclée d'écume comme une explosion de diamants. Les stalactites de glace avaient fondu sous la chaleur de l'été précoce, libérant des senteurs de résine de pin qui lui coulaient sur la langue comme un sirop. Tally n'alluma pas sa vision infrarouge; elle préférait sonder les ténèbres sans assistance, au moyen de ses autres sens.

Au cœur de tant de beauté, Tally sut avec précision ce qu'elle devait faire.

Ses rotors s'enclenchèrent quand elle emprunta le chemin familier menant au gisement de fer découvert plusieurs générations auparavant par un Ugly un peu plus malin que les autres. La sustentation magnétique prit ensuite le relais, jusqu'à la cuvette sombre des Ruines rouillées.

Les immeubles défunts se dressèrent autour d'elle, imposants vestiges d'une civilisation trop avide et trop nombreuse dont les enfants s'étaient répandus par milliards à la surface du globe.

Tally les fixa intensément en glissant devant les carcasses de voitures et les fenêtres béantes, qui lui retournaient le regard morne d'une tête de mort. Elle ne voulait jamais oublier cet endroit.

Pas avec tous ces changements qui s'annonçaient…

Sa planche magnétique prit de la hauteur en s'appuyant sur la charpente métallique de la plus haute des ruines, l'immeuble au sommet duquel l'avait entraînée Shay lors de cette première nuit au-Dehors, presque un an plus tôt. Portée par ses aimants, elle s'éleva en silence au sein de cette coquille vide, au milieu de la ville déserte qui s'étendait tout autour à perte de vue.

Mais quand elle atteignit le sommet, David était parti.

Son sac de couchage et son équipement avaient disparu. Seuls des emballages de plats autochauffants gisaient épars sur la section de sol à moitié effondrée. Il y en avait beaucoup – il l'avait attendue longtemps.

Il avait aussi emporté l'antenne rudimentaire grâce à laquelle il l'avait contactée.

Tally alluma son antenne dermique et, les yeux clos, balaya la cité morte en guettant la moindre réponse.

Mais aucun bip ne lui parvint. Un kilomètre, ce n'était rien en pleine nature.

Elle monta plus haut, jusqu'au sommet de la tour, en se faufilant par l'un des trous du toit. Elle déboucha en plein vent. Sa planche continua à monter jusqu'à ce que ses aimants n'accrochent plus les poutrelles métalliques du gratte-ciel ; ensuite, ses rotors de sustentation prirent le relais, chauffant au rouge alors qu'ils s'efforçaient de la pousser plus haut.

— David ? appela-t-elle doucement.

Toujours pas de réponse.

Elle se souvint alors de l'ancien truc de Shay, à l'époque où elles étaient Ugly.

Tally s'agenouilla sur sa planche instable, ballottée par le vent, et plongea la main dans le compartiment à bagages. Le docteur Cable y avait fourré une bombe cicatrisante, du plastique intelligent, des allumettes et même un sachet de SpagBol, en souvenir du bon vieux temps.

Puis les doigts de Tally se refermèrent sur une fusée de détresse.

Elle l'alluma et la brandit bien haut. Le vent violent fit voler une rivière d'étincelles derrière elle, semblable à une traîne de cerf-volant.

— Je ne suis pas seule, dit-elle.

Elle resta ainsi jusqu'à ce que sa planche se mette à chauffer à blanc sous ses pieds, et que la fusée crache sa dernière étincelle rougeoyante.

Puis elle redescendit à l'intérieur du gratte-ciel rouillé et se pelotonna sur le morceau de sol brisé, rattrapée par le contrecoup de son évasion, presque trop épuisée soudain pour se soucier de savoir si quelqu'un avait aperçu son signal.

David arriva à l'aube.

LE PLAN

— Où étais-tu passé? demanda-t-elle d'une voix ensommeillée.

Il descendit de sa planche – éreinté, mal rasé, les yeux injectés de sang.

— J'ai tenté de me glisser en ville. Pour partir à ta recherche.

Tally fronça les sourcils.

— Ils ont rouvert les frontières, non?

— Quand on a l'habitude des villes, peut-être…

Elle s'esclaffa. David avait passé chacune de ses dix-huit années dans la nature; il ignorait tout du fonctionnement des systèmes les plus simples, comme les drones de sécurité.

— J'y suis parvenu, en fin de compte, poursuivit-il. Mais ensuite, j'ai eu un peu de mal à localiser le siège des Special Circumstances.

Il s'assit lourdement.

— Et tu as vu mon signal.

— Eh oui. (Il sourit, mais en l'étudiant avec attention.) La raison pour laquelle j'essayais de… (Il marqua une pause.) Je peux capter les infos de la ville sur mon antenne. J'ai entendu dire qu'on allait tous vous transformer; vous changer en quelque chose de moins dangereux. Es-tu toujours...

Elle le dévisagea fixement.

— À ton avis, David ?

Il la regarda un long moment dans les yeux, puis soupira, et secoua la tête.

— Pour moi, tu es la même Tally que j'ai toujours connue.

Elle baissa la tête, sentant sa vision se brouiller.

— Qu'y a-t-il ?

— Rien, David. (Elle secoua la tête.) Tu viens seulement de faire mentir cinq millions d'années d'évolution – encore une fois.

— Pardon ? J'ai dit une chose qu'il ne fallait pas ?

— Non. (Elle sourit.) Tu as dit exactement ce qu'il fallait.

Ils avalèrent un repas de nourriture déshydratée. Tally échangea le SpagBol de son compartiment à bagages contre un sachet de PatThai de David.

Elle lui raconta comment elle s'était servie de la seringue pour transformer le docteur Cable, lui parla de son mois de captivité, et de la manière dont elle s'était finalement échappée. Elle lui expliqua que les débats qu'il avait suivis sur les chaînes d'infos signifiaient que le remède commençait à se faire sentir, que la ville entière était en train de changer.

Les Fumants avaient gagné, même ici.

— Alors, tu es toujours Special ? demanda-t-il enfin.

— Mon corps, oui. Pour le reste, je crois que je me suis... (Elle avala sa salive avant d'employer l'expression de Zane.) Reprogrammée.

David sourit.

— Je savais que tu y arriverais.

— C'est pour ça que tu m'attendais ici, pas vrai ?

— Bien sûr. Il fallait bien que quelqu'un le fasse. (Il s'éclaircit la gorge.) Ma mère me croit occupé à parcourir le monde, en propageant la révolution.

Tally contempla la ville en ruines.

— La révolution se déroule très bien sans nous, David. Rien ne peut plus l'arrêter désormais.

— Ouais. (Il soupira.) Mais j'aurais bien voulu te sauver, quand même.

— Ce n'est pas moi qu'il faut sauver, David, dit Tally. Plus maintenant. Oh, *mince* ! J'allais oublier, Maddy m'a envoyé un message à ton intention.

Il leva les sourcils.

— Elle t'a envoyé un message, à *toi* ?

— Ouais. « Je t'aime… » (Tally se tut un instant.) C'est ce qu'elle m'a demandé de te dire. Elle a peut-être deviné où tu étais, en fin de compte.

— Peut-être bien.

— Vous autres aléatoires êtes si *prévisibles*, par moments, dit Tally en souriant.

Elle l'observait attentivement, énumérant ses imperfections, l'asymétrie de ses traits, les pores de sa peau, son nez trop grand. Sa cicatrice.

Il n'était plus un Ugly à ses yeux ; pour elle, il n'était plus que David. Et peut-être avait-il raison. Elle n'avait pas forcément besoin de faire cela toute seule.

David détestait les villes, après tout. Il ne savait pas se servir d'une interface, ni appeler un aérocar, et ses vêtements artisanaux détonneraient toujours dans une soirée. Il n'était pas taillé pour vivre dans un endroit où les gens se faisaient greffer un serpent à la place du petit doigt.

Plus important, Tally savait ceci : quelle que soit la manière dont son plan tournerait, quels que soient les actes abominables que le monde l'obligerait à commettre, David se rappellerait qui elle était vraiment.

— J'ai bien réfléchi, annonça-t-elle.

— À ce qui va suivre ?

— Oui, acquiesça Tally. J'ai une espèce de plan... pour sauver le monde.

David marqua une pause, les baguettes à mi-chemin de sa bouche, laissant glisser le SpagBol dans son plat. Son visage passa par toutes sortes d'émotions aussi faciles à lire que celles de n'importe quel Ugly : confusion, curiosité, puis un soupçon de compréhension.

— Je pourrais t'aider ? s'enquit-il.

— Avec plaisir. Tu es exactement l'homme qu'il me faut.

Puis elle lui expliqua tout.

Cette nuit-là, David et elle se rendirent en planche jusqu'aux limites de la ville, en s'arrêtant lorsque le réseau capta son antenne. Les trois messages de Shay, Peris et Maddy étaient toujours là, à l'attendre. Tally fit jouer ses doigts avec nervosité.

— Regarde ça ! s'écria David en pointant le doigt.

Les tours de New Pretty Town se découpèrent en ombres chinoises sous une explosion de fusées qui retombèrent en immenses fleurs crépitantes rouges et violettes. Les feux d'artifice avaient repris.

Peut-être célébraient-ils la fin du règne du docteur Cable, ou les nouvelles transformations qui se multipliaient à travers la ville, ou encore la cessation des hostilités. À moins que ce ne soit pour marquer les derniers jours des Special Circumstances, maintenant que la dernière Special avait disparu dans la nature.

Et si au fond les habitants s'étaient simplement remis à se comporter comme des têtes vides ?

Elle rit :

— Tu avais déjà vu des feux d'artifice, non ?

Il secoua la tête.

— Jamais en si grand nombre. C'est *stupéfiant*.

— Eh oui. Les villes n'ont pas que des mauvais côtés, David.

Tally sourit, espérant que les feux d'artifice reprendraient tous les soirs maintenant que la guerre se terminait. Avec les convulsions qui secouaient sa ville natale, cette tradition valait peut-être d'être sauvée. Le monde avait besoin de feux d'artifice – en particulier maintenant qu'on allait manquer de belles choses inutiles.

Alors qu'elle se préparait à parler, un frisson nerveux parcourut Tally. Qu'elle soit Special ou non dans sa tête, il importait que ce message sorte de façon glaciale et convaincante. Le sort du monde en dépendait.

Subitement, elle fut prête.

Tandis qu'ils se tenaient là, à contempler les illuminations de New Pretty Town, suivant des yeux la lente ascension des fusées et leur explosion soudaine, Tally se mit à parler d'une voix claire au-dessus du grondement de l'eau, laissant la puce dans sa mâchoire relayer ses mots.

Elle leur envoya à tous – à Shay, Maddy et Peris – la même réponse…

MANIFESTE

Je n'ai pas besoin qu'on me guérisse. Comme je n'avais pas besoin de me taillader le bras pour éprouver quelque chose, ou pour penser. À partir de maintenant, personne ne reprogrammera plus mon esprit, sinon moi.

À Diego, les médecins disaient que je pourrais apprendre à contrôler mon comportement, et je l'ai fait. Vous m'avez tous aidée, d'une manière ou d'une autre.

Mais vous savez la nouvelle ? Ce n'est plus mon comportement qui m'inquiète. C'est le vôtre.

Voilà pourquoi vous ne me verrez plus pendant un moment, peut-être pendant très longtemps. David et moi allons rester dans la nature.

Vous dites que vous avez besoin de nous. C'est peut-être vrai, mais vous avez suffisamment d'aide, avec ces millions de nouveaux esprits intenses sur le point de vous rejoindre, avec l'ensemble des villes qui se réveillent enfin. À vous tous, vous êtes bien assez nombreux pour changer le monde sans nous.

Dorénavant, David et moi serons là pour nous dresser en travers de votre route.

Car, voyez-vous, la liberté a le chic pour détruire certaines choses.

Vous avez vos nouvelles Fumées, vos nouvelles idées, de nouvelles villes et de nouveaux systèmes. Eh bien… nous sommes les nouveaux Special Circumstances.

Chaque fois que vous empiéterez un peu trop sur la nature, nous serons là à vous attendre, prêts à vous repousser. Souvenez-vous de nous chaque fois que vous déciderez de creuser de nouvelles fondations, de détourner une rivière ou de couper un arbre. Méfiez-vous de nous. Aussi avide que redevienne l'espèce humaine maintenant que les Pretties se réveillent, le monde sauvage a conservé ses crocs. Des crocs spéciaux, pas jolis à voir. Nous.

Nous serons là, quelque part – à vous surveiller. Prêts à vous rappeler le prix payé par les Rouillés pour être allés trop loin.

Je vous aime tous. Mais il est temps de se dire au revoir, pour l'instant.

Attention à ce que vous faites du monde! ou notre prochaine rencontre pourrait bien mal tourner.

Tally YOUNGBLOOD

Ouvrage composé par
PCA - 44400 REZE

Imprimé en France par CPI
en novembre 2015
N° d'impression : 3013388

Dépôt légal : septembre 2012
Suite du premier tirage : décembre 2015

Pocket Jeunesse, une marque d'Univers Poche,
est un éditeur qui s'engage pour
la préservation de son environnement
et qui utilise du papier fabriqué à partir
de bois provenant de forêts gérées
de manière responsable.

www.pocketjeunesse.fr
• POCKET JEUNESSE

12, avenue d'Italie - 75627 PARIS Cedex 13